荣 获

新闻出版总署优秀畅销书奖
全国优秀古籍图书普及读物奖
第十七届山西省优秀图书一等奖
第 二 届 山 西 出 版 政 府 奖
山西出版集团2008年度十种好书

全套藏书累计销售500万册

诸子百家卷

《诗经》《尚书》《礼记》《楚辞》《论语·大学·中庸》《孟子》
《老子》《庄子》《荀子》《韩非子》《孙子兵法·尉缭子·鬼谷子》
《墨子》《周易》《山海经》《吕氏春秋》《三十六计》

名家选集卷

《三曹诗集》　《陶渊明集》　《王勃集》　《王维集》　《孟浩然集》
《高适集》　《岑参集》　《李白集》　《杜甫集》　《白居易集》
《刘禹锡集》　《元稹集》　《李商隐集》　《李贺集》　《杜牧集》
《韩愈集》　《柳宗元集》　《李煜集》　《欧阳修集》　《王安石集》
《苏轼集》　《黄庭坚集》　《柳永集》　《秦观集》　《周邦彦集》
《李清照集》　《辛弃疾集》　《陆游集》　《范成大集》　《杨万里集》
《姜夔集》　《文天祥集》　《元好问集》　《唐寅集》　《张岱集》
《三袁集》　《李贽集》　《傅山集》　《纳兰性德集》　《袁枚集》
《郑板桥集》　《龚自珍集》

史著选集卷

《左传》《国语》《战国策》《史记》《汉书》《后汉书》《三国志》
《资治通鉴》

综合选集卷

《唐诗三百首》《宋词三百首》《元曲三百首》《千家诗》《古文观止》
《汉魏六朝小赋骈文选》　《唐宋八大家文选》　《明清小品文选》

笔记杂著卷

《蒙学六种——三字经·百家姓·千字文·增广贤文·幼学琼林·格言联璧》
《颜氏家训·朱子家训》　《世说新语》　《金刚经·坛经·心经·地藏经》
《曾国藩家书》《菜根谭·小窗幽记·幽梦影》《浮生六记》《闲情偶寄》
《近思录》《徐霞客游记》《古代书信精选》

戏曲小说卷

《元杂剧精选》《西厢记》《牡丹亭》《长生殿》《桃花扇》《今古奇观》
《三国演义》《水浒传》《西游记》《红楼梦》《聊斋志异》《儒林外史》
《封神演义》《话本小说选》《文言小说选》

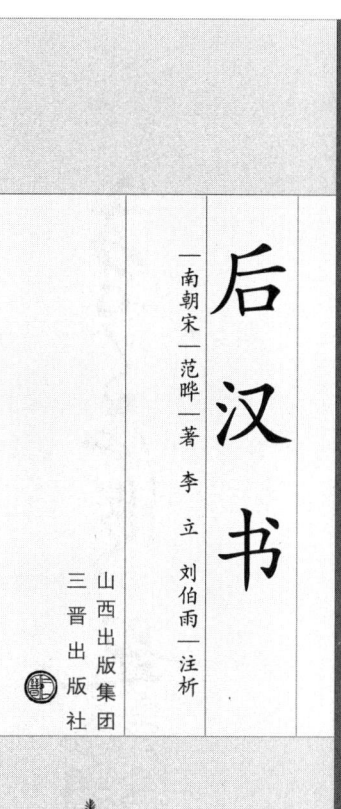

中国家庭基本藏书　史著选集卷

后汉书

〔南朝宋〕范晔 著　李　立　刘伯雨 注析

山西出版集团
三晋出版社

博学工作室

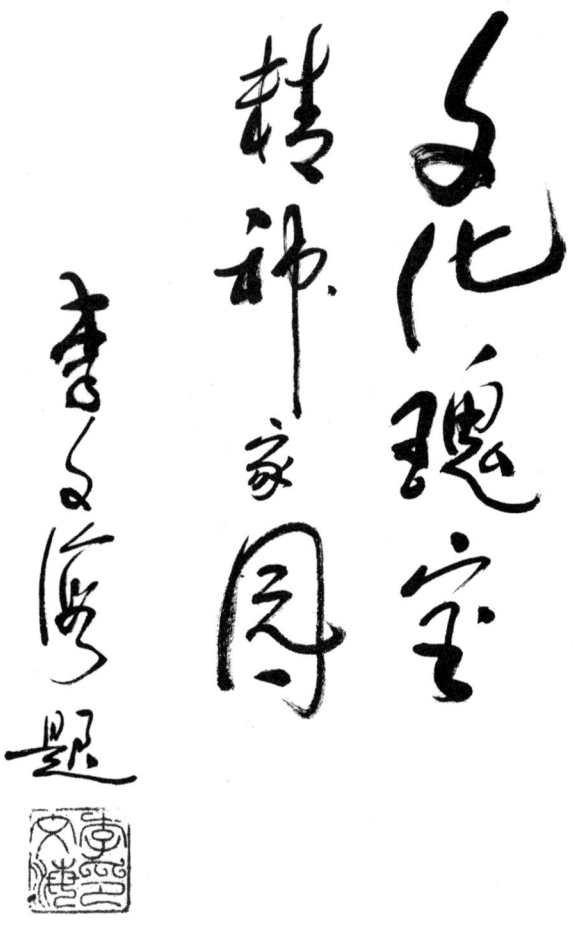

· 中国史学会会长、中国人民大学教授李文海先生为《中国家庭基本藏书》题词

前言

南朝宋范晔所著《后汉书》，是我国历史上一部地位重要的史书，是"二十四史"中的"前四史"之一。

范晔(398—445)，字蔚宗，顺阳(今河南淅川东南)人，东晋学者范宁之孙。博览经史，长于文辞，通晓音乐。东晋末年，聘为刘裕(即宋武帝)之子彭城王义康参军。刘裕代晋以后，历任秘书丞、新蔡太守、尚书吏部郎。一度受到贬斥，出任宣城太守。后升左卫将军、太子詹事，参与朝廷机要，很受信任。元嘉二十二年(445)，孔熙先暗地谋划拥立义康之事败露，范晔受到牵连，他与四个儿子一个弟弟一同被处死，暴尸街头。死时年仅四十八岁。

关于后汉一代历史，最早编成的纪传体史书是《东观汉记》，明帝时创修，班固、刘珍、李尤、崔寔、卢植、马日磾、蔡邕等先后都曾参与纂修，至灵帝熹平年间成书，共一百四十三卷。这是所谓官修正史。此后又有私人纂修的后汉史书，三国吴谢承的《后汉书》，晋代薛莹的《后汉记》，晋代司马彪的《续汉书》，晋代华峤的《后汉书》，晋代谢沈的《后汉书》，晋代张莹的《后汉南记》，晋代袁山松的《后汉书》，以上各书都录入《隋书·经籍志》。范晔颇以史才自负，任宣城太守时，以《东观汉记》为基础，以《史记》《汉书》为规范，参考各书，写成《后汉书》，流行于世。从此以后，其他后汉史书也就逐渐散失不传了。范晔的《后汉书》，只完成了十纪、八十列传，原计划中的十志没有写成。南朝梁刘昭为《后汉书》作注时，将司马彪《续汉书》中的八志取出补进来，一直延续至今。

我们这次编注，选入皇帝纪一篇，皇后纪一篇，一般人物传记四十篇，序、论四篇。选入以上篇目，主要是为了帮助广大读者朋友了解后汉一代的历史概貌，学习祖国优秀的传统文化，提高道德文化素养，增强明是非别善恶的能力，在社会主义现代化建设事业中奋发有为，作出贡献！

本书在注释时参考了唐代李贤等的《后汉书》注，又参考了束世澂编注的《后汉书选》（中华书局1966年出版）等。采取成说，时列己见，疏漏之处，敬请专家学者与读者朋友指教。

《史记》有司马迁《太史公自序》，《汉书》有班固《叙传》，范晔《后汉书》没有留下这类自序文字。《宋书·范晔传》收入他临刑所写的《狱中与诸甥侄书》，文中记述了自己读书、著述的经历，着重谈到了写作《后汉书》的情况，此次作为代序放在书前，对于读者阅读本书会有一定帮助。

为方便读者使用本书，末附"《后汉书》所记大事记"、"《后汉书》重要研究著作"、"《后汉书》名言警句"（正文中用着重号标出）。

李 立 刘伯雨
2008年8月

狱中与诸甥侄书(代序)

史 著 选 集 卷

后汉书·代序

范晔

[原文]

　　吾狂衅覆灭①，岂复何言？汝等皆当以罪人弃之。然平生行己任怀②，犹应可寻。至于能否，意中所解，汝等或不悉知。吾少懒学问，晚成人，年三十许，政始有向耳③。自尔以来，转为心化④，推老将至者⑤，亦当未已也。往往有微解，言乃不能自尽。为性不寻注书，心气恶⑥，小苦思，便愦闷，口机又不调利⑦，以此无谈功。至于所通解处，皆自得之于胸怀耳。文章转进，但才少思难，所以每于操笔，其所成篇，殆无全称者。常耻作文士文，患其事尽于形⑧，情急于藻⑨，义牵其旨⑩，韵移其意⑪。虽时有能者，大较多不免此累⑫，政可类工巧图绘⑬，竟无得也。常谓情志所托，故当以意为主，以文传意。以意为主，则其旨必见；以文传意，则其词不流⑭。然后抽其芬芳⑮，振其金石耳⑯。此中情性旨趣，千条百品⑰，屈曲有成理⑱。自谓颇识其数⑲，尝为人言，多不能赏⑳，意或异故也。

性别宫商^㉑，识清浊^㉒，斯自然也。观古今文人，多不全了此处^㉓，纵有会此者，不必从根本中来。言之皆有实证，非为空谈。年少中，谢庄最有其分^㉔，手笔差易^㉕，文不拘韵故也。吾思巧无定方^㉖，特能济难适轻重^㉗，所禀之分^㉘，犹当未尽。但多公家之言^㉙，少于事外远致^㉚，以此为恨^㉛，亦由无意于文名故也。

本未关史书^㉜，政恒觉其不可解耳^㉝。既造《后汉》^㉞，转得统绪^㉟，详观古今著述及评论，殆少可意者^㊱。班氏最有高名^㊲，既任情无例^㊳，不可甲乙辨^㊴。后赞于理近无所得^㊵，唯志可推耳^㊶。博赡不可及之，整理未必愧也^㊷。吾杂传论^㊸，皆有精意深旨，既有裁味^㊹，故约其词句^㊺。至于《循吏》以下及六夷诸序论^㊻，笔势纵放，实天下之奇作。其中合者，往往不减《过秦》篇^㊼。尝共比方班氏所作^㊽，非但不愧之而已。欲遍作诸志，《前汉》所有者悉令备^㊾。虽事不必多，且使见文得尽。又欲因事就卷内发论，以正一代得失^㊿，意复未果⁽⁵¹⁾。赞自是吾文之杰思⁽⁵²⁾，殆无一字空设，奇变不穷，同含异体⁽⁵³⁾，乃自不知所以称之。此书行，故应有赏音者⁽⁵⁴⁾。《纪传例》为举其大略耳⁽⁵⁵⁾。诸细意甚多，自古体大而思精⁽⁵⁶⁾，未有此也。恐世人不能尽之⁽⁵⁷⁾，多贵古贱今，所以称情狂言耳⁽⁵⁸⁾。……

①狂衅：狂妄生祸。衅，祸端。范晔参与义康谋反，被判死刑。

②行己：立身，做人。　任怀：用心。

③政：通"正"，恰好。　始：才。　向：志向；目标。

④心化：从精神上领略感受。

⑤推：时间推移。

⑥心气：中医术语，指心脏的机能。心气恶(è)，心气衰，心气差，容易疲劳。

⑦口机：口才；谈锋。　调利：协调流利。

⑧事尽于形：事情经过全表现出来，没有回味馀地。形，表现形式。

⑨情急于藻：偏重堆砌辞藻，没有深刻内容。藻，辞藻。

⑩义牵其旨：道理阐发妨碍了文章的旨趣。

⑪韵移其意：强求押韵，改变语意。移，改动，转移。

⑫大较：大概；大略。　累(lèi)：毛病；过失。

⑬工巧：工致巧妙。　图绘：图画。

⑭流：(措辞造句)浮泛。

⑮抽：突出。　芬芳：美丽的辞采。

⑯振：协调。　金石：优美的音韵，如同金声玉振。

⑰千条百品：各种各样，千姿百态。品，种类。

⑱屈曲：曲折变化。　成理：一定的规律。

⑲颇:略微。　数:规律,法则。

⑳赏:品味,领会。

㉑宫商:字音的高低。

㉒清浊:字音的轻重。这里是说,自己善于辨别字音的高低轻重,安排词句,平仄变化,出于自然。六朝时期写作辞赋、骈文、诗歌,注重声韵,因此才这样说。

㉓了:明了。

㉔谢庄(421—466):字希逸,陈郡阳夏(今河南太康)人,南朝宋文学家,长于诗赋,官至吏部尚书。　其分:那种天分。

㉕手笔:诗文写作。　差易:比较容易。差(chā),比较,略微。

㉖思巧:构思巧妙。　定方:固定的格式。

㉗特:只。　济难:解决难题。　适:调适。　轻重:轻重变化。

㉘禀:秉承;生来具有。

㉙公家之言:官府公文,如表章、奏议等。

㉚事外远致:记述事实以外的深远意趣。

㉛恨:遗憾;不足。

㉜关:涉及;浏览。

㉝恒:经常。

㉞《后汉》:范晔任宣城太守时,把各家后汉史书加以合并删削,写成《后汉书》,流行于世,为"二十四史"之一。

㉟统绪:体系条例。

㊱可意:满意;合心。

㊲班氏:班固,字孟坚,东汉史学家、辞赋家,《汉书》作者。

㊳任情:随意安排。

㊴甲乙:等级;次序。这里是说,《汉书》随意安排,没有体例,不能分辨高低次序。

㊵后赞:《汉书》每篇传记之后有"赞",发表议论。范晔认为,后赞在道理上几乎没有得当之处。

㊶志:《汉书》有志十篇。　推:研究。

㊷愧:自愧不如,比《汉书》差。

㊸传论:《后汉书》每篇列传之后附"论"。

㊹裁味:品评;意味。

㊺约:节省(笔墨);简约(词句)。

㊻《循吏》以下:《后汉书》从卷七十六至卷八十四,是《循吏》《酷吏》《宦者》《儒林》《文苑》《独行》《方术》《逸民》《列女》等列传。　六夷:《后汉书》从卷八十五至卷九十,是《东夷》《南蛮西南夷》《西羌》《西域》《南匈奴》《乌桓鲜卑》等列传。以上十五篇列传,每篇前有"序",后有"论"(个别例外)。

㊼不减:不逊色,不低于。　《过秦》篇:西汉政论家贾谊《过秦论》上下篇。

㊽比方:并列起来比较。

㊾备:完全。范晔拟仿照《汉书》作十志,即《律历志》《礼乐志》《刑法志》《食货志》《郊祀志》《天文志》《五行志》《地理志》《沟洫志》《艺文志》,但未实现。今《后汉书》八志为晋司马彪作。

㊿以正:以便考定。　得失:成功与失败。

㉕意:构想。　果:实现。

㊾杰思:高超的构思。

㊿同含异体:相同之中,又有相异。

㊼赏音:知音(用伯牙鼓琴,钟子期赏音的典故)。

㊽《纪传例》:范晔为《后汉书》所作的序例,今已不存。 大略:基本条例。

㊿体大:体制宏大。 思精:构思精妙。

㊼尽:完全理解。

㊽称情:纵情。 狂言:胡说(自谦之词)。

目录

◎ 纪

光武帝纪(节选)

题解

本篇为卷一《光武帝纪》第一上、下合编。光武帝刘秀(前6—57)是东汉王朝的创立者。他以西汉皇族的身份加入绿林起义军,更始元年(23)来到河北活动,打出恢复汉家制度的旗号,赢得部分官僚、地主的支持,力量壮大,最终削平各种武装割据势力,统一全国。他在位期间(25—57),发布释放奴婢的命令,兴修水利,裁撤郡县,对社会的安定和经济的恢复发展做出了贡献。

原文

世祖光武皇帝①,讳秀②,字文叔,南阳蔡阳人③,高祖九世之孙也。出自景帝生长沙定王发。发生春陵节侯买,买生郁林太守外,外生钜鹿都尉回,回生南顿令钦,钦生光武。

光武年九岁而孤,养于叔父良。身长七尺三寸,美须眉,大口,隆准④,日角⑤。性勤于稼穑⑥,而兄伯升好侠养士,常非笑光武事田业,比之高祖兄仲⑦。王莽天凤中,乃之长安受《尚书》,略通大义。

注释

①世祖:东汉光武帝刘秀庙号。 光武:刘秀谥号。
②讳秀:即名叫秀。讳,名讳。
③蔡阳:故城在今湖北枣阳市琚湾镇以西。
④准:鼻头,隆准指鼻梁高而直。
⑤日角:指额骨饱满如日。古代相术认为隆准、日角是帝王之相。
⑥稼穑:泛指农业生产。古代称耕种为稼,收割为穑。
⑦兄仲:即仲兄,名刘喜,勤于农耕。其父常菲薄刘邦不事家人生产。

原文

莽末,天下连岁灾蝗,寇盗锋起①。地皇三年②,南阳荒饥,诸家宾客多为小盗,光武避吏新野③,因卖谷于宛④。宛人李通等以图谶说光武云⑤:"刘氏复起,李氏为辅。"光武初不敢当,然独念兄伯升素结轻客⑥,必举大事;且王莽败亡已兆⑦,天下方乱,遂与定谋。于是乃市兵弩⑧,十月,与李通从弟轶等起于宛,时年二十八。十一月,有星孛于张⑨。光武遂将宾客还春陵,时伯升已会众起兵。初,

中国家庭基本藏书

诸家子恐惧，皆亡逃自匿，曰："伯升杀我。"及见光武绛衣大冠⑩，皆惊曰："谨厚者亦复为之！"乃稍自安。伯升于是招新市、平林兵⑪，与其师王凤、陈牧西击长聚⑫。光武初骑牛，杀新野尉乃得马。进屠唐子乡，又杀湖阳尉⑬。军中分财物不均，众恚恨⑭，欲反攻诸刘，光武敛宗人所得物，悉以与之，众乃悦。进拔棘阳⑮，与王莽前队大夫甄阜、属正梁丘赐战于小长安⑯，汉军大败，还保棘阳。

① 锋起："锋"或作"蜂"，喻寇盗之多。

② 地皇三年：公元22年。

③ 新野：今河南新野县。《续汉书》："伯升宾客劫人，上避吏于新野邓晨家。"

④ 宛：县名，今河南省南阳市。

⑤ 图谶：图是神秘性的画，谶是具有预言性的歌谣。方士、巫师编造的隐语或预言曰谶。谶附有图，因此叫图谶。图谶之说，都出于方士的伪造，以哀帝、平帝时代最多。

⑥ 轻客：不怕事的人。

⑦ 兆：显出征兆。

⑧ 市：购买。

⑨ 孛：古书指光芒四射的彗星。其形象为芒气四出。孛于张，指在二十八宿中张宿所在，发现芒气四出的彗星。古人以为此乃"内不有大乱，必有大兵之象"。

⑩ 大冠：指戴着武冠。

⑪ 新市：县名，今湖北京山市一带。《汉书·地理志》无此县名，《王莽传》只说："江夏羊牧、王匡等起云杜、绿林，号曰下江兵，众皆万馀人。"大概新市这个地名西汉末已经有了，因其地为交通要道，成为一个大的市集所在，故名新市。东汉时于此增置一个侯国，因北方中山国属县有新市，故此称为南新市。但古籍中往往略去南字，如《三国志·陆逊传》："击江夏新市、安陆。" 平林：古邑名，在今湖北随州市。

⑫ 长聚：地属新市。古时小于乡称聚。

⑬ 湖阳：汉代县名，其地在今河南唐河县南湖阳镇。

⑭ 恚(huì)：怨恨。

⑮ 棘阳：汉代县名，在今河南南阳市。

⑯ 大夫、属正：王莽军官职名，大夫相当于太守，属正相当于都尉。 小长安：也是聚名，在今河南邓州市南。

更始元年正月甲子朔①，汉军复与甄阜、梁丘赐战于沘水西②，大破之，斩阜、赐。伯升又破王莽纳言将军严尤、秩宗将军陈茂于淯阳③，进围宛城。

① 更始：刘玄年号。更始元年即公元23年。

② 沘水：一名比水，亦名泌水，在今河南泌阳县。

③ 纳言、秩宗：王莽时改大司马为纳言，改太常为秩宗。

原文

二月辛巳，立刘圣公为天子，以伯升为大司徒，光武为太常、偏将军。三月，光武别与诸将徇昆阳、定陵、郾①，皆下之，多得牛马财物，谷数十万斛，转以馈宛下②。

注释

①徇：带兵巡行占领地方。　昆阳、定陵、郾：汉代县名。昆阳在今河南叶县，定陵在今河南舞阳县北，郾在今河南郾城区。

②转：运输，输送。　馈：送粮。

原文

莽闻阜、赐死，汉帝立，大惧，遣大司徒王寻、大司空王邑，将兵百万，其甲士四十二万人，五月到颍川，复与严尤、陈茂合。初，光武为舂陵侯家讼逋租于尤①，尤见而奇之。及是时，城中出降尤者言："光武不取财物，但会兵计策②。"尤笑曰："是美须眉者邪③？何为乃如是！"

注释

①逋：拖欠。舂陵侯名敞，是光武的叔父。光武曾替刘敞至严尤处控告佃户，追讨欠租。

②会兵计策：调度军队，策划战守。

③美须眉者：指刘秀。

原文

初，王莽征天下能为兵法者六十三家、数百人，并以为军吏，选练武卫，招募猛士，旌旗辎重，千里不绝。时有长人巨无霸，长一丈，大十围，以为垒尉①；又驱诸猛兽虎豹犀象之属，以助威武，自秦、汉出师之盛，未尝有也。光武将数千兵徼之于阳关②，诸将见寻、邑兵盛，反走，驰入昆阳，皆惶怖忧念妻孥，欲散归诸城。光武议曰："今兵谷既少，而外寇强大，并力御之，功庶可立；如欲分散，势无俱全。且宛城未拔，不能相救，昆阳即破，一日之间，诸部亦灭矣。今不同心胆共举功名，反欲守妻子财物邪？"诸将怒曰："刘将军何敢如是！"光武笑而起。会候骑还③，言大兵且至城北，军陈数百里不见其后。诸将遽相谓曰④："更请刘将军计之。"光武复为图画成败，诸将忧迫，皆曰："诺。"时城中唯有八九千人，光武乃使成国上公王凤、廷尉大将军王常留守，夜自与骠骑大将军宗佻、五威将军李轶等十三骑，出城南门，于外收兵。时莽军到城下者且十万，光武几不得出。既至郾、定陵，悉发诸营兵，而诸将贪惜财货，欲分留守之。光武曰："今若破敌，珍宝万倍，大功可成；如为所败，首领无馀⑤，何财物之有！"众乃从。

后汉书·纪

注释

①垒尉：主管军队扎营驻垒事务的官。

②徼：拦截。 阳关：集镇名，在今河南禹州市西北。

③候骑：负责侦察、放哨的骑兵。

④遽：匆忙、仓促。

⑤首领：头和脖子。

原文

严尤说王邑曰："昆阳城小而坚，今假号者在宛，亟进大兵，彼必奔走；宛败，昆阳自服。"邑曰："吾昔以虎牙将军围翟义①，坐不生得②，以见责让③，今将百万之众，遇城而不能下，何谓邪！"遂围之数十重，列营百数，云车十馀丈④，瞰临城中，旗帜蔽野，埃尘连天，钲鼓之声闻数百里。或为地道冲棚橦城⑤，积弩乱发，矢下如雨，城中负户而汲⑥。王凤等乞降，不许。寻、邑自以为功在漏刻⑦，意气甚逸⑧。夜有流星坠营中，昼有云如坏山⑨，当营而陨，不及地尺而散，吏士皆厌伏。

①翟义：字文仲，为东郡太守。王莽当国时，翟义立东平王云之子信为天子，义自号柱天大将军，以诛莽。莽使孙建、王邑等将兵击义。义兵败自杀。王邑在此役因未能生俘翟义，受到谴责。

②坐：因为。

③见：被，受。 让：谴责。

④云车：楼车，用于瞭望敌情。

⑤冲、棚、橦：皆战车名。冲用来冲撞敌城。棚是楼车。橦为冲锋车，此处应作为动词用。

⑥户：单扇的门称户。 汲：指汲水。"负户而汲"是指背着门板抵挡矢镞出来汲水。

⑦漏刻：漏壶滴漏上的一刻时间。漏，古代计时用的漏壶。

⑧逸：原指马脱缰奔跑。此处指其骄气之盛。

⑨坏山：《续汉志》曰："云如坏山，谓营头之星也。占曰：'营头之所坠，其下覆军杀将血流千里。'"

原文

六月己卯，光武遂与营部俱进，自将步骑千馀，前去大军四五里而陈①，寻、邑亦遣兵数千合战。光武奔之，斩首数十级。诸部喜曰："刘将军平生见小敌怯，今见大敌勇，甚可怪也！且复居前，请助将军。"光武复进，寻、邑兵却，诸部共乘之②，斩首数百千级，连胜，遂前。时伯升拔宛已三日，而光武尚未知，乃伪使持书报城中云"宛下兵到③"；而阳堕其书④。寻、邑得之，不憙。诸将既经累捷，胆气益壮，无不一当百。光武乃与敢死者三千人，从城西水上冲其中坚⑤。寻、邑陈乱，乘锐崩之，遂杀王寻；城中亦鼓噪而出，中外合势，震呼动天地。莽兵大溃，走者相腾践，奔殪百馀里间⑥。会大雷风，屋瓦皆飞，雨下如注，滍川盛溢⑦，虎豹皆股战⑧，士卒争赴,溺死者以万数,水为不流。王邑、严尤、陈茂轻骑乘死人度水逃去。尽获其军实辎重⑨,车甲珍宝,不可胜算;举之连月不尽,或燔烧其馀。

①陈:排列为阵。
②乘之:乘势追逐。
③伪使:暗地里派人。
④阳:假装。 堕:丢失。
⑤中坚:将帅居中所处位置。
⑥殪(yì):死。
⑦澅川:澅水,俗名沙河,源出河南鲁山县,东入汝水。
⑧股战:大腿发抖。
⑨军实:军械、粮草之类。

光武因复徇下颍阳①。会伯升为更始所害,光武自父城驰诣宛谢②。司徒官属迎吊光武,光武难交私语,深引过而已。未尝自伐昆阳之功③,又不敢为伯升服丧,饮食言笑如平常。更始以是惭,拜光武为破虏大将军,封武信侯。

①颍阳:汉代县名,在今河南许昌市。
②父城:汉代县名,在今河南宝丰县东。 诣:到达。 谢:谢罪。
③伐:夸耀。

九月庚戌,三辅豪杰共诛王莽①,传首诣宛。更始将北都洛阳,以光武行司隶校尉②,使前整修宫府。于是置僚属、作文移、从事司察③,一如旧章。时三辅吏士东迎更始,见诸将过,皆冠帻④,而服妇人衣,诸于绣镼⑤,莫不笑之,或有畏而走者⑥。及见司隶僚属,皆欢喜不自胜。老吏或垂涕曰:"不图今日复见汉官威仪!"由是识者皆属心焉。及更始至洛阳,乃遣光武以破虏将军行大司马事。十月,持节北度河,镇慰州郡,所到部县,辄见二千石、长史、三老官属⑦,下至佐史,考察黜陟⑧,如州牧行部事⑨,辄平遣囚徒⑩,除王莽苛政,复汉官名。吏人喜悦,争持牛酒迎劳。进至邯郸,故赵缪王子林说光武曰:"赤眉今在河东,但决水灌之,百万之众,可使为鱼。"光武不答,去之真定。林于是乃诈以卜者王郎为成帝子子舆,十二月,立郎为天子,都邯郸,遂遣使者降下郡国。

注释

①三辅：指当时京兆、左冯翊、右扶风三个地方。

②行：代理。　司隶校尉：汉、晋监察卫戍京师及近郡的官，职位相当于州部刺史。

③从事司察：据《续汉书·百官志四》，司隶校尉置从事史十二人，秩皆百石，主督促文书、察举非法。

④帻：头巾，古时地位卑贱者所戴。

⑤诸于：妇人上衣。　绣镼(qū)：妇女穿的绣花背心。

⑥畏而走者：古人以为“服之不中，身之灾也”。所以有人远避边郡。

⑦二千石：谓郡守。　长吏：谓县令长及丞尉。　三老：乡官。汉时，举人年五十以上，有修行能帅众者，置以为三老，每乡一人，择乡三老为县三老。与县令长及丞尉以事相教。

⑧黜：废，贬退。　陟：提升、提拔。

⑨州牧：汉武帝置刺史察州，秩六百石，不常设。成帝后，加强刺史权力，秩二千石，改称州牧，为常设官职。

⑩平遣囚徒：平反刑狱案件，释放囚徒。

原文

二年正月，光武以王郎新盛，乃北徇蓟[①]。王郎移檄购光武十万户[②]，而故广阳王子刘接[③]，起兵蓟中以应郎，城内扰乱，转相惊恐，言邯郸使者方到，二千石以下皆出迎。于是光武趣驾南辕[④]，晨夜不敢放城邑[⑤]，舍食道傍。至饶阳，官属皆乏食。光武乃自称邯郸使者，入传舍[⑥]。传吏方进食，从者饥，争夺之。传吏疑其伪，乃椎鼓数十通[⑦]，绐言邯郸将军至[⑧]，官属皆失色。光武升车欲驰，既而惧不免，徐还坐，曰：“请邯郸将军入。”久乃驾去。传中人遥语门者闭之[⑨]，门长曰：“天下讵可知[⑩]，而闭长者乎？”遂得南出。晨夜兼行，蒙犯霜雪，天时寒，面皆破裂。至呼沱河，无船，适遇冰合，得过，未毕数车而陷。进至下博城西[⑪]，遑惑不知所之[⑫]，有白衣老父在道旁，指曰：“努力，信都郡为长安守，去此八十里。”光武即驰赴之。信都太守任光开门出迎。世祖因发旁县，得四千人，先击堂阳、贳县，皆降之，王莽和戎卒正邳彤亦举郡降[⑬]。又昌城人刘植、宋子人耿纯，各率宗亲子弟，据其县邑，以奉光武。于是北降下曲阳，众稍合，乐附者至有数万人。

复北击中山，拔卢奴，所过发奔命兵[⑭]，移檄边部，共击邯郸，郡县还复响应。南击新市、真定、元氏、防子，皆下之，因入赵界。时王郎大将李育屯柏人，汉兵不知而进，前部偏将朱浮、邓禹，为育所破，亡失辎重。光武在后，闻之，收浮、禹散卒，与育战于郭门，大破之，尽得其所获。育还保城，攻之不下，于是引兵拔广阿。会上谷太守耿况、渔阳太守彭宠，各遣其将吴汉、寇恂等将突骑来助击王郎；更始亦遣尚书仆射谢躬讨郎，光武因大飨士卒，遂东围钜鹿。王郎守将王饶坚守月馀，不下。郎遣将倪宏、刘奉率数万人救钜鹿，光武逆战于南栾[⑮]，斩首数千级。四月，进围邯郸，连战破之。五月甲辰，拔其城，诛王郎。收文书，得吏人与郎交关谤毁者数千章，光武不省⑯，会诸将军烧之，曰："令反侧子自安⑰。"

①蓟：汉代县名，在今北京市境。

②购：悬赏。以十万户悬赏缉捕。

③广阳王：名嘉，汉武帝五代孙。

④趣：同"促"，催促，急促。南辕，驱车向南走。

⑤放：搁，安置。此处意指不敢置身城邑。

⑥传舍：客舍，驿舍。

⑦椎：同"槌"，用鼓槌打。

⑧绐：哄骗，欺骗。

⑨门者：把守城门的人。

⑩讵：副词，表示反问，相当于现在的"难道""哪里"。

⑪下博：汉代县名，在今河北深州。

⑫之：前往。

⑬和戎：王莽分钜鹿为和戎郡。　卒正：职如太守。

⑭奔命：汉时郡国皆有材官、骑士（步、骑兵），若有急难临时征调，骁勇者闻命奔赴，称为奔命。

⑮南栾：汉代县名，在今河北巨鹿北。

⑯交关：勾结。　章：文件。　不省：即不看。

⑰反侧子：指三心二意之人。

更始遣侍御史持节立光武为萧王，悉令罢兵诣行在所①。光武辞以河北未平，不就征，自是始贰于更始②。

是时，长安政乱，四方背叛，梁王刘永擅命睢阳③，公孙述称王巴蜀，李宪自立为淮南王，秦丰自号楚黎王，张步起琅邪，董宪起东海，延岑起汉中，田戎起夷陵④，并置将帅，侵略郡县。又别号诸贼铜马、大肜、高湖、重连、铁胫、大抢、尤来、上江、青犊、五校、檀乡、五幡、五楼、富平、获索等，各领部曲⑤，众合数百万人，所在寇掠。光武将击之，先遣吴汉北发十郡兵。幽州牧苗曾不从，汉遂斩曾而发其众。

①行在：天子临时驻扎地。或谓天子所居之处为行在所。

②贰：离开。

③睢阳：古县名，在今河南商丘。

④夷陵：古县名，在今湖北宜昌市。

⑤部曲：大将军营有五部，部有三校尉。部下有曲，曲有军候一人。

原文

　　秋,光武击铜马于鄡①,吴汉将突骑来会清阳②。贼数挑战,光武坚营自守,有出卤掠者辄击取之③,绝其粮道。积月馀日,贼食尽,夜遁去,追至馆陶,大破之。受降未尽,而高湖、重连从东南来,与铜马馀众合;光武复与大战于蒲阳,悉破降之,封其渠帅为列侯④。降者犹不自安,光武知其意,敕令各归营勒兵⑤,乃自乘轻骑按行部陈。降者更相语曰:"萧王推赤心置人腹中,安得不投死乎!"由是皆服,悉将降人分配诸将,众遂数十万,故关西号光武为"铜马帝"。

注释

　　①鄡(qiāo):县名,在今河北辛集市。
　　②清阳:汉县名。在今河北清河县东。
　　③卤:同"虏"。　掠:夺取。
　　④渠帅:首领。
　　⑤勒兵:整顿军队。

原文

　　赤眉别帅与大肜、青犊十馀万众在射犬①,光武进击,大破之,众皆散走。使吴汉、岑彭袭杀谢躬于邺②。

注释

　　①别帅:应指副帅。　射犬:聚名,在今河南博爱县东。
　　②邺:汉代县名,今河北临漳县北。

原文

　　青犊、赤眉贼入函谷关,攻更始。光武乃遣邓禹率六裨将引兵而西,以乘更始、赤眉之乱。时更始使大司马朱鲔、舞阴王李轶等屯洛阳,光武亦令冯异守孟津以拒之。

　　建武元年①,春正月,平陵人方望立前孺子刘婴为天子②,更始遣丞相李松击斩之。光武北击尤来、大抢、五幡于元氏,追至右北平,连破之。又战于顺水北③,乘胜轻进,反为所败。贼追急,短兵接④,光武自投高岸⑤,遇突骑王丰,下马授光武,光武抚其肩而上,顾笑谓耿弇曰:"几为虏嗤。"弇频射却贼,得免。士卒死者数千人,散兵归保范阳。军中不见光武,或云已殁,诸将不知所为。吴汉曰:"卿曹努力⑥!王兄子在南阳,何忧无主!"众恐惧,数日乃定。贼虽战胜,而素慑大威,客主不相知,夜遂引去。大军复进至安次,与战,破之,斩首三千馀级。贼入渔阳,乃遣吴汉率耿弇、陈俊、马武等十二将军追战于潞东,及平谷,大破灭之。朱鲔遣讨难将军苏茂攻温，冯异、寇恂与战，大破之，斩其将贾强。

①建武元年：公元25年。
②平陵：汉昭帝陵，因以为县名，在今陕西咸阳。　　刘婴：汉宣帝玄孙，号孺子，莽篡位后，废为定安公。
③顺水：徐水别名。徐水，今河北满城区北漕河。
④短兵：刀剑。
⑤自投高岸：指从陡坡上跳下来。
⑥曹：辈。

　　于是诸将议上尊号。马武先进曰："天下无主，如有圣人承敝而起，虽仲尼为相、孙子为将，犹恐无能有益。反水不收①，后悔无及。大王虽执谦退，奈宗庙社稷何！宜且还蓟即尊位，乃议征伐。今此谁贼而驰骛击之乎②？"光武惊曰："何将军出是言？可斩也。"武曰："诸将尽然。"光武使出晓之，乃引军还至蓟。

①反水不收：倒出去的水不能收回来。
②驰：直驰。　骛：乱跑。意谓现在既没有天子，也就无所谓贼，你把谁当作贼去打呢？

　　夏四月，公孙述自称天子。光武从蓟还，过范阳，命收葬吏士。至中山，诸将复上奏曰："汉遭王莽，宗庙废绝，豪杰愤怒，兆人涂炭①。王与伯升首举义兵，更始因其资，以据帝位，而不能奉承大统，败乱纲纪，盗贼日多，群生危蹙②。大王初征昆阳，王莽自溃；后拔邯郸，北州弭定，参分天下而有其二。跨州据土，带甲百万，言武力，则莫之敢抗；论文德，则无所与辞。臣闻帝王不可以久旷，天命不可以谦拒，惟大王以社稷为计，万姓为心。"光武又不听。

　　行到南平棘③，诸将复固请之④。光武曰："寇贼未平，四面受敌，何遽欲正号位乎？"诸将且出。耿纯进曰："天下士大夫，捐亲戚、弃土壤，从大王从矢石之间者⑤，其计固望其攀龙鳞、附凤翼⑥，以成其所志耳！今功业即定，天人亦应，而大王留时逆众⑦，不正号位，纯恐士大夫望绝计穷，则有去归之思，无为久自苦也。大众一散，难可复合。时不可留，众不可逆。"纯言甚诚切，光武深感曰："君将思之。"

①涂炭：意谓若陷泥坠火，无人救之。
②蹙：窘迫。
③南平棘：县名，在今河北赵县南。

④固:坚持。

⑤矢石:箭与石。古代作战射箭抛石攻击敌人。

⑥攀龙鳞、附凤翼:以比喻攀附、追随皇帝。

⑦留:稽留迟延。留时,指浪费时日。

【原文】

行至鄗①,光武先在长安时同舍生强华②,自关中奉《赤伏符》,曰:"刘秀发兵捕不道,四夷云集龙斗野,四七之际火为主③。"群臣因复奏曰:"受命之符④,人应为大,万里合信,不议同情,周之白鱼⑤,曷足比焉⑥!今上无天子,海内淆乱,符瑞之应,昭然著闻,宜答天神,以塞群望⑦。"光武于是命有司设坛场于鄗南千秋亭五成陌⑧。六月己未,即皇帝位,燔燎告天⑨,禋于六宗⑩,望于群神⑪。其祝文曰:"皇天上帝,后土神祇,眷顾降命,属秀黎元⑫,为人父母,秀不敢当,群下百辟⑬,不谋同辞,咸曰:'王莽篡位,秀发愤兴兵,破王寻、王邑于昆阳,诛王郎、铜马于河北,平定天下,海内蒙恩,上当天地之心,下为元元所归。'谶记曰:'刘秀发兵捕不道,卯金修德为天子。'秀犹固辞,至于再,至于三。群下佥曰⑭:'皇天大命,不可稽留。'敢不敬承。"于是建元为建武,大赦天下,改鄗为高邑。是月,赤眉立刘盆子为天子。甲子,前将军邓禹击更始定国公王匡于安邑,大破之,斩其将刘均。

【注释】

①鄗:汉代县名,在今河北柏乡县。

②强华:汉颍川人。

③四七:二十八。四七之际,谓自汉高祖至光武初起,合二百二十八年。　火为主:火指汉。古代认为,汉为火德。

④受命之符:指强华所奉《赤伏符》。

⑤白鱼:《尚书中候》曰:"武王伐纣,渡孟津,中流白鱼跃入王舟,长三尺,赤文有字,告以伐纣之意。"

⑥曷:何,哪里。

⑦塞:满足。

⑧坛场:筑土为坛,除地为场。

⑨燔燎:焚烧。因烟可冲天,所以祭天时于坛场上烧柴,称为燔燎或燔柴。以烟通天,上达天听之意。

⑩禋(yīn):即虔诚祭礼。　六宗:所指不一,光武时以日、月、雷公、风伯、山、泽为六宗。

⑪望:祭山川的祭名,古人以山、林、川、谷都能兴云致雨,称为神。

⑫属:意为托付。　黎元:黎为黎民,元为元元,都指百姓。

⑬百辟:百官。

⑭佥:都,皆。

秋七月辛未，拜前将军邓禹为大司徒。丁丑，以野王令王梁为大司空。壬午，以大将军吴汉为大司马，偏将军景丹为骠骑大将军，大将军耿弇为建威大将军，偏将军盖延为虎牙大将军，偏将军朱佑为建义大将军，中坚将军杜茂为大将军。时宗室刘茂自号厌新将军①，率众降，封为中山王。己亥，幸怀②，遣耿弇率强弩将军陈俊军五社津③，备荥阳以东。使吴汉率朱佑及廷尉岑彭、执金吾贾复、扬化将军坚镡等十一将军围朱鲔于洛阳。八月壬子，祭社稷。癸丑，祠高祖、太宗、世宗于怀宫。进幸河阳。更始廪丘王田立降。九月，赤眉入长安，更始奔高陵④。辛未，诏曰："更始破败，弃城逃走，妻子裸袒，流冗道路⑤，朕甚愍之。今封更始为淮阳王，吏人敢有贼害者⑥，罪同大逆⑦。"甲申，以前高密令卓茂为太傅。辛卯，朱鲔举城降。冬十月癸丑，车驾入洛阳，幸南宫却非殿，遂定都焉。

①厌新：王莽号新室，故有此号。
②怀：汉代县名。在今河南武陟县西南。
③五社津：在今河南巩义。
④高陵：汉代县名，在今陕西西安市高陵区。
⑤流冗：流离失所。冗，分散。
⑥贼：伤害、杀害。贼害连用，义同。
⑦大逆：犯上作乱。

遣岑彭击荆州群贼。十一月甲午，幸怀。刘永自称天子。十二月丙戌，至自怀①。赤眉杀更始，而隗嚣据陇右，卢芳起安定。破虏大将军叔寿击五校贼于曲梁，战殁②。

①至：回到(洛阳)。
②殁(mò)：死亡。

二年春，正月甲子朔，日有食之。大司马吴汉率九将军击檀乡贼于邺东，大破降之。庚辰，封功臣皆为列侯，大国四县，馀各有差。下诏曰："人情得足，苦于放纵，快须臾之欲①，忘慎罚之义②。惟诸将业远功大，诚欲传于无穷，宜如临深渊，如履薄冰③，战战栗栗，日慎一日。其显效未酬，名籍未立者，大鸿胪趣上④，朕将差而录之⑤。"博士丁恭议曰："古帝王封诸侯，不过百里⑥，故利以建侯，取法于雷⑦，强干弱枝，所以为治也。今封诸侯四县，不合法制。"帝曰："古之亡国，皆以无道，未尝闻功臣地多而灭亡者。"乃遣谒者即授印绶⑧，策曰⑨："在上不骄，高而不危；制节谨度，满而不溢。敬之戒之，传尔子孙，长为汉藩。"

壬午，更始复汉将军邓晔、辅汉将军于匡降，皆复爵位。壬子，起高庙⑩，建社稷于洛阳⑪，立郊兆于城南，始正火德、色尚赤⑫。是月，赤眉焚西京宫室，发掘园陵，寇掠关中。大司徒邓禹入长安，遣府掾奉十一帝神主纳于高庙。真定王杨、临邑侯让谋反⑬，遣前将军耿纯诛之。

【注释】

① 须臾：短时间的。

② 慎罚：出自《尚书·康诰》，慎重施用刑罚。

③ 如临深渊，如履薄冰：比喻时时恐惧，以防陷落下去。

④ 大鸿胪：东汉设大鸿胪卿一人，中二千石，掌诸侯朝见及拜封诸侯。　趣：同"促"。

⑤ 差(cī)：分别等级。　录：录用。

⑥ 百里：《史记》太史公曰："武王、成、康所封数百，而同姓五十，地不过百里。"

⑦ 雷：意为雷雨范围只及百里，诸侯封地也应以百里为限。

⑧ 谒者：官职名。时选仪容端正的人，任奉使者。

⑨ 策：古代帝王对臣下封土、授爵或免官的文书。

⑩ 高庙：光武都洛阳，合高祖以下至平帝为一庙，藏十一帝神主其中。

⑪ 社稷：《白虎通》曰："社者，土地，人非土不立，非谷不食，故封土立社，示有土也。稷者，五谷之长，得阴阳中和之气，故祭之也。"

⑫ 尚赤：汉初自以为是应土德为王的，故色尚黄，这时认为汉继尧，是火德，故尚赤。

⑬ 杨：汉景帝七代孙。让为杨弟。

【原文】

二月己酉，幸修武①。大司空王梁免。壬子，以太中大夫宋弘为大司空。遣骠骑大将军景丹率征虏将军祭遵等二将军击弘农贼，破之；因遣祭遵围蛮中贼张满②。渔阳太守彭宠反，攻幽州牧朱浮于蓟。延岑自称武安王于汉中。辛卯，至自修武。三月乙未，大赦天下，诏曰："顷狱多冤人③，用刑深刻④，朕甚愍之。孔子云：'刑罚不中⑤，则民无所措手足。'其与中二千石、诸大夫、博士、议郎，议省刑法⑥。"遣执金吾贾复率二将军击更始郾王尹遵，破降之。骁骑将军刘植击密贼，战殁。遣虎牙大将军盖延，率四将军伐刘永。

【注释】

① 修武：汉代县名，在今河南获嘉县。

② 蛮中：聚名，在今河南伊川县西南。

③ 顷：时间副词，近来、不久前。

④深刻：严厉刻薄。

⑤中：宽严适当。这里所引见于《论语·子路篇》。

⑥省：减少，删减。

夏四月，围永于睢阳。更始将苏茂杀淮阳太守潘蹇而附刘永。甲午，封叔父良为广阳王，兄子章为太原王，章弟兴为鲁王，舂陵侯嫡子祉为城阳王。五月庚辰，封更始元氏王歆为泗水王，故真定王杨子得为真定王，周后姬常为周承休公。癸未，诏曰："民有嫁妻卖子欲归父母者，恣听之。敢拘执，论如律。"六月戊戌，立贵人郭氏为皇后，子强为皇太子，大赦天下，增郎、谒者、从官秩各一等①。丙午，封宗子刘终为淄川王。

秋八月，帝自将征五校。丙辰，幸内黄，大破五校于羛阳②，降之。遣游击将军邓隆救朱浮，与彭宠战于潞，隆军败绩。盖延拔睢阳，刘永奔谯③。破虏将军邓奉据淯阳反。九月壬戌，至自内黄。骠骑大将军景丹薨④。延岑大破赤眉于杜陵。关中饥，民相食。

①秩：官吏的俸禄。

②羛(xī)阳：聚名，在今河南内黄县南。

③谯：汉代县名，今安徽亳州。

④薨(hōng)：古代称诸侯或有高爵显位者死为"薨"。

冬十一月，以廷尉岑彭为征南大将军，率八将军讨邓奉于堵乡①。铜马、青犊、尤来馀贼共立孙登为天子于上郡②，登将乐玄杀登，以其众五万馀人降。遣偏将军冯异代邓禹伐赤眉。使太中大夫伏隆持节安辑青、徐二州③，招张步，降之。十二月戊午，诏曰："惟宗室列侯为王莽所废，先灵无所依归，朕甚愍之。其并复故国。若侯身已殁，属所上其子孙见名尚书④，封拜。"是岁，盖延等大破刘永于沛西。初，王莽末，天下旱蝗，黄金一斤易粟一斛，至是，野谷旅生⑤，麻菽尤盛⑥，野蚕成茧，被于山阜⑦，人收其利焉。

①堵乡：在今河南方城县境。

②上郡：辖今陕西北部一带，郡治在今陕西绥德。

③安辑：安抚，安定。

④属所：列侯子孙属地所属的郡县。

史著选集卷

⑤旅生:谷不因播种而生,故曰旅。旅,寄。

⑥菽:大豆。

⑦被:覆盖。

三年春,正月甲子,以偏将军冯异为征西大将军,杜茂为骠骑大将军。大司徒邓禹及冯异与赤眉战于回溪①,禹、异败绩。征虏将军祭遵破蛮中,斩张满。辛巳,立皇考南顿君已上四庙。壬午,大赦天下。闰月乙巳,大司徒邓禹免。冯异与赤眉战于崤底②,大破之,馀众南向宜阳,帝自将征之。己亥,幸宜阳。甲辰,亲勒六军,大陈戎马,大司马吴汉精卒当前,中军次之,骁骑、武卫分陈左右。赤眉望见震怖,遣使乞降。丙午,赤眉君臣面缚③,奉高皇帝玺绶④,诏以属城门校尉。戊申,至自宜阳。己酉,诏曰:"群盗纵横,贼害元元,盆子窃尊号,乱惑天下,朕奋兵讨击,应时崩解,十馀万众束手降服,先帝玺绶归之王府。斯皆祖宗之灵,士人之力,朕曷足以享斯哉!其择吉日,祠高庙,赐天下长子当为父后者爵,人一级。"二月己未,祠高庙,受传国玺。

刘永立董宪为海西王,张步为齐王,步杀光禄大夫伏隆而反。辛怀。遣吴汉率二将军击青犊于轵西⑤,大破降之。三月壬寅,以大司徒司直伏湛为大司徒⑥。彭宠陷蓟城,宠自立为燕王。帝自将征邓奉,幸堵阳。

①回溪:俗名回坑,在今河南洛宁县东北。

②崤底:即崤山。底,阪也,通作坂。

③面缚:两手反绑于背后,表示投降。

④玺:秦始皇刻有传国玺,其文曰:"受命于天,既寿永昌。"后子婴献于汉高祖,王莽篡位时为王莽所得,莽败归更始,更始败再入于赤眉,刘盆子既败,献于光武。

⑤轵:汉代县名,在今河南济源市。

⑥司徒司直:光武即位后置司徒司直一职,建武十一年撤销。

夏四月,大破邓奉于小长安,斩之。

冯异与延岑战于上林①,破之。吴汉率七将军与刘永将苏茂战于广乐②,大破之。虎牙大将军盖延围刘永于睢阳。五月己酉,车驾还宫③。乙卯晦,日有食之。六月壬戌,大赦天下。耿弇与延岑战于穰④,大破之。

①上林:关中上林苑,故址在今陕西西安长安区。

②广乐:今河南虞城县西。

③车驾:借指皇帝(刘秀)。

④穰(ráng):汉代县名,在今河南邓州。

秋七月,征南大将军岑彭率三将军伐秦丰,战于黎丘,大破之,获其将蔡宏。庚辰,诏曰:"吏不满六百石,下至墨绶长、相①,有罪先请②。男子八十以上,十岁以下,及妇人从坐者③,自非不道④,诏所名捕⑤,皆不得击;当验问者即就验,女徒雇山归家⑥。"盖延拔睢阳,获刘永,而苏茂、周建立永子纡为梁王。

①墨绶长、相:汉制,大县设县令一人,禄千石;较小的县设县长一人,四百石;小县的县长三百石。侯国一县之地,设相,地位同于县令、长。六百石以下的令、长、相,皆铜印墨绶。

②有罪先请:指县令一级地方官吏犯了罪,要先请示中央,长官不能任意处决。

③从坐:牵连入罪。

④不道:汉律,无辜杀一家三口为"不道"。

⑤诏所名捕:诏书点名特捕的犯人。

⑥女徒雇山归家:女子犯徒罪,遣归家,需每月出钱雇人于山伐木,谓之"雇山"。

冬,十月壬申,幸舂陵,祠园庙,因置酒旧宅,大会故人父老。十一月乙未,至自舂陵。

涿郡太守张丰反。是岁李宪自称天子。西州大将军隗嚣奉奏。建义大将军朱佑率祭遵与延岑战于东阳,斩其将张成。

四年春,正月甲申,大赦天下。二月壬子,幸怀。壬申,至自怀。遣右将军邓禹率二将军与延岑战于武当①,破之。夏四月丁巳,幸邺。己巳,进幸临平②。遣大司马吴汉击五校贼于箕山③,大破之。五月,进幸元氏。辛巳,进幸卢奴,遣征虏将军祭遵率四将军讨张丰于涿郡,斩丰。六月辛亥,车驾还宫。七月丁亥,幸谯。遣捕虏将军马武、偏将军王霸围刘纡于垂惠④。董宪将贲休以兰陵城降⑤,宪围之。虎牙大将军盖延率平狄将军庞萌救贲休,不克,兰陵为宪所陷。秋,八月戊午,进幸寿春。太中大夫徐恽擅杀临淮太守刘度,恽坐诛。遣扬武将军马成率三将军伐李宪。九月,围宪于舒⑥。冬,十月甲寅,车驾还宫。太傅卓茂薨。十一月丙申,幸宛。遣建义大将军朱佑率二将军围秦丰于黎丘。十二月丙寅,进幸黎丘。是岁,征西大将军冯异与公孙述将程焉战于陈仓⑦,破之。

① 武当:汉代县名,在今湖北丹江口。
② 临平:汉代县名,在今河北晋州。
③ 箕山:在今河南登封市东南。
④ 垂惠:聚名,一名礼城,在今安徽蒙城西北。
⑤ 兰陵:汉代县名,今山东苍山县西南。
⑥ 舒:汉代县名,在今安徽庐江县。
⑦ 陈仓:在今陕西宝鸡市东。

　　五年春,正月癸巳,车驾还宫。二月丙午,大赦天下。捕虏将军马武、偏将军王霸拔垂惠。乙丑,幸魏郡。壬申,封殷后孔安为殷绍嘉公①。彭宠为其苍头所杀②,渔阳平。大司马吴汉率建威大将军耿弇,击富平、获索贼于平原③,大破降之。复遣耿弇率二将军讨张步。三月癸未,徙广阳王良为赵王,始就国。平狄将军庞萌反,杀楚郡太守孙萌而东附董宪。遣征南大将军岑彭率二将军伐田戎于津乡④,大破之。夏四月,旱蝗。河西大将军窦融始遣使贡献。五月丙子,诏曰:"久旱伤麦,秋种未下,朕甚忧之。将残吏未胜⑤,狱多冤结,元元愁恨,感动天气乎?其令中都官、三辅、郡国出系囚⑥,罪非犯殊死⑦,一切勿案⑧,见徒免为庶人⑨。务进柔良、退贪酷,各正厥事焉。"六月,建义大将军朱祐拔黎丘,获秦丰,而庞萌、苏茂围桃城⑩。帝时幸蒙⑪,因自将征之。先理兵任城,乃进救桃城,大破萌等。

　　秋,七月丁丑,幸沛。祠高原庙⑫。诏修复西京园陵。进幸湖陵,征董宪。又幸蕃⑬,遂攻董宪于昌虑⑭,大破之。八月己酉,进幸郯⑮,留吴汉攻刘纡、董宪等,车驾转徇彭城、下邳。吴汉拔郯,获刘纡,汉进围董宪、庞萌于朐。

　　冬十月,还幸鲁。使大司空祠孔子。耿弇等与张步战于临淄,大破之。帝幸临淄,进幸剧⑯。张步斩苏茂以降,齐地平。初起太学,车驾还宫,幸太学,赐博士弟子各有差。

　　十一月壬寅,大司徒伏湛免,尚书令侯霸为大司徒。十二月,卢芳自称天子于九原。西州大将军隗嚣遣子恂入侍。交阯牧邓让率七郡太守,遣使奉贡。诏复济阳二年徭役⑰。是岁,野谷渐少,田亩益广焉。

① 孔安:汉成帝封孔吉为殷绍嘉公,孔安为孔吉的后裔。
② 苍头:家奴。
③ 平原:汉代郡名,在今山东平原县。
④ 津乡:在今湖北江陵东。

⑤将：或许。　残吏未胜：官吏残酷不胜任职事。

⑥系囚：拘系的囚犯。

⑦殊死：斩刑。殊，绝。

⑧案：案问，审问、审查。

⑨见徒：现在服劳役者。

⑩桃城：即桃聚，在今山东东阿县。

⑪蒙：县名，在今山东蒙阴。

⑫祠：祭祀。　原：再。谓已立庙，更立者为原。

⑬蕃（pí）：汉代县名，在今山东滕州。

⑭昌虑：汉代县名，今山东滕州东南六十里。

⑮郯（tán）：汉代县名，今山东郯城县。

⑯剧：县名，在今山东寿光。

⑰济阳：县名，在今河南兰考。光武的父亲刘钦曾任济阳令，光武出生于济阳，特免该县徭役二年。免徭役和免田租古称"复"。

六年春，正月丙辰，改春陵乡为章陵县，世世复徭役，比丰、沛①，无有所豫②。辛酉，诏曰："往岁水旱蝗虫为灾，谷价腾跃③，人用困乏。朕惟百姓无以自赡，恻然愍之。其命郡国有谷者给禀④，高年鳏寡孤独及笃癃无家属贫不能自存者，如律⑤。二千石勉加循抚⑥，无令失职⑦。"扬武将军马成等拔舒，获李宪。二月，大司马吴汉拔朐，获董宪、庞萌，山东悉平。诸将还京师，置酒赏赐。三月，公孙述遣将任满寇南郡⑧。

①比丰沛：汉高祖刘邦，丰沛人，代代复徭役，光武比之，复章陵徭役。

②豫：变动。

③腾跃：急遽上涨。

④禀：同"廪"，给食。

⑤如律：六十无妻曰鳏，五十无夫曰寡，幼而无父曰孤，老而无子曰独。汉律有照顾鳏寡孤独等人生活的规定。史言曹操执政时，曾发给这些人日食五升。

⑥勉：努力，尽力。　循：安慰，慰问。

⑦失职：失常，不能生活。职，犹常也。

⑧寇：侵犯，骚扰。

夏，四月丙子，幸长安，始谒高庙，遂有事十一陵①。遣虎牙大将军盖延等七将军从陇道伐公孙述。五月己未，至自长安。隗嚣反，盖延等因与嚣战于陇坻，诸将败绩。辛丑，诏曰："惟天水、陇西、安定、北地吏人为隗嚣所诖误者②，又三辅遭难赤眉，有犯法不道者，自殊死以下皆赦除之。"六月辛卯，诏曰："夫张官置吏③，所以为人也，今百姓遭难，户口耗少，而县官吏职所置尚繁，其令司隶、州牧各实所部④，省减吏员。县国不足置长吏可并合者，上大司徒、大司空二府⑤。"于是条奏并省四百馀县，吏职减损，十置其一。代郡太守刘兴击卢芳将贾览于高柳，战殁。……

① 有事：古时也称祭祀为"有事"。 十一陵：从汉高帝到汉平帝的十一座陵墓。
② 诖：连累、牵累。
③ 张官置吏：设置官吏。
④ 司隶：司隶校尉，部河南、河内、京兆、右扶风、左冯翊、河东、弘农七郡。
⑤ 大司徒：东汉丞相。 大司空：东汉御史大夫。

冬，十月丁丑，诏曰："吾德薄不明，寇贼为害，强弱相陵①，元元失所。《诗》云②：'日月告凶，不用其行。'永念厥咎，内疚于心。其敕公卿举贤良、方正各一人③，百僚并上封事，无有隐讳；有司修职，务遵法度。"十一月丁卯，诏王莽时吏人没入为奴婢不应旧法者④，皆免为庶人。十二月壬辰，大司空宋弘免。癸巳，诏曰："顷者师旅未解，用度不足，故行什一之税⑤。今军士屯田，粮储差积⑥，其令郡国收见田租三十税一，如旧制⑦。"隗嚣遣将行巡寇扶风⑧，征西大将军冯异拒破之。是岁，初罢郡国都尉官，始遣列侯就国。匈奴遣使来献，使中郎将报命⑨。

① 陵：同"凌"，侵犯，欺侮。
②《诗》云：以下所引见于《诗经·小雅·节南山》。
③ 贤良、方正：直言极谏之士。
④ 没入：没收犯罪者家属及财产入官。
⑤ 什一：十分而税其一。
⑥ 差(chā)：略微，比较。
⑦ 旧制：汉景帝时曾实行田租三十税一的制度。
⑧ 行巡：人名。行，姓；巡，名。
⑨ 报命：答使。意谓回复、答复。

七年春，正月丙申，诏中都官、三辅、郡国出系囚，非犯殊死，皆一切勿案其罪，见徒免为庶民，耐罪亡命①，吏以文除之②。又诏曰："世以厚葬为德，薄终为鄙，至于富者奢僭③，贫者单财④，法令不能禁，礼义不能止，仓卒乃知其咎⑤。其布告天下，令知忠臣、孝子、慈兄、悌弟薄葬送终之义。"二月辛巳，罢护漕都尉官。

三月丁酉，诏曰："今国有众军，并多精勇，宜且罢轻车、骑士、材官、楼船士及军假吏⑥，令还复民伍⑦。"公孙述立隗嚣为朔宁王。癸亥晦，日有食之，避正殿，寝兵，不听事五日。诏曰："吾德薄致灾，谪见日月⑧，战栗恐惧，夫何言哉！今方念愆⑨，庶消厥咎。其令有司各修职任，奉遵法度，惠兹元元。百僚各上封事无有所讳。其上书者，不得言圣。"夏，四月壬午，诏曰："比阴阳错谬⑩，日月薄食，百姓有过，在予一人，大赦天下。公、卿、司隶、州牧举贤良、方正各一人，遣诣公车，朕将览试焉。"五月戊戌，前将军李通为大司空。甲寅，诏吏人遭饥乱及为青、徐贼所略为奴婢、下妻，欲去留者，恣听之⑪。敢拘制不还⑫，以卖人法从事。是夏，连雨水。汉忠将军王常为横野大将军。八月丁亥，封前河间王邵为河间王。隗嚣寇安定，征西大将军冯异、征虏将军祭遵击却之。冬，卢芳所置朔方太守田飒、云中太守乔扈各举郡降。是岁，省长水、射声二校尉官。

八年春，正月，中郎将来歙袭略阳①，杀隗嚣守将而据其城。夏四月，司隶校尉傅抗下狱死。隗嚣攻来歙，不能下。闰月，帝自征嚣，河西太守窦融率五郡太守与车驾会高平②。陇右溃，隗嚣奔西城，遣大司马吴汉、征南大将军岑彭围之。进幸上邽，不降，命虎牙大将军盖延、建威大将军耿弇攻之。颍川盗贼寇没属县，河东守守兵亦叛，京师骚动。秋，大水。

八月，帝自上邽晨夜东驰。九月乙卯，车驾还宫。庚申，帝自征颍川，盗贼皆降。安丘侯张步叛归琅邪，琅邪太守陈俊讨获之。戊寅，至自颍川。十月丙午，幸怀。十一月乙丑，至自怀。公孙述遣兵救隗嚣，吴汉、盖延等还军长安，天水、陇西，复反归嚣。……是岁，大水。

九年春正月，隗嚣病死，其将王元、周宗复立嚣子纯为王。徙雁门吏人于太原。三月辛亥，初置青巾左校尉官。公孙述遣将田戎、任满据荆门。夏，六月丙戌，幸缑氏，登辕辕。遣大司马吴汉率四将军击卢芳将贾览于高柳③，战不利。秋八月，遣中郎将来歙监征西大将军冯异等五将军讨隗纯于天水。骠骑大将军杜茂与贾览战于繁畤，茂军败绩。是岁，省关都尉，复置护羌校尉官④。

① 略阳：汉代县名，属天水郡，在今甘肃秦安县。
② 五郡：陇西、金城、天水、酒泉、张掖。
③ 高柳：在山西阳高县北。
④ 护羌校尉：汉武帝时置，秩比二千石，持节以护西羌。王莽乱时，西羌反抗，遂罢。光武时西羌又复内属。

【原文】

十年春，正月，大司马吴汉，率捕虏将军王霸等五将军击贾览于高柳。匈奴遣骑救览，诸将与战，却之。修理长安高庙。夏，征西大将军冯异破公孙述将赵匡于天水，斩之。征西大将军冯异薨。秋，八月己亥，幸长安，祠高庙，遂有事十一陵。戊戌，进幸汧①。隗嚣将高峻降。冬十月，中郎将来歙等大破隗纯于落门②，其将王元奔蜀，纯与周宗降，陇右平。先零羌寇金城、陇西，来歙率诸将击羌于五溪，大破之。庚寅，车驾还宫。是岁，省定襄郡③，徙其民于西河④。泗水王歙薨，淄川王终薨。

① 汧(qiān)：汉代县名，在今陕西陇县南。
② 落门：聚(镇)名，在今甘肃武山县东。
③ 定襄：汉郡名，今内蒙古自治区呼和浩特市东南黄合少乡城墙村古城。
④ 西河：郡治故城在今内蒙古伊金霍洛旗东南境。

【原文】

十一年春，二月己卯，诏曰："天地之性人为贵。其杀奴婢，不得减罪。"己酉，幸南阳。还，幸章陵，祠园陵。城阳王祉薨。庚午，车驾还宫。闰月，征南大将军岑彭，率三将军与公孙述将田戎、任满战于荆门，大破之，获任满。威虏将军冯骏围田戎于江州①，岑彭遂率舟师伐公孙述，平巴郡。夏，四月丁卯，省大司徒司直官。先零羌寇临洮。六月，中郎将来歙率扬武将军马成破公孙述将王元、环安于下辩②，安遣间人刺杀中郎将来歙③，帝自将征公孙述。秋七月，次长安④。八月，岑彭破公孙述将侯丹于黄石。辅威将军臧宫与公孙述将延岑战于沈水，大破之。王元降。至自长安。癸亥，诏曰："敢灸灼奴婢论如律，免所灸灼者为庶民。"冬，十月壬午，诏除奴婢射伤人弃市律⑤。公孙述遣间人刺杀征南大将军岑彭。马成平武都，因陇西太守马援击破先零羌，徙致天水、陇西、扶风。十二月，大司马吴汉率舟师伐公孙述。是岁，省朔方牧并并州⑥。初断州牧自还奏事⑦。

①江州：汉代县名，在今重庆市。
②下辩：汉代县名，在今甘肃成县西。
③间人：间谍，伺候身边，有隙可乘者。
④次：临时停驻。
⑤除：废除。　市：处死后弃尸街头。
⑥并州：今山西太原。此句指裁去原设的朔方牧，地方归并州管。
⑦断：废止。汉制规定，州牧在年终须亲自入京奏事，这时废止这一规定。

　　十二年，春正月，大司马吴汉与公孙述将史兴战于武阳①，斩之。三月癸酉，诏陇蜀民被略为奴婢自讼者，及狱官未报，一切免为庶民。夏，甘露降南行唐。六月，黄龙见东阿。秋七月，威虏将军冯骏拔江州，获田戎。九月，吴汉大破公孙述将谢丰于广都，斩之。辅威将军臧宫拔涪城，斩公孙恢②。大司空李通罢。冬十一月戊寅，吴汉、臧宫与公孙述战于成都，大破之，述被创③，夜死。辛巳，吴汉屠成都，夷述宗族及延岑等④。

①武阳：汉代县名，在今四川眉山市彭山区东。
②恢：公孙述之弟。
③被创：受伤。
④夷：灭。

　　十二月辛卯，扬武将军马成行大司空事。是岁，九真徼外蛮夷张游率种人内属①，封为归汉里君。省金城郡，属陇西。参狼羌寇武都，陇西太守马援讨降之。诏边吏力不足战则守，追虏料敌，不拘以逗留法②。横野大将军王常薨。遣骠骑大将军杜茂将众郡施刑屯北边③，筑亭候④，修烽燧⑤。

①徼：边界。　种：种族。

②逗:留止。意谓曲行避敌。汉法,军行逗留畏惧者斩。

③施刑:有赦令罪徒不穿赭衣,不上钳,谓之施刑。施,解除(枷锁)。

④亭候:望敌之所。

⑤烽燧:古代报警的烟火。这里指燃放烽燧的墩台。

【原文】

十三年春,正月庚申,大司徒侯霸薨。戊子,诏曰:"往年已敕郡国,异味不得有所献御①,今犹未止,非徒有豫养导择之劳②,至乃烦扰道上,疲费过所。其令太官勿复受③。明敕下以远方口实所以荐宗庙④,自如旧制⑤。"二月,遣捕虏将军马武屯乎滹河以备匈奴。卢芳自五原亡入匈奴。丙辰,诏曰:"长沙王兴、真定王得、河间王邵、中山王茂,皆袭爵为王,不应经义⑥。其以兴为临湘侯,得为真定侯,邵为乐成侯,茂为单父侯。"其宗室及绝国封侯者,凡一百三十七人。丁巳,降赵王良为赵公,太原王章为齐公,鲁王兴为鲁公。庚午,以殷绍嘉公孔安为宋公,周承休公姬常为卫公,省并西京十三国⑦:广平属钜鹿,真定属常山,河间属信都,城阳属琅邪,泗水属广陵,淄川、高密、胶东属北海,六安属庐江,广阳属上谷。三月辛未,沛郡太守韩歆为大司徒。丙子,行大司空马成薨。夏四月,大司马吴汉自蜀还京师,于是大飨将士,班劳策勋。功臣增邑更封,凡三百六十五人,其外戚恩泽封者四十五人。罢左右将军官。建威大将军耿弇罢。益州传送公孙述瞽师、郊庙乐器、葆车、舆辇,于是法物始备⑧。时兵革既息,天下少事,文书调役,务从简寡,至乃十存一焉。甲寅,冀州牧窦融为大司空。五月,匈奴寇河东。秋七月,广汉徼外白马羌豪率种人内属。九月,日南徼外蛮夷献白雉、白兔。冬,十二月甲寅,诏:"益州民自八年以来被略为奴婢者,皆一切免为庶民;或依托为人下妻,欲去者,恣听之;敢拘留者,比青、徐二州,以略人法从事。"复置金城郡。

①异味:珍奇的美味。

②豫养导择:预先饲养并精选。

③太官:秦汉官名,供应皇帝饮宴。

④口实:即膳馐之事。

⑤自如旧制:如是宗庙的祭品,仍照旧。

⑥应:合乎。以其服属既疏,不当袭爵为王,故云"不应经义"。

⑦西京:指西汉时,非地名。

⑧法物:帝王仪仗所用器物。

【原文】

十四年春,正月,起南宫前殿。匈奴遣使奉献,使中郎将报命①。夏,四月辛巳,封孔子后志为褒成侯②。越嶲人任贵自称太守,遣使奉计③。秋九月,平城人贾丹杀卢芳将尹由来降。是岁,会稽大疫。莎车国、鄯善国遣使奉献。十二月癸卯,诏益、凉二州奴婢,自八年以来自讼在所官,一切免为庶民,卖者无还直④。

十五年春,正月辛丑,大司徒韩歆免,自杀。丁未,有星孛于昴。汝南太守欧阳歙为大司徒。建义大将军朱祐罢。丁未⑤,有星孛于营室。二月,徙雁门、代郡、上谷三郡民⑥,置常关、居庸关以东⑦。初,巴蜀既平,大司马吴汉上书请封皇子,不许,重奏连岁。三月,乃诏群臣议。大司空融、固始侯通、胶东侯复、高密侯禹、太常登等奏议曰:"古者封建诸侯,以藩屏京师,周封八百,同姓诸姬,并为建国,夹辅王室,尊事天子,享国永长,为后世法。故《诗》云⑧:'大启尔宇,为周室辅。'高祖圣德,光有天下,亦务亲亲,封立兄弟诸子,不违旧章。陛下德横天地,兴复宗统,褒德赏勋,亲睦九族,功臣宗室,咸蒙封爵,多受广地,或连属县。今皇子赖天,能胜衣趋拜⑨,陛下恭谦克让,抑而未议,群臣百姓,莫不失望。宜因盛夏吉时,定号位以广藩辅,明亲亲,尊宗庙,重社稷,应古合旧,厌塞众心。臣请大司空上舆地图,太常择吉日,具礼仪。"制曰:"可。"夏,四月戊申,以太牢告祠宗庙⑩。丁巳,使大司空融告庙,封皇子辅为右翊公,英为楚公,阳为东海公,康为济南公,苍为东平公,延为淮阳公,荆为山阳公,衡为临淮公,焉为左翊公,京为琅邪公。癸丑,追谥兄伯升为齐武公,兄仲为鲁哀公。六月庚午,复置屯骑、长水、射声三校尉官,改青巾左校尉为越骑校尉。诏下州郡,检核垦田顷亩及户口年纪。又考实二千石长吏阿枉不平者。冬,十一月甲戌,大司徒欧阳歙下狱死。十二月庚午,关内侯戴涉为大司徒。卢芳自匈奴入居高柳。是岁,骠骑大将军杜茂免,虎牙大将军盖延薨。

① 中郎将:刘襄。
② 褒成侯:汉平帝封孔均为褒成侯。志为均子。
③ 奉计:上报人口土地数字。计,统计。
④ 还:交纳。 直:同"值"。
⑤ 丁未:是月己卯朔,丁未为二十九,不应一月中两丁未,必有一误。
⑥ 徙……三郡民:三郡时胡寇数犯,故徙之。
⑦ 常关:应作"常山关"。
⑧ 《诗》云:以下所引见于《诗经·鲁颂·閟宫》。
⑨ 胜衣:长大成人。
⑩ 太牢:牛、羊、豕。

【原文】

十六年春,二月,交阯女子征侧反,略有城邑。三月辛丑晦,日有蚀之。秋九月,河南尹张伋及诸郡守十余人,坐度田不实①,皆下狱死。郡国大姓及兵长、群盗处处并起，攻劫在所，害杀长吏。郡县追讨，到则解散，去复屯结，青、徐、幽、冀四州尤甚。冬十月，遣使者下郡国，听群盗自相纠擿②，五人共斩一人者，除其罪；吏虽逗留、回避、故纵者，皆勿问，听以禽讨为效③。其牧、守、令、长，坐界内盗贼而不收捕者，又以畏懦捐城委守者，皆不以为负④，但取获贼多少为殿最⑤，唯蔽匿者乃罪之。于是更相追捕，贼并解散，徙其魁帅于它郡，赋田受禀，使安生业。自是牛马放牧，邑门不闭。卢芳遣使乞降。十二月甲辰，封芳为代王。初，王莽乱后，货币用布帛金粟，是岁始行五铢钱⑥。

①度田：丈量土地面积。
②擿：揭发。
③禽：通"擒"，捕捉。
④负：失职。
⑤殿：考末名。　最：考第一名。
⑥五铢钱：汉武帝始为行五铢钱，王莽时废，这时复用五铢钱。

原文

十七年春，正月，赵公良薨。二月乙亥晦，日有食之。夏，四月乙卯，南巡狩，皇太子及右翊公辅、楚公英、东海公阳、济南公康、东平公苍从，幸颍川，进幸叶、章陵。五月乙卯，车驾还宫。六月癸巳，临淮公衡薨。秋七月，妖巫李广等群起据皖城①，遣虎贲中郎将马援、骠骑将军段志讨之。九月，破皖城，斩李广等。冬，十月辛巳，废皇后郭氏为中山太后，立贵人阴氏为皇后，进右翊公辅为中山王，食常山郡。其馀九国公，皆即旧封进爵为王。甲申，幸章陵，修园庙，祠旧宅，观田庐，置酒作乐，赏赐。时宗室诸母因酾悦相与语曰："文叔少时谨信，与人不款曲②，唯直柔耳，今乃能如此！"帝闻之大笑曰："吾理天下，亦欲以道行之。"乃悉为春陵宗室起祠堂。有五凤皇见于颍川之郏县。十二月，至自章陵。是岁，莎车国遣使贡献。

十八年春，二月，蜀郡守将史歆叛，遣大司马吴汉率二将军讨之，围成都。甲寅，西巡狩，幸长安。三月壬午，祠高庙，遂有事十一陵。历冯翊界，进幸蒲坂，祠后土③。夏，四月甲戌，车驾还宫。癸酉，诏曰："今边郡盗谷五十斛罪至于死，开残吏亡杀之路。其蠲除此法④，同之内郡。"遣伏波将军马援率楼船将军段志等击交阯贼征侧等。戊申⑤，幸河内。戊子，至自河内。五月，旱。卢芳复亡入匈奴。秋七月，吴汉拔成都，斩史歆等。壬戌，赦益州所部殊死已下。冬，十月庚辰，幸宜城，还祠章陵。十二月乙丑，车驾还宫。是岁，罢州牧，置刺史。

①皖城：东汉皖县县治，在今安徽潜山市北。

②款曲：殷勤应酬，待客热情周到。

③后土：后土宫，后土祠，在今山西万荣。

④蠲：免除。

⑤戊申：是年四月庚申朔，甲戌为十五日，戊子为二十九日，不能有戊申，疑是十九日戊寅之误。

十九年春，正月庚子，追尊孝宣皇帝曰中宗；始祠昭帝、元帝于太庙①，成帝、哀帝、平帝于长安，春陵节侯以下四世于章陵。妖巫单臣、傅镇等反，据原武②，遣太中大夫臧宫围之。夏四月，拔原武，斩臣、镇等，降之。闰月戊申进赵、齐、鲁三国公爵为王。六月戊申，诏曰：《春秋》之义，立子以贵③。东海王阳，皇后之子，宜承大统；皇太子强，崇执谦退，愿备藩国，父子之情，重久违之。其以强为东海王，立阳为皇太子，改名庄。"秋九月，南巡狩。壬申，幸南阳。进幸汝南南顿县舍，置酒会，赐吏人，复南顿田租岁。父老前叩头言："皇考居此日久，陛下识知寺舍，每来辄加厚恩，愿赐复十年。"帝曰："天下重器，常恐不任，日复一日，安敢远期十岁乎！"吏人又言："陛下实惜之，何言谦也！"帝大笑，复增一岁。进幸淮阳、梁、沛。西南夷寇益州郡，遣武威将军刘尚讨之。越巂太守任贵谋叛，十二月，刘尚袭贵诛之。是岁，复置函谷关都尉，修西京宫室。

①元帝：《汉宫仪》："光武弟(次第)虽十二，于父子之次，于成帝为兄弟，于哀帝为诸父，于平帝为祖父，皆不可为之后；上至元帝，于光武为父，故上继元帝而为九代。故河图云'亦九会昌'，谓光武也。"

②原武：今河南原阳县西南有旧原武。

③立子以贵：《公羊传》曰："立嫡以长不以贤，立子以贵不以长。桓公何以贵？母贵也。母贵则子(何以)贵？子以母贵，母以子贵。"

二十年春，二月戊子，车驾还宫。夏，四月庚辰，大司徒戴涉下狱死，大司空窦融免。五月辛亥，大司马吴汉薨。匈奴寇上党、天水，遂至扶风。六月庚寅，广汉太守蔡茂为大司徒，太仆朱浮为大司空。壬辰，左中郎将刘隆为骠骑将军，行大司马事①。乙未，徙中山王辅为沛王。秋，东夷韩国人率众诣乐浪内附②。冬十月，东巡狩。甲午，幸鲁。进幸东海、楚、沛国。十二月，匈奴寇天水。壬寅，车驾还宫。是岁，省五原郡，徙其吏人置河东。复济阳县徭役六岁。

①行：代理。大司马禄比丞相，是内朝的首长，掌握实权，地位重要。

②韩国：汉代朝鲜南部有三韩国。

中国家庭基本藏书

原文

二十一年春，正月，武威将军刘尚破益州夷，平之。夏四月，安定属国胡叛，屯聚青山①，遣将兵长史陈䜣讨平之。秋，鲜卑寇辽东，辽东太守祭肜大破之。冬十月，遣伏波将军马援出塞击乌桓，不克。匈奴寇上谷、中山。其冬，鄯善王、车师王等十六国，皆遣子入侍奉献②，愿请都护③。帝以中国初定，未遑外事④，乃还其侍子，厚加赏赐。

注释

①青山：在今甘肃环县。

②遣子：派国王子到朝廷来，以示诚心归顺。

③都护：汉代在西域置都护，督护各国，并护南北通道。

④遑：闲暇，空闲。

原文

二十二年春，闰月丙戌，幸长安，祠高庙，遂有事十一陵。二月己巳，至自长安。夏，五月乙未晦，日有食之。秋七月，司隶校尉苏邺下狱死。九月戊辰，地震裂。制诏曰："日者地震①，南阳尤甚。夫地者，任物至重，静而不动者也，而今震裂，咎在君上。鬼神不顺无德，灾殃将及吏人，朕甚惧焉！其令南阳勿输今年田租、刍稿②。遣谒者案行，其死罪系囚在戊辰以前，减死罪一等；徒皆弛解钳③，衣丝絮④。赐郡中居人压死者棺钱，人三千。其口赋逋税而庐宅尤破坏者⑤，勿收责；吏人死亡，或在坏垣毁屋之下，而家羸弱不能收拾者，其以见钱谷取佣，为寻求之。"冬，十月壬子，大司空朱浮免。癸丑，光禄勋杜林为大司空。是岁齐王章薨；青州蝗。匈奴薁鞬日逐王比⑥，遣使诣渔阳请和亲，使中郎将李茂报命。乌桓击破匈奴，匈奴北徙，幕南地空⑦，诏罢诸边郡亭候、吏卒。

注释

①日者：往日。

②输：缴纳。 刍：原意指喂牲畜用的草等。 稿：指谷类植物的茎。

③钳：即脚镣。

④衣(yì)：穿。旧法囚徒不得穿丝絮，今赦许之。

⑤逋税：谓欠田租。

⑥日逐王：匈奴王号，次于左贤王。 比：日逐王名。

⑦幕：通"漠"，沙漠。

原文

二十三年春，正月，南郡蛮叛。遣武威将军刘尚讨破之，徙其种人于江夏。夏，五月丁卯,大司徒蔡茂薨。秋,八月丙戌,大司空杜林薨。九月辛未,陈留太守王况为大司徒①。冬,十月丙申,太仆张纯为大司空。高句丽率种人诣乐浪内属。十二月,武陵蛮叛,寇掠郡县,遣刘尚讨之,战于沅水,尚军败殁。是岁,匈奴薁鞬日逐王比率部曲遣使诣西河内附②。

①王(sù)况:字文伯,京兆人。王,姓,本字作"王"。
②部曲:古代军队编制,军营分部,部下分曲。

二十四年春,正月乙亥,大赦天下。匈奴薁鞬日逐王比遣使款五原塞①,求捍御北虏②。秋七月,武陵蛮寇临沅,遣谒者李嵩、中山太守马成讨蛮,不克,于是伏波将军马援率四将军讨之。诏有司申明旧制阿附蕃王法③。冬十月,匈奴薁鞬日逐王比立为南单于,于是分为南、北匈奴。

①款:至,到。
②捍:捍御,抵御。
③阿附:武帝时设附益之法,凡阿曲附益王侯者,处以重刑,今重申旧制。

原文

二十五年春,正月,辽东徼外貊人寇右北平①、渔阳、上谷、太原,辽东太守祭肜招降之。乌桓大人来朝②。南单于遣使诣阙贡献,奉蕃称臣,又遣其左贤王击破北匈奴,却地千馀里。三月,南单于遣子入侍。戊申晦,日有食之。伏波将军马援等破武陵蛮于临沅。冬十月,叛蛮悉降。夫馀王遣使奉献。是岁,乌桓大人率众内属,诣阙朝贡。

二十六年[春],正月,诏有司增百官奉③,其千石已上减于西京旧制,六百石已下增于旧秩。初作寿陵④,将作大匠窦融上言:"园陵广袤,无虑所用⑤。"帝曰:"古者帝王之葬,皆陶人、瓦器、木车、茅马,使后世之人不知其处。太宗识终始之义,景帝能述遵孝道,遭天下反覆,而霸陵独完受其福⑥,岂不美哉!今所制地不过二三顷,无为山陵陂池,裁令流水而已⑦。"遣中郎将段郴授南单于玺绶,令入居云中,始置使匈奴中郎将,将兵卫护之。南单于遣子入侍,奉奏诣阙。于是云中、五原、朔方、北地、定襄、雁门、上谷、代八郡民,归于本土。遣谒者分将施刑补理城郭,发遣边民在中国者布还诸县⑧,皆赐以装钱⑨,转输给食⑩。

① 貊(mò)：古代东北的民族。
② 大人：大帅。
③ 奉：同"俸"，俸禄。
④ 寿陵：皇帝生前预建陵墓。
⑤ 无虑：大概。窦融问光武大概须用多少土地。
⑥ 霸陵独完：赤眉军入长安，唯霸陵不掘。
⑦ 裁：通"才"。
⑧ 中国：即"国中"，指内地。
⑨ 装钱：衣装和迁移费。
⑩ 给食：供应粮食。

【原文】

二十七年夏，四月戊午，大司徒王况薨。五月丁丑，诏曰："昔契作司徒，禹作司空，皆无'大'名，其令二府去大。"又改大司马为太尉。骠骑大将军行大司马刘隆即日罢，以太仆赵憙为太尉，大司农冯勤为司徒。益州郡徼外蛮夷率种人内属。北匈奴遣使诣武威，乞和亲。冬，鲁王兴、齐王石始就国。

二十八年春，正月己巳，徙鲁王兴为北海王，以鲁国益东海，赐东海王强虎贲、旄头、钟虡之乐①。夏，六月丁卯，沛太后郭氏薨，因诏郡县捕王侯宾客，坐死者数千人②。秋，八月戊寅，东海王强、沛王辅、楚王英、济南王康、淮阳王延始就国。冬，十月癸酉，诏死罪系囚皆一切募下蚕室③，其女子宫④。北匈奴遣使贡献，乞和亲。

① 虡(jù)：悬挂编钟的木架。
② 坐：治罪。时更始子鲤因沛献王辅杀刘盆子兄恭，故王侯宾客多坐死。
③ 蚕室：宫刑狱名。指温室，受宫刑者畏风，使居蚕室。
④ 宫：幽闭之刑。

【原文】

二十九年春，二月丁巳朔，日有食之。遣使者举冤狱，出系囚。庚申，赐天下男子爵，人二级，鳏寡孤独笃癃贫不能自存者粟①，人五斛。夏，四月乙丑，诏令天下系囚自殊死已下及徒各减本罪一等，其馀赎罪、输作各有差②。

三十年春，正月，鲜卑大人内属朝贺。二月，东巡狩。甲子，幸鲁，进幸济南。闰月癸丑，车驾还宫。有星孛于紫宫。夏，四月戊子，徙左翊王焉为中山王。五月，大水。赐天下男子爵，人二级；鳏寡孤独笃癃贫不能自存者粟，人五斛。七月丁酉，幸鲁国，复济阳县是年徭役。冬，十一月丁酉，至自鲁。

三十一年夏，五月，大水。戊辰，赐天下男子爵，人二级；鳏寡孤独笃癃贫不能自存者粟，人六斛。癸酉晦，日有食之。是夏，蝗。秋，九月甲辰，诏令死罪系囚皆一切募下蚕室，其女子宫。是岁，陈留雨谷，形如稗实③。北匈奴遣使奉献。

中元元年春，正月，东海王强、沛王辅、楚王英、济南王康、淮阳王延、赵王盱，皆来朝。丁卯，东巡狩。二月己卯，幸鲁，进幸太山。北海王兴、齐王石朝于东岳。辛卯，柴望岱宗④，登封太山，甲午，禅于梁父⑤。三月戊辰，司空张纯薨。夏，四月癸酉，车驾还宫。己卯，大赦天下。复嬴、博、梁父、奉高，勿出今年田租、刍稿。改年为中元。行幸长安。戊子，礼长陵。五月乙丑，至自长安。六月辛卯，太仆冯鲂为司空。乙未，司徒冯勤薨。是夏，京师醴泉涌出，饮之者固疾皆愈，惟眇、蹇者不瘳⑥。又有赤草生于水崖⑦。郡国频上甘露。群臣奏言："地祇灵应而朱草萌生。孝宣帝每有嘉瑞辄以改元，神爵、五凤、甘露、黄龙，列为年纪，盖以感致神祇，表彰德信，是以化致升平，称为中兴。今天下清宁，灵物仍降⑧，陛下情存损挹⑨，推而不居，岂可使祥符显庆没而无闻？宜令太史撰集，以传来世。"帝不纳。常自谦无德，每郡国所上，辄抑而不当，故史官罕得记焉。秋，郡国三蝗。冬，十月辛未，司隶校尉东莱李欣为司徒。甲申，使司空告祠高庙曰："高皇帝与群臣约，非刘氏不王。吕太后贼害三赵⑩，专王吕氏，赖社稷之灵，禄、产伏诛⑪，天命几坠，危朝更安。吕太后不宜配食高庙，同桃至尊。薄太后母德慈仁，孝文皇帝贤明临国，子孙赖福，延祚至今。其上薄太后尊号曰高皇后，配食地祇；迁吕太后庙主于园，四时上祭。"十一月甲子晦，日有食之。是岁，初起明堂、灵台、辟雍，及北郊兆域⑫，宣布图谶天下。复济阳、南顿是年徭役。参狼羌寇武都，败郡兵，陇西太守刘盱遣军救之，及武都郡兵讨叛羌，皆破之。

① 自存：自己劳动谋生。
② 输作：罚做苦工。
③ 稗(bài)：稻田中的野草，籽实可做饲料。
④ 柴：烧柴祭祀。
⑤ 封、禅：封谓聚土为坛，禅为除地而祭。
⑥ 眇：瞎了一只眼睛。　蹇：通"謇"，口吃、结巴。　瘳：病愈。
⑦ 赤草生于水崖：《孝经援神契》曰："德至草木，即生朱草。"
⑧ 仍：重复、屡次。
⑨ 挹：通"抑"，抑制。
⑩ 三赵：高帝子赵幽王友、赵恭王恢、赵隐王如意。
⑪ 禄：吕禄。　产：吕产。吕后崩，禄、产欲乱，为陈平、周勃所诛。
⑫ 北郊：古代皇帝祭地之处，在京城北门外。

二年春，正月辛未，初立北郊，祀后土。东夷倭奴国主遣使奉献①。二月戊戌，帝崩于南宫前殿,年六十二②。遗诏曰:"朕无益百姓,皆如孝文皇帝制度③,务从约省。刺史、二千石长吏皆无离城郭,无遣吏及因邮奏。"初帝在兵间久,厌武事,且知天下疲耗,思乐息肩。自陇蜀平后,非儆急④,未尝复言军旅。皇太子尝问攻战之事,帝曰:"昔卫灵公问陈,孔子不对⑤,此非尔所及。"每旦视朝,日仄乃罢。数引公卿、郎、将讲论经理,夜分乃寐⑥。皇太子见帝勤劳不怠,承间谏曰:"陛下有禹汤之明,而失黄老养性之福⑦,愿颐爱精神,优游自宁。"帝曰:"我自乐此,不为疲也!"虽身济大业,兢兢如不及,故能明慎政体,总揽权纲;量时度力,举无过事。退功臣而进文吏⑧,戢弓矢而散马牛⑨,虽道未方古,斯亦止戈之武焉⑩。

①倭奴:古称日本。

②年六十二:光武以二十八岁起兵,卒时年六十三,疑传写之误。

③孝文:汉文帝葬皆以瓦器,因其山不起坟。

④儆:与警字通。

⑤对:回答。《论语·卫灵公篇》:"卫灵公问陈于孔子,孔子对曰:'俎豆之事,则尝闻之矣;军旅之事,未之学也。'"

⑥分:犹半也。

⑦黄老:黄帝、老子。

⑧退:不用。光武设"特进"官号以优礼功臣,其地位在三公之下,而不用功臣执政。

⑨戢:收藏兵器。周灭商后,纵马于华山之阳,放牛于桃林之墟,此处是指光武偃武修文。

⑩止戈:制止战争,不用武力。

论曰:皇考南顿君初为济阳令,以建平元年十二月甲子夜生光武于县舍,有赤光照室中①,钦异焉。使卜者王长占之,长辟左右曰:"此兆吉不可言。"是岁,县界有嘉禾生②,一茎九穗,因名光武曰秀。明年,方士有夏贺良者,上言哀帝云:"汉家历运中衰,当再受命。"于是改号为太初元年,称"陈圣刘太平皇帝"③,以厌胜之④。及王莽篡位,忌恶刘氏,以钱文有金刀,故改为货泉。或以货泉字文为"白水真人"⑤。后,望气者苏伯阿为王莽使至南阳,遥望见春陵郭,喈曰⑥:"气佳哉!郁郁葱葱然。"及始起兵,还春陵,远望舍南,火光赫然属天,有顷不见。初,道士西门君惠、李守等亦云:"刘秀当为天子。"其王者受命,信有符乎⑦?不然,何以能乘时龙而御天哉⑧!

①赤光:古代为了神化帝王,常常编造这类帝王降生出现异常景象的传说。

②嘉禾:生长特异的稻禾,古代视为祥瑞。

③陈圣:汉人认为汉承尧,以火德王,尧让位于舜,陈是舜后,故哀帝建平二年六月,改元太初,更号陈

圣刘太平皇帝，以示"再受命"。

④厌：同"压"。厌胜，义为制伏坏的命运。

⑤白水真人：西汉用五铢钱，王莽篡位后，因铢字从金，与刘字有关，改铸货泉。刘秀起兵于春陵白水乡，有人将货泉二字拆为"白水真人"四字，以为应验帝王之谶。

⑥嗟(jiē)：赞叹。

⑦信：的确。　符：迷信所说吉兆。

⑧御天：飞上天空。比喻统治天下。《易》曰："时乘六龙以御天也。"意谓光武为帝是受天命的。

赞曰：炎正中微①，大盗移国，九县飙回②，三精雾塞③，人厌淫诈，神思反德。光武诞命④，灵贶自甄⑤，沈几先物⑥，深略纬文⑦。寻、邑百万，貔虎为群，长毂雷野⑧，高锋彗云⑨；英威既振，新都自焚⑩。虔刘庸、代，纷纭梁、赵，三河未澄，四关重扰，神旌乃顾，递行天讨，金汤失险，车书共道⑪。灵庆既启⑫，人谋咸赞⑬，明明庙谟⑭，赳赳雄断，於赫有命⑮，系隆我汉！

①炎正：指汉以火德王。　中微：中途衰微。

②九县：九州。意为普天之下。　飙回：大动乱。飙，暴风。

③三精：指日、月、星。

④诞：大。

⑤灵贶自甄：灵是佳气、神光。贶，赐，赏赐；甄，明。指光武生时神光照室。

⑥几：隐微，不明显。　物：事。意谓沉深之几，先见于事。

⑦纬文：谥法："经纬天地曰文。"

⑧长毂：兵车。　雷野：像雷震于野。

⑨高锋彗云：刀锋之光像彗星一样直射云端。

⑩新都：王莽曾封新都侯。以商纣自焚事喻王莽。

⑪车书共道：意谓天下归于统一，达到车同轨、书同文。

⑫灵庆：指符谶。

⑬咸：全。　赞：助。

⑭谟：计谋，谋略。意指运筹于庙堂之上，决胜于千里之外。

⑮於(wū)：叹词，啊。　赫：显赫。

献帝伏皇后纪

　　本篇为卷十下《皇后纪》之一部分。通过写伏皇后来揭示汉献帝在曹操的淫威下屈辱可怜的生存状态。献帝身为帝王，却被曹操控制得死死的。伏后不甘受其逼迫，写密信让父亲伏完设计铲除奸贼，事情泄露，曹操派人把她拉出后宫，关入监狱。献帝眼看皇后受到迫害,不能救她,还说自己生死难料。伏后入宫二十多年,家族死者一百馀人,母亲等十九人被流放。曹操手段之凶残,于此可见一斑。

原文

献帝伏皇后,讳寿,琅邪东武人①,大司徒湛之八世孙也。父完,沈深有大度,袭爵不其侯②,尚桓帝女阳安公主,为侍中。初平元年,从大驾西迁长安,后时入掖庭为贵人③。兴平二年,立为皇后,完迁执金吾。帝寻而东归④,李傕、郭汜等追败乘舆于曹阳⑤,帝乃潜夜度河走⑥,六宫皆步行出营⑦。后手持缣数匹⑧,董承使符节令孙徽以刃胁夺之,杀傍侍者,血溅后衣。既至安邑,御服穿敝⑨,唯以枣栗为粮。

注释

① 东武:汉代县名,在今山东诸城市。
② 不其:汉代侯国,在今山东市青岛市即墨区。
③ 掖庭:宫中后妃宫嫔所居住的地方。　贵人:古代宫中女官名号。
④ 寻:不久。
⑤ 曹阳:墟名,在今河南陕县(今三门峡市)。
⑥ 度:同"渡"。
⑦ 六宫:古代皇帝的妃嫔分居在六个宫里,因此总称后妃为六宫。
⑧ 缣:细绢。
⑨ 穿敝:破烂有洞。

原文

建安元年,拜完辅国将军,仪比三司①。完以政在曹操,自嫌尊戚,乃上印绶,拜中散大夫,寻迁屯骑校尉。十四年卒,子典嗣。自帝都许②,守位而已③,宿卫兵侍,莫非曹氏党旧姻戚。议郎赵彦,尝为帝陈言时策,曹操恶而杀之;其馀内外,多见诛戮。

注释

① 三司:指司徒、司马、司空,即三公。
② 都许:定都许昌。
③ 守位:守着职位,并无实权。

原文

操后以事入见殿中,帝不任其愤①,因曰:"君若能相辅则厚,不尔,幸垂恩相舍!"操失色,俯仰求出②。旧仪,三公领兵朝见,令虎贲执刃挟之,操出,顾左右,汗流浃背③,自后不敢复朝请。

董承女为贵人，操诛承而求贵人杀之。帝以贵人有妊①，累为请②，不能得。后自是怀惧，乃与父完书，言曹操残逼之状，令密图之，完不敢发。至十九年，事乃露泄，操追大怒，遂逼帝废后，假为策曰："皇后寿，得由卑贱，登显尊极，自处椒房③，二纪于兹④。既无任、姒徽音之美⑤，又乏谨身养己之福，而阴怀妒害，苞藏祸心，弗可以承天命，奉祖宗。今使御史大夫郗虑持节策诏，其上皇后玺绶，退避中宫，迁于它馆。呜呼伤哉！自寿取之，未致于理⑥，为幸多焉。"又以尚书令华歆为郗虑副，勒兵入宫收后。闭户藏壁中，歆就牵后出。时帝在外殿，引虑于坐。后被发徒跣⑦，行泣过诀曰："不能复相活邪？"帝曰："我亦不知命在何时！"顾谓虑曰："郗公，天下宁有是邪？"遂将后下暴室⑧，以幽崩⑨。所生二皇子，皆鸩杀之⑩。后在位二十年，兄弟及宗族死者百馀人，母盈等十九人徙涿郡。

◎传

刘玄传

【题解】

本篇出自卷十一《刘玄刘盆子列传》。刘玄(前？—25年)在王莽末年农民起义风起云涌的形势下,以皇族身份投入义兵,初号更始将军,后即帝位,并由宛城迁都长安。不久被赤眉军俘获杀死。他利用农民起义夺取政权即位后,屠杀农民军将领,寻欢作乐,任用亲信,滥封官爵,丧失人心。迅速灭亡,咎由自取。

【原文】

刘玄字圣公,光武族兄也①。弟为人所杀,圣公结客欲报之。客犯法,圣公避吏于平林,吏系圣公父子张。圣公诈死,使人持丧归春陵②,吏乃出子张③,圣公因自逃匿④。

【注释】

①族兄:《帝王纪》曰:"春陵戴侯熊渠,生苍梧太守利,利生子张,纳平林何氏女,生更始。"《尔雅》:"族父之子相谓为族昆弟。"

②持丧:护送灵柩。

③出:释放。

④因:便,就。

【原文】

王莽末,南方饥馑,人庶群入野泽,掘凫茈而食之①,更相侵夺。新市人王匡、王凤为平理诤讼,遂推为渠帅,众数百人。于是诸亡命马武、王常、成丹等往从之,共攻离乡聚②,臧于绿林中③,数月间至七八千人。地皇二年④,荆州牧某,发奔命二万人攻之⑤。匡等相率迎击于云杜⑥,大破牧军,杀数千人,尽获辎重。遂攻拔竟陵⑦,转击云杜、安陆⑧,多略妇女,还入绿林中,至有五万馀口,州郡不能制。

【注释】

①凫茈:苗似龙须而细,根如指头,黑色,可食。《本草纲目》谓荸荠。

②离乡聚:此处似应为聚名。

③臧:通"藏",隐藏。　绿(lù):山名,在今湖北当阳北。

④地皇二年:即公元21年。

⑤发:征调。　奔命:指快速出击的军队。

⑥云杜:汉代县名,今湖北仙桃市。
⑦竟陵:汉代县名,今湖北天门市。
⑧安陆:县名,今属湖北。

　　三年,大疾疫,死者且半①,乃各分散引去。王常、成丹西入南郡,号下江兵;王匡、王凤、马武及其支党朱鲔、张卬等,北入南阳,号新市兵,皆自称将军。七月,匡等进攻随,未能下。平林人陈牧、廖湛复聚从千馀人,号平林兵,以应之。圣公因往从牧等,为其军安集掾②。是时光武及兄伯升亦起舂陵,与诸部合兵而进。

①且半:将近半数。
②安集掾(yuàn):为安集军众而暂设的官名。掾,属官。

　　四年正月,破王莽前队大夫甄阜、属正梁丘赐,斩之,号圣公为更始将军。众虽多而无所统一,诸将遂共议立更始为天子。二月辛巳,设坛场于淯水上沙中①,陈兵大会。更始即帝位,南面立,朝群臣。素懦弱,羞愧流汗,举手不能言。于是大赦天下,建元曰更始元年②,悉拜置诸将,以族父良为国三老,王匡为定国上公,王凤成国上公,朱鲔大司马,伯升大司徒,陈牧大司空,馀皆九卿、将军。五月,伯升拔宛。六月,更始入都宛城,尽封宗室及诸将,为列侯者百馀人。

①淯水:古代水名,即今河南白河,汉江支流。
②更始元年:公元23年。

　　更始忌伯升威名,遂诛之,以光禄勋刘赐为大司徒。前钟武侯刘望起兵,略有汝南。时王莽纳言将军严尤、秩宗将军陈茂既败于昆阳,往归之。八月,望遂自立为天子,以尤为大司马,茂为丞相。王莽使太师王匡、国将哀章守洛阳。更始遣定国上公王匡攻洛阳,西屏大将军申屠建、丞相司直李松攻武关,三辅震动。是时海内豪桀翕然响应①,皆杀其牧守,自称将军,用汉年号,以待诏命,旬月之间,遍于天下。长安中起兵攻未央宫。九月,东海人公宾就斩王莽于渐台②,收玺绶,传首诣宛。更始时在便坐黄堂,取视之,喜曰:“莽不如是,当与霍光等。”宠姬韩夫人笑曰:“若不如是,帝焉得之乎?”更始悦,乃悬莽首于宛城市。是月,拔洛阳,生缚王匡、哀章。至,皆斩之。十月,使奋威大将军刘信击杀刘望于汝南,并诛严尤、陈茂。更始遂北都洛阳，以刘赐为丞相。申屠建、李松自长安传送乘舆服御，又遣中黄门从官奉迎迁都。二年二月，更始自洛阳而西。初发，李松奉引，马惊奔，触北宫铁柱③，三马皆死。

① 翕然：一致的样子。
② 公宾就：人名。公宾，姓，鲁大夫公宾庚之后。　渐台：太液池中之台，为水所渐润，故名。
③ 铁柱：一本"柱"下有"门"字。

初，王莽败，唯未央宫被焚而已，其馀宫馆一无所毁。宫女数千，备列后庭，自钟鼓、帷帐、舆辇、器服、太仓、武库、宫府、市里，不改于旧。更始既至，居长乐宫，升前殿，郎吏以次列庭中。更始羞怍①，俯首刮席不敢视②。诸将后至者，更始问虏掠得几何，左右侍官皆宫省久吏③，各惊相视。李松与棘阳人赵萌说更始，宜悉王诸功臣。朱鲔争之，以为高祖约，非刘氏不王。更始乃先封宗室太常将军刘祉为定陶王，刘赐为宛王，刘庆为燕王，刘歙为元氏王，大将军刘嘉为汉中王，刘信为汝阴王。后遂立王匡为比阳王，王凤为宜城王，朱鲔为胶东王，卫尉大将军张卬为淮阳王，廷尉大将军王常为邓王，执金吾大将军廖湛为穰王，申屠建为平氏王，尚书胡殷为隋王，柱天大将军李通为西平王，五威中郎将李轶为舞阴王，水衡大将军成丹为襄邑王，大司空陈牧为阴平王，骠骑大将军宋佻为颍阳王，尹尊为郾王。唯朱鲔辞曰："臣非刘宗，不敢干典④。"遂让不受。乃徙鲔为左大司马，刘赐为前大司马，使与李轶、李通、王常等镇抚关东。以李松为丞相，赵萌为右大司马，共秉内任⑤。

① 怍(zuò)：因羞愧而颜面变色。
② 俯首：低头。　刮席：用手摩擦座席。
③ 宫省久吏：王宫官署的老吏。
④ 干典：冒犯典制。
⑤ 共秉内任：共同掌管内政。秉，执掌。

更始纳赵萌女为夫人，有宠，遂委政于萌，日夜与妇人饮燕后庭①。群臣欲言事，辄醉不能见，时不得已，乃令侍中坐帷内与语。诸将识非更始声，出，皆怨曰："成败未可知，遽自纵放若此！"韩夫人尤嗜酒，每侍饮，见常侍奏事，辄怒曰："帝方对我饮，正用此时持事来乎？"起，抵破书案②。赵萌专权，威福自己③。郎吏有说萌放纵者，更始怒，拔剑击之，自是无复敢言。萌私忿侍中，引下斩之，更始救请，不从。时李轶、朱鲔擅命山东，王匡、张卬横暴三辅，其所授官爵者，皆群小、贾竖，或有膳夫、庖人，多着绣面衣、锦袴、襜褕、诸于，骂詈道中④。长安为之语曰："灶下养⑤，中郎将；烂羊胃，骑都尉；烂羊头，关内侯。"

军帅将军豫章李淑上书谏曰："方今贼寇始诛，王化未行，百官有司宜慎其任。夫三公上应台宿⑥，九卿下括河海⑦，故天工人其代之⑧。陛下定业，虽因下江、平林之势，斯盖临时济用，不可施之既安。且厘改制度⑨，更延英俊，因才授爵，以匡王国。今公卿大位莫非戎陈⑩，尚书显官皆出庸伍⑪，资亭长贼捕之用⑫，而当辅佐纲维之任。唯名与器，圣人所重。今以所重加非其人，望其毗益万分⑬，兴化致理，譬犹缘木求鱼，升山采珠。海内望此，有以窥度汉祚，臣非有憎疾以求进也，但为陛下惜此举厝⑭。败材伤锦⑮，所宜至虑。惟割既往谬妄之失⑯，思隆周文济济之美⑰。"更始怒，系淑诏狱⑱。自是关中离心，四方怨叛。诸将出征，各自专置牧守，州郡交错，不知所从。

①燕：通"宴"。

②抵：击。

③威福自己：由他个人作威作福。

④襜褕(chānyú)：一种较长而宽大的单衣，为男女通用的便服。　詈(lì)：骂。

⑤养：炊烹的人。

⑥三公上应台宿：汉人把三公比为天上的三台星宿。

⑦九卿下括河海：汉人把九卿比为地上的河海。河海贯通各地，九卿分掌各事。

⑧故天工人其代之：语见《尚书·皋陶谟》，是说上天的工作要由人代它完成。

⑨厘：厘正，改正，订正。

⑩戎陈：军中。

⑪庸伍：普通士兵。

⑫资：凭借。

⑬毗：辅助。

⑭厝：安排，安置。

⑮败材伤锦：指木工损坏大木，织工损伤美锦。这里的意思是说任用无能的人，误了国家大事。

⑯割：绝、断。

⑰济济·人才众多的样子。《诗·大雅·文王》有"济济多士，文王以宁"之言。

⑱诏狱：奉皇帝命令关押犯人的监狱。

十二月，赤眉西入关。三年正月，平陵人方望立前孺子刘婴为天子。初，望见更始政乱，度其必败，谓安陵人弓林等曰："前定安公婴，平帝之嗣，虽王莽篡夺，而尝为汉主。今皆云刘氏真人当更受命，欲共定大功，何如？"林等然之，乃于长安求得婴，将至临泾立之^①。聚党数千人，望为丞相，林为大司马。更始遣李松与讨难将军苏茂等击破，皆斩之。又使苏茂拒赤眉于弘农，茂军败，死者千余人。三月，遣李松会朱鲔与赤眉战于蓩乡^②，松等大败，弃军走，死者三万余人。时王匡、张卬守河东，为邓禹所破，还奔长安，卬与诸将议曰："赤眉近在郑、华阴间，旦暮且至，今独有长安，见灭不久，不如勒兵掠城中以自富，转攻所在，东归南阳，收宛王等兵。事若不集^③，复入湖池中为盗耳。"申屠建、廖湛等皆以为然，共入说更始。更始怒不应，莫敢复言。及赤眉立刘盆子，更始使王匡、陈牧、成丹、赵萌屯新丰，李松军掫^④，以拒之。张卬、廖湛、胡殷、申屠建等与御史大夫隗嚣合谋，欲以立秋日㺐䝏时共劫更始^⑤，俱成前计。侍中刘能卿知其谋，以告之。更始托病不出，召张卬等，卬等皆入，将悉诛之，唯隗嚣不至。更始狐疑，使卬等四人且待于外庐。卬与湛、殷疑有变，遂突出。独申屠建在，更始斩之。卬与湛、殷遂勒兵掠东西市，昏时烧门入，战于宫中，更始大败。明旦，将妻子车骑百余，东奔赵萌于新丰。更始复疑王匡、陈牧、成丹与张卬等同谋，乃并召入。牧、丹先至，即斩之。王匡惧，将兵入长安，与张卬等合。李松还从更始，与赵萌共攻匡、卬于城内。连战月余，匡等败走。更始徙居长信宫。赤眉至高陵，匡等迎降之，遂共连兵而进。更始守城，使李松出战，败，死者二千余人，赤眉生得松。时松弟泛为城门校尉，赤眉使使谓之曰："开城门，活汝兄。"泛即开门。九月，赤眉入城，更始单骑走，从厨城门出。诸妇女从后连呼曰："陛下，当下谢城。"更始即下拜，复上马去。

①临泾：汉代县名，在今甘肃镇原境内。
②蓩乡：地在今河南灵宝市境。
③不集：不成。
④掫(zōu)：地名，在汉新丰县境。
⑤㺐䝏(chūlóu)：立秋祭名。汉时风俗，在立秋那天祭兽并会饮，以祝牲畜繁育。

　　初，侍中刘恭以赤眉立其弟盆子，自系诏狱。闻更始败，乃出，步从至高陵，止传舍。右辅都尉严本恐失更始为赤眉所诛，将兵在外，号为屯卫，而实囚之。赤眉下书曰："圣公降者封长沙王，过二十日，勿受。"更始遣刘恭请降，赤眉使其将谢禄往受之。十月，更始遂随禄肉袒诣长乐宫^①。上玺绶于盆子。赤眉坐更始，置庭中，将杀之。刘恭、谢禄为请，不能得。遂引更始出。刘恭追呼曰："臣诚力极，请得先死。"拔剑欲自刭，赤眉帅樊崇等，遽共救止之，乃赦更始，封为畏威侯。刘恭复为固请，竟得封长沙王。更始常依谢禄居，刘恭亦拥护之。

　　三辅苦赤眉暴虐，皆怜更始，而张卬等以为虑，谓禄曰："今诸营长，多欲篡圣公者；一旦失之②，合兵攻公，自灭之道也。”于是禄使从兵与更始共牧马于郊下，因令缢杀之。刘恭夜往，收藏其尸。光武闻而伤焉，诏大司徒邓禹葬之于霸陵。有三子：求、歆、鲤。明年夏，求兄弟与母东诣洛阳。帝封求为襄邑侯，奉更始祀，歆为谷孰侯，鲤为寿光侯。求后徙封成阳侯。求卒，子巡嗣，复徙封濩泽侯。巡卒，子姚嗣。

论曰：周武王观兵孟津③，退而还师，以为纣未可伐，斯时有未至者也。汉起，驱轻黠乌合之众④，不当天下万分之一，而旌旃之所㧑及⑤，书文之所通被⑥，莫不折戈顿颡⑦，争受职命。非唯汉人徐思，固亦几运之会也⑧。夫为权首⑨，鲜或不及⑩。陈、项且犹未兴⑪，况庸庸者乎！

注释

①肉袒：袒背。

②失之：指逃跑。

③观兵：检阅军队，借以显示威力。《史记》记述，武王即位，东观兵孟津，诸侯会者八百，皆曰：“纣可伐矣。”武王曰：“未可。”乃还师。

④黠(xiá)：狡猾。轻黠，谓轻锐杰黠之士。

⑤㧑：同“麾”，即指挥。

⑥书文：指光武诏命、文书所到达的地方。

⑦折戈顿颡：指放下武器降服。颡，脑门子。

⑧几运：机会和时运。“几”，通“机”。

⑨权首：指始事者。首先起事的人很少有祸不及身的。

⑩鲜(xiǎn)：极少。　及：遭遇灾祸。

⑪陈、项：陈涉、项羽。

刘盆子传

题解

本篇出自卷十一《刘玄刘盆子列传》。刘盆子(10—？)，汉城阳王刘章后裔，王莽末年被赤眉起义军拥立为皇帝，时年不足15周岁。赤眉军攻占长安后，任意掠夺，军纪松弛，城中粮尽，被迫撤出，不久即被刘秀大军击败。刘盆子投降后得到赏赐。从此可以看到正统观念根深蒂固，竟使人们干出让小孩子当皇帝的傻事。

原文

刘盆子者，太山式人①，城阳景王章之后也②。祖父宪，元帝时封为式侯。父萌嗣。王莽篡位，国除，因为式人焉。

①太山：范晔父名泰，晔为文凡泰字均改为太。汉置泰山郡。 式：西汉县名，东汉泰山郡无式县，有成县，钱大昕以为式当作成。成县今山东宁阳县。

②城阳景王章：即刘章，章与周勃、陈平诛诸吕，孝文时立为城阳王。城阳王府，在今山东莒县。

原文

天凤元年①，琅邪海曲有吕母者②，子为县吏，犯小罪，宰论杀之。吕母怨宰，密聚客，规以报仇③。母家素丰，赀产数百万，乃益酿醇酒，买刀剑、衣服。少年来酤者，皆赊与之；视其乏者辄假衣裳，不问多少。数年，财用稍尽，少年欲相与偿之④。吕母垂泣曰："所以厚诸君者⑤，非欲求利，徒以县宰不道⑥，枉杀吾子，欲为报怨耳！诸君宁肯哀之乎？"少年壮其意，又素受恩，皆许诺。其中勇士自号"猛虎"，遂相聚得数十百人，因与吕母入海中，招合亡命，众至数千。吕母自称将军，引兵还攻破海曲，执县宰。诸吏叩头为宰请，母曰："吾子犯小罪，不当死，而为宰所杀。杀人当死，又何请乎！"遂斩之，以其首祭子冢，复还海中。

①天凤元年：王莽年号，公元14年。

②海曲：县名，在今山东日照市。

③规：谋划，谋杀。

④偿：回报，报答。

⑤厚：用为动词，优待。

⑥徒：副词，仅，只。

原文

后数岁，琅邪人樊崇起兵于莒①，众百余人，转入太山，自号三老。时青、徐大饥，寇贼蜂起，群盗以崇勇猛，皆附之，一岁间至万余人。崇同郡人逢安②，东海人徐宣、谢禄、杨音各起兵③，合数万人，复引从崇。共还攻莒，不能下，转掠至姑幕④，因击王莽探汤侯田况⑤，大破之，杀万余人。遂北入青州，所过虏掠。还至太山，留屯南城⑥。

①樊崇：字细君。

②逢：一作逄，古字通用。《孟子》有逢蒙，古音读páng。

③东海：汉郡名，郡治郯县（今山东郯城）。徐宣字骄稚，谢禄字子奇，皆东海临沂人。临沂，今山东临沂市。

④姑幕：汉代县名，在今山东诸城市。

⑤探汤：王莽时，改东海益县为探汤。

⑥南城：县名，在今山东费县。

原文

初，崇等以困穷为寇，无攻城徇地之计。众既浸盛①，乃相与为约：杀人者死，伤人者偿创。以言辞为约束，无文书、旌旗、部曲、号令。其中最尊者号三老，次从事，次卒吏②，泛相称曰巨人③。王莽遣平均公廉丹、太师王匡击之。崇等欲战，恐其众与莽兵乱，乃皆朱其眉④，以相识别，由是号曰赤眉。赤眉遂大破丹、匡军，杀万馀人。追至无盐⑤，廉丹战死，王匡走。崇又引其兵十馀万复还围莒，数月。或说崇曰："莒，父母之国，奈何攻之？"乃解去。时吕母病死，其众分入赤眉、青犊、铜马中。赤眉遂寇东海，与王莽沂平大尹战⑥，败，死者数千人，乃引去。掠楚、沛、汝南、颍川⑦。还入陈留，攻拔鲁城⑧，转至濮阳⑨。

注释

①浸：逐渐。

②卒吏：当作卒史。卒史，汉小吏名。

③巨人：大人，如称头领。

④朱：用为动词，染成红色。

⑤无盐：汉代县名，在今山东东平县东。

⑥大尹：王莽改东海郡为沂平郡，改太守为大尹。

⑦楚：封国名，治所在今江苏铜山区。

⑧鲁城：汉鲁国城，在今山东曲阜。

⑨濮阳：汉代县名，在今河南濮阳。

原文

会更始都洛阳，遣使降崇。崇等闻汉室复兴，即留其兵，自将渠帅二十馀人随使者至洛阳降更始，皆封为列侯。崇等既未有国邑，而留众稍有离叛，乃遂亡归其营，将兵入颍川，分其众为二部：崇与逢安为一部，徐宣、谢禄、杨音为一部。崇、安攻拔长社①，南击宛，斩县令。而宣、禄等亦拔阳翟②，引之梁③，击杀河南太守④。

注释

①长社：县名，在今河南长葛市。

②阳翟：汉代县名，即今河南禹州。

③梁：汉代县名，在今河南汝州市。

④河南：汉代郡名，治所在今河南洛阳。

【原文】

赤眉众虽数战胜，而疲敝厌兵①，皆日夜愁泣，思欲东归。崇等计议，虑众东向必散，不如西攻长安。更始二年冬②，崇、安自武关，宣等从陆浑关③，两道俱入。三年正月，俱至弘农，与更始诸将连战克胜，众遂大集。乃分万人为一营，凡三十营，营置三老、从事各一人。进至华阴。军中常有齐巫鼓舞祠城阳景王④，以求福助。巫狂言景王大怒，曰："当为县官⑤，何故为贼？"有笑巫者辄病，军中惊动。时方望弟阳怨更始杀其兄，乃逆说崇等曰："更始荒乱，政令不行，故使将军得至于此。今将军拥百万之众，西向帝城，而无称号，名为群贼，不可以久。不如立宗室，挟义诛伐，以此号令，谁敢不服？"崇等以为然，而巫言益甚。前及郑⑥，乃相与议曰："今迫近长安，而鬼神如此，当求刘氏共尊立之。"六月，遂立盆子为帝，自号建世元年。

【注释】

①敝：疲惫，衰败。 厌：厌倦。
②更始二年：公元24年。
③陆浑关：在今河南嵩县北。
④祠城阳景王：盆子承其后，军中祠之。
⑤县官：天子。
⑥郑：在今陕西渭南市华州区。

【原文】

初，赤眉过式褛，掠盆子及二兄恭、茂，皆在军中。恭少习《尚书》，略通大义。及随崇等降更始，即封为式侯。以明经数言事，拜侍中，从更始在长安。盆子与茂留军中，属右校卒史刘侠卿，主刍牧牛①，号曰牛吏。及崇等欲立帝，求军中景王后者，得七十余人，唯盆子与茂及前西安侯刘孝，最为近属。崇等议曰："闻古天子将兵称上将军。"乃书札为符曰"上将军"。又以两空札置笥中②。遂于郑北设坛场，祠城阳景王，诸三老、从事皆大会陛下③，列盆子等三人居中立，以年次探札。盆子最幼，后探得符，诸将乃皆称臣拜。盆子时年十五，被发徒跣，敝衣赭汗④，见众拜，恐畏欲啼。茂谓曰："善藏符。"盆子即啮折，弃之，复还依侠卿。侠卿为制绛单衣、半头赤帻⑤、直綦履⑥，乘轩车大马，赤屏泥⑦，绛襜络⑧，而犹从牧儿遨⑨。崇虽起勇力，而为众所宗⑩，然不知书数。徐宣故县狱吏，能通《易经》。遂共推宣为丞相，崇御史大夫，逢安左大司马，谢禄右大司马，自杨音以下皆为列卿。

【注释】

①刍：割草。
②札：木简。 笥：古时用来盛饭食或放衣物的竹器。

③陛下：阶下。

④被发徒跣，敝衣赭汗：披发、赤脚，穿着破衣，面赤流汗。

⑤半头赤帻：古代男子头上覆髻用的巾称帻。半头帻，即空顶帻，是未成年人所用。汉尚赤，盆子承汉统，所以用赤色。

⑥綦：履上纹饰，直刺履面的花纹为直綦。

⑦赤屏泥：车轼前面，用缇(丹黄色帛)做的屏泥，挡住泥土溅入车中。

⑧绛襜络：绛色的交叉的车窗。襜，车帷。

⑨遨：游逛。

⑩宗：尊奉。

军及高陵，与更始叛将张印等连和，遂攻东都门①，入长安城，更始来降。盆子居长乐宫，诸将日会论功，争言欢呼②，拔剑击柱，不能相一。三辅郡县营长遣使贡献，兵士辄剽夺之③。又数房暴吏民，百姓保壁④，由是皆复固守。

①东都门：长安城东面北头第一门为宣平门。其外郭门，名东都门。

②欢呼：喧哗喊叫。

③剽：劫。

④保壁：守卫营垒。壁，营垒、壁垒。

至腊日，崇等乃设乐大会。盆子坐正殿，中黄门持兵在后，公卿皆列坐殿上。酒未行，其中一人出刀笔书谒欲贺①，其馀不知书者起请之②，各各屯聚，更相背向。大司农杨音按剑骂曰："诸卿皆老佣也！今日设君臣之礼，反更淆乱，儿戏尚不如此，皆可格杀③！"更相辩斗，而兵众遂各逾宫斩关④，入掠酒肉，互相杀伤。卫尉诸葛稚闻之⑤，勒兵入，格杀百馀人，乃定。盆子惶恐，日夜啼泣，独与中黄门共卧起，唯得上观阁而不闻外事。

①刀笔：古代写字用竹简，如有谬误，则用刀削除，因此，称文具为刀笔。　书谒：写下名帖。

②请之：请人代写。

③格：相拒而杀之。

④逾宫：跳进宫里。逾，越。　斩关：砍断门闩。关，门闩。

⑤诸葛稚：或谓诸葛释。

原文

时掖庭中宫女犹有数百千人，自更始败后，幽闭殿内①，掘庭中芦菔根、捕池

043

鱼而食之，死者因相埋于宫中。有故祠甘泉乐人②，尚共击鼓歌舞，衣服鲜明，见盆子叩头言饥。盆子使中黄门禀之米③，人数斗。后盆子去，皆饿死不出。

①幽闭：禁闭。
②乐人：甘泉宫祭神的乐师。
③禀：通"廪"，给予谷物。

刘恭见赤眉众乱，知其必败，自恐兄弟俱祸，密教盆子归玺绶，习为辞让之言。建武二年①，正月朔，崇等大会，刘恭先曰："诸君共立恭弟为帝，德诚深厚。立且一年，肴乱日甚②，诚不足以相成。恐死而无所益，愿得退为庶人，更求贤知③，唯诸君省察。"崇等谢曰："此皆崇等罪也。"恭复固请，或曰："此宁式侯事邪④？"恭惶恐，起去。盆子乃下床解玺绶，叩头曰："今设置县官，而为贼如故，吏人贡献，辄见剽劫，流闻四方，莫不怨恨，不复信向。此皆立非其人所致，愿乞骸骨避贤圣。必欲杀盆子以塞责者，无所离死⑤。诚冀诸君肯哀怜之耳！"因涕泣嘘唏。崇等及会者数百人莫不哀怜之，乃皆避席顿首曰："臣无状⑥，负陛下！请自今已后不敢复放纵。"因共抱持盆子，带以玺绶。盆子号呼不得已。既罢出，各闭营自守，三辅翕然称天子聪明。百姓争还长安，市里且满。

①建武二年：公元26年。
②肴：通"淆"，混乱。
③更求贤知：另求贤智之人来登皇位。
④式侯：刘恭为式侯。言恭欲登位之意。
⑤离：避。
⑥无状：罪过很大，不能言状。

后二十馀日，赤眉贪财物，复出大掠。城中粮食尽，遂收载珍宝，因大纵火烧宫室，引兵而西。过祠南郊，车甲兵马最为猛盛，众号百万。盆子乘王车，驾三马①，从数百骑。乃自南山，转掠城邑，与更始将军严春战于郿，破春杀之。遂入安定、北地。至阳城、番须中②。逢大雪，坑谷皆满，士多冻死，乃复还。发掘诸陵，取其宝货，遂污辱吕后尸。凡贼所发，有玉匣殓者③，率皆如生，故赤眉得多行淫秽。大司徒邓禹时在长安，遣兵击之于郁夷④，反为所败，禹乃出之云阳⑤。

【原文】

九月,赤眉复入长安,止桂宫①。时汉中贼延岑出散关,屯杜陵,逢安将十馀万人击之。邓禹以逢安精兵在外,唯盆子与羸弱居城中,乃自往攻之。会谢禄救至,夜战稿街中②,禹兵败走。延岑及更始将军李宝合兵数万人,与逢安战于杜陵。岑等大败,死者万馀人。宝遂降安,而延岑收散卒走。宝乃密使人谓岑曰:"子努力还战,吾当于内反之,表里合势,可大破也。"岑即还挑战,安等空营击之,宝从后悉拔赤眉旌帜,更立己幡旗。安等战疲还营,见旗帜皆白,大惊,乱走,自投川谷死者十馀万。逢安与数千人脱归长安。

【原文】

时三辅大饥,人相食,城郭皆空,白骨蔽野,遗人往往聚为营保①,各坚守不下。赤眉虏掠无所得,十二月,乃引而东归,众尚二十馀万,随道复散。光武乃遣破奸将军侯进等屯新安②,建威大将军耿弇等屯宜阳③,分为二道,以要其还路④。敕诸将曰:"贼若东走,可引宜阳兵会新安;贼若南走,可引新安兵会宜阳。"明年正月,邓禹自河北度,击赤眉于湖⑤,禹复败走。赤眉遂出关南向,征西大将军冯异破之于崤底。帝闻,乃自将幸宜阳,盛兵以邀其走路⑥。赤眉忽遇大军,惊震不知所为,乃遣刘恭乞降,曰:"盆子将百万众降,陛下何以待之?"帝曰:"待汝以不死耳!"樊崇乃将盆子及丞相徐宣以下三十馀人肉袒降,上所得传国玺绶、更始七尺宝剑及玉璧各一;积兵甲宜阳城西,与熊耳山齐⑦。帝令县厨赐食,众积困喂⑧,十馀万人皆得饱饫⑨。

③宜阳：汉代县名，今河南宜阳县。

④要：半路拦截。

⑤湖：汉代县名，在河南阌乡县（今已并入灵宝市）。

⑥邀：阻击。

⑦熊耳山：山名，在今宜阳西。

⑧喂：饥饿。

⑨饫(yù)：吃饱。

原文

明旦，大陈兵马临洛水，令盆子君臣列而观之。谓盆子曰："自知当死不？"对曰："罪当应死，犹幸上怜赦之耳。"帝笑曰："儿大黠，宗室无蚩者①。"又谓崇等曰："得无悔降乎？朕今遣卿归营，勒兵鸣鼓相攻，决其胜负，不欲强相服也。"徐宣等叩头曰："臣等出长安东都门，君臣计议，归命圣德。百姓可与乐成，难与图始，故不告众耳。今日得降，犹去虎口，归慈母，诚欢诚喜，无所恨也。"帝曰："卿所谓铁中铮铮，佣中佼佼者也②。"又曰："诸卿大为无道，所过皆夷灭老弱，溺社稷，污井灶。然犹有三善：攻破城邑，周遍天下，本故妻妇，无所改易③，是一善也；立君能用宗室，是二善也；馀贼立君，迫急皆持其首降，自以为功，诸卿独完全以付朕④，是三善也。"乃令各与妻子居洛阳，赐宅人一区，田二顷。其夏，樊崇、逢安谋反，诛死。杨音在长安时，遇赵王良有恩，赐爵关内侯，与徐宣俱归乡里，卒于家。刘恭为更始报杀谢禄，自系狱⑤，赦不诛。帝怜盆子，赏赐甚厚，以为赵王郎中。后病失明，赐荥阳均输官地⑥，以为列肆⑦，使食其税终身。

赞曰：圣公靡闻，假我风云。始顺归历，终然崩分。赤眉阻乱，盆子探符。虽盗皇器⑧，乃食均输。

注释

①蚩：愚笨，无知，同"痴"。

②铁中铮铮，庸中佼佼：谓铁中比较刚利的铁，一般人中突出的人。

③本故妻妇，无所改易：没有抛弃原来的妻子而另娶。

④完全：保全性命，不加伤害。

⑤自系狱：自己投案。

⑥均输：王莽时行均输法，在大都市设均输官，占有一些土地，"均输官地"指此。

⑦以为列肆：把这些地划为市区。古代买卖限制在市区内做。官方抽税，名为"市租"（或"市税"）。

⑧皇器：神器，指天子位。

隗嚣传(节选)

本篇出自卷十三《隗嚣公孙述列传》。隗嚣(wěi áo)(? —33),东汉名士,受到王莽国师刘歆赏识。王莽末年,被推为上将军,起兵响应汉军,成为西北方势力的首领。先依附刘玄,后归顺刘秀,帮助镇压赤眉,终因心有疑惧,叛降蜀中公孙述。建武九年(33年)为汉军所击败,病死。隗嚣的才智、谋略受到时人称赞,在西北也有很高的威信,他的悲剧命运源于不能看清当时久经战乱、人心思治、天下统一的形势,企图长期割据一方,因而失败。

原文

隗嚣字季孟,天水成纪人也①。少仕州郡,王莽国师刘歆引嚣为士②。歆死,嚣归乡里。季父崔,素豪侠,能得众。闻更始立而莽兵连败,于是乃与兄义及上邽人杨广、冀人周宗谋起兵应汉。嚣止之曰:"夫兵,凶事也,宗族何辜③!"崔不听,遂聚众数千人,攻平襄④,杀莽镇戎大尹⑤。崔、广等以为举事宜立主以一众心⑥,咸谓嚣素有名,好经书,遂共推为上将军。嚣辞让,不得已,曰:"诸父、众贤不量小子,必能用嚣言者,乃敢从命。"众皆曰:"诺!"

注释

① 成纪:汉代县名,在今甘肃通渭东。
② 国师:王莽置国师,位为上公,士乃其属官。
③ 凶事:危险的事。《史记》范蠡曰:"兵者凶器,战者逆德。"王莽末豪强地主每每纠合宗族起事,起事人的宗族也往往被官方杀害,故言。
④ 平襄:汉代县名,今甘肃通渭县。
⑤ 镇戎:汉为天水郡,王莽改为镇戎郡。
⑥ 一众心:谓统一、安定众人之心。

原文

隗嚣既立,遣使聘请平陵人方望以为军师。望至,说嚣曰:"足下欲承天顺民,辅汉而起。今立者乃在南阳,王莽尚据长安,虽欲以汉为名,其实无所受命,将何以见信于众乎? 宜急立高庙,称臣奉祠,所谓'神道设教①',求助人神者也。且礼有损益,质文无常②,削地开兆③,茅茨土阶,以致其肃敬。虽未备物,神明其舍诸④?"嚣从其言,遂立庙邑东,祀高祖、太宗、世宗⑤。嚣等皆称臣执事,史奉璧而告⑥。祝毕,有司穿坎于庭⑦,牵马操刀、奉盘错镂⑧,遂割牲而盟,曰:"凡我同盟三十一将,十有六姓，允承天道，兴辅刘宗。如怀奸虑，明神殛之⑨。高祖、文皇、武皇，禅垒厥命，厥宗受兵，族类灭亡！"有司奉血鍉进，护军举手揖诸将军曰："鍉不濡血，歃不入口，是欺神明也，厥罚如盟⑩！"既而埋血、加书，一如古礼。

① 神道设教：《易·观卦》有"圣人神道设教而天下服矣"的言论。

② 质：朴实，缺乏文采，与文相对。 文：文饰，文采。质朴和纷华没有一成不变的常规。

③ 削地开兆：除地以开兆域。

④ 虽未备物，神明其舍诸：虽器物礼数不很完备，难道神明就抛弃我们不帮助吗？

⑤ 高祖：汉高祖。 太宗：汉文帝。 世宗：汉武帝。

⑥ 史：祝史。 璧：中心有孔的玉。 告：祝告。

⑦ 坎：坑。意谓在庭中掘地成坑，准备行礼。 庭：庙中院落。郑玄云："书其辞于策，杀牲取血，坎其牲，加书于上而埋之，谓之载书。"

⑧ 错：通"措"，置。 鍉(chí)：钥匙，此处指歃血器。

⑨ 殛：诛杀。

⑩ 濡：浸，渍。意谓勺不沾血，歃血不上口，是欺蒙神明，应得神明的惩罚，如盟誓所言。

　　事毕，移檄告郡国曰："汉复元年，七月己酉朔。己巳，上将军隗嚣、白虎将军隗崔、左将军隗义、右将军杨广、明威将军王遵、云旗将军周宗等，告州牧、部监、郡卒正、连率、大尹、尹、尉队大夫、属正、属令：故新都侯王莽，慢侮天地，悖道逆理，鸩杀孝平皇帝，篡夺其位。矫托天命，伪作符书①，欺惑众庶，震怒上帝。反戾饰文，以为祥瑞②，戏弄神祇③，歌颂祸殃④。楚越之竹不足以书其恶⑤，天下昭然，所共闻见。今略举大端，以喻吏民。盖天为父，地为母⑥，祸福之应，各以事降。莽明知之，而冥昧触冒，不顾大忌，诡乱天术，援引史传⑦。昔秦始皇毁坏谥法，以一二数欲至万世，而莽下三万六千岁之历，言身当尽此度⑧。循亡秦之轨，推无穷之数。是其逆天之大罪也。分裂郡国，断截地络⑨。田为王田⑩，卖买不得；规锢山泽，夺民本业⑪；造起九庙⑫，穷极土作⑬；发冢河东，攻劫丘垄。此其逆地之大罪也。尊任残贼，信用奸佞，诛戮忠正，覆按口语，赤车奔驰⑭，法冠晨夜⑮，冤系无辜，妄族众庶⑯。行炮烙之刑⑰，除顺时之法⑱，灌以醇醯⑲，裂以五毒。政令日变，官名月易⑳，货币岁改，吏民昏乱，不知所从，商旅穷窭，号泣市道。设为六管㉑，增重赋敛，刻剥百姓，厚自奉养；苞苴流行，财入公辅，上下贪贿，莫相检考。民坐挟铜炭，没入锺官㉒，徒隶殷积㉓，数十万人，工匠饥死，长安皆臭。既乱诸夏，狂心益悖，北攻强胡，南扰劲越，西侵羌、戎，东摘秽貊㉔，使四境之外，并入为害，缘边之郡，江海之濒，涤地无类㉕。故攻战之所败，苛法之所陷，饥馑之所夭，疾疫之所及，以万万计。其死者则露尸不掩，生者则奔亡流散，幼孤妇女，流离系虏㉖。此其逆人之大罪也。是故上帝哀矜，降罚于莽，妻子颠殒，还自诛刈^㉗，大臣反据，亡形已成。大司马董忠、国师刘歆、卫将军王涉，皆结谋内溃；司命孔仁、纳言严尤、秩宗陈茂，举众外降。今山东之兵二百余万，已平齐楚、下蜀汉、定宛洛、据敖仓、守函谷，威命四布，宣风中岳^㉘。兴灭继绝，封定万国，遵高祖之旧制，修孝文之遗德。有不从命，武军平之。驰使四夷，复其爵号。然后还师振旅，櫜弓卧鼓^㉙。申命百姓，各安其所，庶无负子之责。"

①伪作符书：莽遣五威将军王奇等，班符命四十二篇于天下，言当代汉之意。

②反戾饰文，以为祥瑞：违背天意，用美丽言辞，粉饰为祥瑞。指大风毁坏莽王路堂，又拔掉昭宁堂池东大十围之榆树，莽乃曰："念紫阁仙图，天意立太子，正其名。"遂立其子临为太子，以为祥应也。戾，违背，违反。

③戏弄神祇：仙人掌旁有白头公青衣，莽曰："皇祖叔父子侨欲来迎我。"

④歌颂祸殃：王莽作告天策，自陈功劳千余言，能诵策文者，除以为郎，至五十余人。

⑤楚越之竹：古时无纸，用竹简写。此句意为，王莽的罪恶，即使用尽楚越地方的竹子也不够写。如成语所谓"罄竹难书"。

⑥天为父，地为母：《尚书》曰："惟天地，万物父母。"

⑦援引史传：王莽每有灾祸，皆引史传以文饰之。崔发言于莽曰："周礼及春秋左氏，国有大灾，则哭以厌之。"莽乃率群臣至南郊，陈其符命，并抟心大哭。

⑧当尽此度：一定能传位三万六千年。《史记》曰，秦始皇初并天下，制曰："太古有号无谥；中古有号，死而以行为谥。如此，则子议父，臣议君。自今以来，除谥法。朕为始皇帝，后世以计数，至于万世，传之无穷。"王莽令太史推三万六千年历纪，六年一改元，布告天下，并声称王家后代要在此纪内一代一代传下去。

⑨络：犹经络。意指王莽分拆郡县，割断疆界。

⑩王田：王莽时规定，天下田为王田，不得买卖。

⑪本业：农业。王莽规定名山大泽由官府专利，百姓不得从事渔樵生产。

⑫九庙：古制，天子七庙，王莽则九庙，"殿皆重屋(楼房)。其太祖黄帝庙东西南北各四十丈，高十七丈，余半之。为铜雕文，穷极百工之巧，功费数百巨万，卒徒死者以万计。"

⑬穷极：穷尽。 土作：土木建筑工程。

⑭覆按口语，赤车奔驰：禁止臣民诽谤议论，小使车(赤车)横冲直撞，到处追查诽谤议论朝政者。

⑮法冠：又名柱后冠，侍御史之服。

⑯族：灭族。

⑰炮烙：王莽作焚如之刑，烧杀陈良、终带等二十七人。

⑱顺时：汉朝规定，春夏万物生长之时，不杀罪犯，行刑都在秋冬；王莽废此法，春夏斩人。谓不顺时令。

⑲醇醯：酒醋。董忠反对王莽，王莽就收捕忠宗族，以醇醯、毒药、白刃、丛棘，并一坎而埋之。

⑳月易：一月一改变。州郡官名无常制，乃至岁变更。一郡至五易名而还复其故，吏人不能纪。

㉑六管：设六管之令，为酤酒、卖盐、铁器、铸钱、名山、大泽，令县官主税收其利。管，主管。

㉒锺官：主管铸钱的官。汉禁民私铸钱。王莽时，一有发现，没入为官奴婢。

㉓殷：众多。 积：聚集。

㉔摘：扰。

㉕涤地无类:被清洗得没有人烟。无类,无有遗类。

㉖系:拴,绑。 虏:被虏为奴。

㉗刈:割。莽杀其子宇、临等,妻王氏以莽数杀其子,涕泣失明,病卒。

㉘中岳:嵩山。指更始至洛阳。

㉙櫜(gāo)弓:把弓矢盛起来。

原文

　　嚣乃勒兵十万,击杀雍州牧陈庆。将攻安定。安定大尹王向,莽从弟平阿侯谭之子也,威风独能行其邦内,属县皆无叛者。嚣乃移书于向,喻以天命,反覆诲示,终不从。于是进兵虏之,以徇百姓①,然后行戮,安定悉降。而长安中亦起兵诛王莽。嚣遂分遣诸将,徇陇西、武都、金城、武威、张掖、酒泉、敦煌,皆下之。

　　更始二年,遣使征嚣及崔、义等。嚣将行,方望以为更始未可知,固止之,嚣不听。望以书辞谢而去,曰:"足下将建伊、吕之业②,弘不世之功③,而大事草创,英雄未集。以望异域之人,疵瑕未露,颂先崇郭隗,想望乐毅,故钦承大旨,顺风不让。将军以至德尊贤,广其谋虑,动有功,发中权,基业已定,大勋方缉。今俊乂并会④,羽翮并肩⑤。望无耆耇之德,而猥托宾客之上,诚自愧也。虽怀介然之节,欲絜去就之分,诚终不背其本,贰其志也。何则?范蠡收责句践,乘扁舟于五湖……"嚣等遂至长安,更始以为右将军,崔、义皆即旧号。其冬,崔、义谋欲叛归,嚣惧并祸,即以事告之。崔、义诛死,更始感嚣忠,以为御史大夫。明年夏,赤眉入关,三辅扰乱。流闻光武即位河北,嚣即说更始归政于光武叔父国三老良,更始不听。诸将欲劫更始东归,嚣亦与通谋,事发觉,……亡归天水。复招聚其众,据故地自称西州上将军。及更始败,三辅耆老士大夫皆奔归嚣。嚣素谦恭爱士,倾身引接,为布衣交⑥。以前王莽平河大尹长安谷恭为掌野大夫⑦,平陵范逡为师友⑧,赵秉、苏衡、郑兴祭酒⑨,申屠刚、杜林为持书⑩,杨广、王遵、周宗及平襄人行巡、阿阳人王捷、长陵人王元为大将军,杜陵、金丹之属为宾客。由此名震西州⑪,闻于山东。

注释

①徇:示众。

②伊:伊尹,辅佐商汤灭夏桀。 吕:吕尚,即姜太公,辅佐周武王灭商纣。

③不世:世上少有。

④俊乂:贤士。

⑤羽翮(hé):翅膀,比喻辅佐大臣。

⑥布衣交:平民之交。

⑦平河:王莽改清河郡为平河。

⑧平陵:今陕西咸阳市。

⑨祭酒:古时饮酒必祭,礼也。祭祀时惟长者以酒沃酹,称祭酒。

⑩持书:即持书侍御史。

⑪西州:指凉州。

建武二年,大司徒邓禹西击赤眉,屯云阳,禹禅将冯愔引兵叛禹,西向天水,嚣逆击破之于高平,尽获辎重。于是禹承制遣使持节,命嚣为西州大将军,得专制凉州、朔方事。及赤眉去长安,欲西上陇,嚣遣将军杨广迎击,破之,又追败之于乌氏、泾阳间①。嚣既有功于汉,又受邓禹爵,署其腹心②,议者多劝通使京师。三年,嚣乃上书诣阙。光武素闻其风声③,报以殊礼,言称字,用敌国之仪④,所以慰藉之良厚⑤。时陈仓人吕鲔拥众数万,与公孙述通,寇三辅。嚣复遣兵佐征西大将军冯异击之,走鲔,遣使上状。帝报以手书。……自是恩礼愈笃。

①泾阳:汉代县名,今甘肃平凉市。

②署:安排,安置。

③风声:名望。

④敌国:平等国家。

⑤慰藉:抚慰。　谓光武善待隗嚣。

其后公孙述数出兵汉中,遣使以大司空扶安王印绶授嚣。嚣自以与述敌国,耻为所臣,乃斩其使,出兵击之,连破述军,以故蜀兵不复北出。时关中将帅数上书,言蜀可击之状,帝以示嚣,因使讨蜀,以效其信①。嚣乃遣长史上书,盛言三辅单弱,刘文伯在边②,未宜谋蜀。帝知嚣欲持两端③,不愿天下统一,于是稍黜其礼④,正君臣之仪。初,嚣与来歙、马援相善,故帝数使歙、援奉使往来,劝令入朝,许以重爵。嚣不欲东,连遣使深持谦辞,言无功德,须四方平定,退伏闾里⑤。五年,复遣来歙说嚣遣子入侍。嚣闻刘永、彭宠皆以破灭,乃遣长子恂随歙诣阙,以为胡骑校尉,封镌羌侯。而嚣将王元、王捷,常以为天下成败未可知,不愿专心内事。元遂说嚣曰:"……今天水完富,士马最强,北收西河、上郡,东收三辅之地,案秦旧迹⑥,表里河山,元请以一丸泥为大王东封函谷关⑦,此万世一时也。若计不及此,且畜养士马,据隘自守,旷日持久,以待四方之变,图王不成,其弊犹足以霸⑧。要之,鱼不可脱于渊,神龙失势⑨,即还与蚯蚓同。"嚣心然元计,虽遣子入质,犹负其险厄⑩,欲专方面⑪,于是游士、长者,稍稍去之⑫。

中国家庭基本藏书

① 效:效验,证明。

② 刘文伯:即卢芳。王莽末冒名汉武帝曾孙刘文伯,起兵于安定郡,建武四年十二月称帝于九原。

③ 持两端:采取两面政策。

④ 黜:减少,降低。

⑤ 退伏:隐居。　闾里:家乡。

⑥ 案:依照。

⑦ "一丸泥"句:用一点泥封住函谷关,形容地势险要,易守难攻。

⑧ 霸:称霸。此句意谓是说即使争不到天下,仍可以称霸一方。

⑨ 势:凭借。

⑩ 厄:险要、阻塞。

⑪ 专:独占。

⑫ 去:离去。

原文

　　六年,关东悉平,帝积苦兵间,以嚣子内侍,公孙述远据边陲,乃谓诸将曰:"且当置此两子于度外耳!"因数腾书陇、蜀①,告示祸福。嚣宾客、掾史多文学生②,每所上事,当世士大夫皆讽诵之,故帝有所辞答,尤加意焉。嚣复遣使周游诣阙,先到冯异营。游为仇家所杀。帝遣卫尉铫期持珍宝缯帛赐嚣③。期至郑,被盗,亡失财物。帝常称嚣长者,务欲招之,闻而叹曰:"吾与隗嚣事欲不谐④,使来见杀,得赐道亡!"会公孙述遣兵寇南郡,乃谓嚣当从天水伐蜀,因此欲以溃其心腹。嚣复上言:"白水险阻⑤,栈阁绝败⑥。"又多设支阂⑦。帝知其终不为用,巨欲讨之⑧,遂西幸长安,遣建威大将军耿弇等七将军从陇道伐蜀。先使来歙奉玺书喻旨,嚣疑惧,即勒兵,使王元据陇坻⑨,伐木塞道,谋欲杀歙。歙得亡归。诸将与嚣战,大败,各引退。嚣因使王元巡侵三辅,征西大将军冯异、征虏将军祭遵等击破之。嚣乃上疏谢。……有司以嚣言慢,请诛其子恂,帝不忍,复使来歙至汧,赐嚣书曰:"……今若束手,复遣恂弟归阙庭者,则爵禄获全,有浩大之福矣!吾年垂四十,在兵中十岁,厌浮语虚辞。即不欲⑩,勿报。"嚣知帝审其诈,遂遣使称臣于公孙述。

① 腾:传递。

② 掾史:属官名。

③ 缯:丝织品的总称。

④ 不谐:不成功。

⑤ 白水:关名,在今四川昭化西北,古代为要隘。

⑥ 栈阁:山路悬险,栈木为阁道。指在绝壁上开凿的木栈道和用木材撑架的阁道。

⑦支：支柱。　阁：障碍。支阁，即支吾、搪塞。意谓又提出种种借口来搪塞光武之命。

⑧亘：遂。此句意谓光武遂生伐嚣之心。

⑨陇坻：陇山。陇山绵亘陕、甘间，自陕西陇县西南至甘肃清水，山高而长，随地多有以陇名者，如陇坻、陇阪、陇首等。

⑩即：假使，如若。

原文

明年，述以嚣为朔宁王，遣兵往来，为之援埶①。秋，嚣将步骑三万侵安定，至阴槃，冯异率诸将拒之。嚣又令别将下陇，攻祭遵于汧，兵并无利，乃引还。帝因令来歙以书招王遵，遵乃与家属东诣京师，拜为太中大夫，封向义侯。遵字子春，霸陵人也，父为上郡太守。遵少豪侠，有才辩，虽与嚣举兵，而常有归汉意。曾于天水私于来歙曰："吾所以戮力不避矢石者，岂要爵位哉！徒以人思旧主，先君蒙汉厚恩，思效万分耳。"又数劝嚣遣子入侍，前后辞谏切甚，嚣不从，故去焉。八年春，来歙从山道袭得略阳城。……嚣自悉其大众围来歙②。公孙述亦遣其将李育、田弇助嚣攻略阳，连月不下。帝乃率诸将西征之，数道上陇。使王遵持节监大司马吴汉留屯于长安。遵知嚣必败灭，而与牛邯旧故，知其有归义意，以书喻之……邯得书，沈吟十馀日，乃谢士众③，归命洛阳，拜为太中大夫。于是嚣大将十三人，属县十六，众十馀万，皆降。……

①埶：同"势"，势力，形势。

②悉：倾尽，全。

③谢：辞别。

原文

论曰：隗嚣援旗纠族①，假制明神②，迹夫创图首事③，有以识其风矣④。终于孤立一隅，介于大国⑤，陇坻虽隘⑥，非有百二之势⑦，区区两郡⑧，以御堂堂之锋。至使穷庙策、竭征徭，身殁众解，然后定之。则知其道有足怀者⑨，所以栖有四方之桀⑩，士至投死绝亢而不悔者矣⑪！夫功全则誉显，业谢则衅生⑫，回成丧而为其议者⑬，或未闻焉。若嚣命会符运，敌非天力，虽坐论西伯，岂多嗤乎⑭？

①纠：古纠字，六朝至唐人常把纠字写作纠，义为收。

②假制明神：指立庙礼汉高祖，假借高祖神灵。

③迹：用为动词，推寻。

④风：气派。

⑤介：夹在两个大国中间。或谓东逼于汉，南拒于蜀。

⑥隘:险要。

⑦百二之势:秦地险要,物产丰饶,有以二当百之势。

⑧两郡:指陇西、天水。

⑨怀:归顺。可知隗嚣的道义确可使人拥护他。

⑩桀:同"杰"。

⑪亢:喉咙,绝亢是自杀,谓王捷自刎事。

⑫谢:失败。

⑬丧:失败。

⑭嗤:讥笑。

冯异传

题解

本篇出自《后汉书》卷十七《冯岑贾列传》。冯异(前?—34),东汉初著名武将之一。王莽末年,以郡掾监五县,后归刘秀,死于军中,官至征西大将军。冯异屡建战功,谦退自守,与其他将军相遇,必让道;诸将争功,他退避大树下,军中号"大树将军"。历史上有不少人身经百战,屡建奇功,后来居功自傲,骄横恣肆,落入身败名裂的境地。对比之下,更能显出冯异乃品德高尚、不同凡庸之辈。

原文

冯异字公孙,颍川父城人也①。好读书,通《左氏春秋》《孙子兵法》。

汉兵起,异以郡掾监五县②,与父城长苗萌共城守,为王莽拒汉。光武略地颍川,攻父城不下,屯兵巾车乡。异间出行属县③,为汉兵所执。时异从兄孝及同郡丁𬘬、吕晏④,并从光武,因共荐异,得召见。异曰:"异一夫之用,不足为强弱。有老母在城中,愿归据五城,以效功报德。"光武曰:"善。"异归,谓苗萌曰:"今诸将皆壮士屈起,多暴横,独有刘将军所到不虏掠。观其言语举止,非庸人也,可以归身。"苗萌曰:"死生同命,敬从子计。"光武南还宛。更始诸将攻父城者前后十馀辈,异坚守不下。及光武为司隶校尉,道经父城,异等即开门奉牛酒迎。光武署异为主簿,苗萌为从事。异因荐邑子铫期、叔寿、段建、左隆等⑤,光武皆以为掾史,从至洛阳。

①父城:汉代县名,在今河南宝丰县东。

②掾:古代属官通称。意谓异以郡之属官的身份监理五县。

③间出:秘密出来。 行:巡视,巡行。

④𬘬:字幼春,优健有武略。

⑤邑子:同县的人。

更始数欲遣光武徇河北，诸将皆以为不可。是时左丞相曹竟子诩为尚书，父子用事，异劝光武厚结纳之。及度河北，诩有力焉。自伯升之败，光武不敢显其悲戚，每独居，辄不御酒肉①，枕席有涕泣处。异独叩头宽譬哀情②。光武止之曰："卿勿妄言！"异复因间进说曰："天下同苦王氏，思汉久矣。今更始诸将，从横暴虐③，所至虏掠，百姓失望，无所依戴。今公专命方面，施行恩德。夫有桀纣之乱，乃见汤武之功；人久饥渴，易为充饱。宜急分遣官属，徇行郡县，理冤结、布惠泽。"光武纳之。至邯郸，遣异与铫期乘传抚循属县，录囚徒，存鳏寡，亡命自诣者除其罪④，阴条二千石长吏同心及不附者上之⑤。

① 不御：不用，不食。
② 宽：开导。　譬：难解。
③ 从：同"纵"。
④ 命：犯罪逃亡的人。　自诣：自己来从光武自首的人。
⑤ 条：条写。

　　及王郎起，光武自蓟东南驰，晨夜草舍①，至饶阳无蒌亭②。时天寒烈，众皆饥疲，异上豆粥。明旦，光武谓诸将曰："昨得公孙豆粥，饥寒俱解。"及至南宫③，遇大风雨，光武引车入道傍空舍，异抱薪，邓禹爇火④，光武对灶燎衣⑤。异复进麦饭、菟肩⑥。因复度滹沱河至信都，使异别收河间兵。还，拜偏将军。从破王郎，封应侯。

① 草舍：野宿。
② 饶阳：故城在今河北饶阳东北。　无蒌：亭名。
③ 南宫：县名，今属河北省。
④ 爇(ruò)：燃，不是热字。
⑤ 燎：炙，烤。
⑥ 菟：与"兔"通，《汉书·贾山传》："上覆飞鸟，下不见伏菟。"

　　异为人谦退不伐，行与诸将相逢，辄引车避道①。进止皆有表识②，军中号为整齐。每所止舍，诸将并坐论功，异常独屏树下③，军中号曰"大树将军"。及破邯郸，乃更部分诸将，各有配隶④。军士皆言愿属大树将军，光武以此多之⑤。

【注释】

①引车避道：冯异常常告诫部下，除非交战受敌，部行走诸营之后；路上相逢，引车避之，从此再没有争道打斗的事。

②进止皆有表识：言其行止、进退都有一定的标准。表识，标志。

③屏（bǐng）：退后。意谓躲在树后。

④隶：属。先时诸将同营，吏率多有犯法。更部分诸将，各有配隶，意谓重新调配各将领隶属官、兵。

⑤多：用为动词，称道。

【原文】

别击破铁胫于北平①，又降匈奴于林阌顿王，因从平河北。时更始遣舞阴王李轶、廪丘王田立、大司马朱鲔、白虎公陈侨，将兵号三十万，与河南太守武勃共守洛阳。光武将北徇燕赵，以魏郡、河内独不逢兵，而城邑完，仓廪实，乃拜寇恂为河内太守，异为孟津将军，统二郡军河上，与恂合势，以拒朱鲔等。异乃遗李轶书曰："愚闻明镜所以照形，往事所以知今②。昔微子去殷而入周③，项伯畔楚而归汉④，周勃迎代王而黜少帝⑤，霍光尊孝宣而废昌邑⑥，彼皆畏天知命，睹存亡之符，见废兴之事，故能成功于一时，垂于万世也。苟令长安当可扶助⑦，延期岁月，疏不间亲，远不逾近，季文岂能居一隅哉⑧？今长安坏乱，赤眉临郊，王侯构难⑨，大臣乖离⑩，纲纪已绝，四方分崩，异姓并起，是故萧王跋涉霜雪，经营河北。方今英俊云集，百姓风靡，虽邠、岐慕周⑪，不足以喻。季文诚能觉悟成败，亟定大计⑫，论功古人⑬，转祸为福，在此时矣。如猛将长驱，严兵围城，虽有悔恨，亦无及已！"初，轶与光武首结谋约，加相亲爱。及更始立，反共陷伯升。虽知长安已危，欲降又不自安，乃报异书曰："轶本与萧王首谋造汉，结死生之约，同荣枯之计。今轶守洛阳，将军镇孟津，俱据机轴⑭，千载一会，思成断金⑮。唯深达萧王，愿进愚策，以佐国安人。"

轶自通书之后，不复与异争锋，故异因此得北攻天井关，拔上党两城；又南下河南成皋已东十三县及诸屯聚，皆平之，降者十余万。武勃将万余人攻诸畔者⑯，异引军度河，与勃战于士乡下⑰，大破斩勃，获首五千余级，轶又闭门不救。异见其信效，具以奏闻。光武故宣露轶书⑱，令朱鲔知之。鲔怒，遂使人刺杀轶。由是城中乖离，多有降者。鲔乃遣讨难将军苏茂将数万人攻温，鲔自将数万人攻平阴以缀异⑲。异遣校尉护军将兵与寇恂合击茂，破之。异因度河击鲔，鲔走，异追至洛阳，环城一匝而归。移檄上状，诸将皆入贺，并劝光武即帝位。光武乃召异诣鄗⑳，问四方动静。异曰："三王反畔㉑，更始败亡，天下无主，宗庙之忧，在于大王。宜从众议，上为社稷，下为百姓。"光武曰："我昨夜梦乘赤龙上天，觉悟，心中动悸。"异因下席再拜贺曰："此天命发于精神㉒。心中动悸，大王重慎之性也。"异遂与诸将定议上尊号。

①铁胫：王莽末年农民起义军队名号。

②知今：孔子观周明堂四门之墉，有尧、舜、桀、纣之象，谓从者曰："明镜所以察形，古事所以知今。"见于《孔子家语》。

③微子：殷纣王庶兄。周武王伐纣，微子乃持祭器肉袒面缚造于军门，武王释其缚，复其位。

④项伯：项羽之季父。与张良交厚，高祖因此与其结为亲家。在鸿门宴会时，项羽谋臣范增欲谋害高祖，项伯以身体保护高祖。羽灭后，伯归汉。

⑤少帝：孝惠后宫之子，名弘。惠帝崩，周勃以弘非惠帝之子，黜之，迎立代王。

⑥昌邑：昭帝崩，霍光乃迎立武帝孙昌邑王贺。贺无道，光废之而立宣帝。

⑦长安：更始。

⑧季文：李轶字。意谓轶与更始疏远，独居一隅，难以持久，宜早图去就。

⑨构：造成，构成。意谓遭难。

⑩乖：违背。指张邛、申屠建、隗嚣等，因赤眉入关，谋劫更始归南阳。

⑪邠、岐慕周：史言古公亶父修后稷之业，积德行义，国人爱戴。狄人来攻伐，亶父不忍与战，于是离开了邠地。邠人扶老携弱，跟着古公定居在岐山之下。

⑫亟：急，速。

⑬古人：指微子、项伯等。

⑭机轴：机，弩牙；轴，车轴。是弓弩和车起关键作用的东西。比喻二人所据，皆在事之要害。

⑮断金：《周易》："二人同心，其利断金。"表示愿和冯异一条心。

⑯畔：通"叛"。

⑰士乡：聚名，属洛阳。或曰亭名。

⑱宣露：《东观记》曰："上报异曰：'轶多诈不信人不能得其要领，今移其书。'"

⑲缀：或曰连缀。此处似应为牵制意。

⑳鄗：县名，在今河北柏乡北。

㉑三王：即淮南王张卬、穰王廖湛、隋王胡殷。

㉒天命：《周易·乾卦九五》有言曰："飞龙在天，大人造也。"《庄子》谓："其梦也神交。"故言。

原文

　　建武二年春，定封异阳夏侯，引击阳翟贼严终、赵根，破之。诏异归家上冢，使太中大夫赍牛酒①，令二百里内太守、都尉已下及宗族会焉。时赤眉、延岑暴乱三辅，郡县大姓各拥兵众，大司徒邓禹不能定，乃遣异代禹讨之。车驾送至河南，赐以乘舆、七尺具剑②。敕异曰："三辅遭王莽、更始之乱，重以赤眉、延岑之酷，元元涂炭，无所依诉。今之征伐，非必略地屠城，要在平定安集之耳。诸将非不健斗③，然好虏掠。卿本能御吏士④，念自修敕，无为郡县所苦。"异顿首受命，引而西，所至皆布威信。弘农群盗称将军者十馀辈，皆率众降异。异与赤眉遇于华阴，相拒六十馀日，战数十合，降其将刘始、王宣等五千馀人。

【注释】

① 赍(jī)：送给。

② 具剑：以宝玉装饰的剑。具，以宝玉装饰之。

③ 健斗：善于作战。

④ 御：控制，操纵。

【原文】

三年春，遣使者即拜异为征西大将军。会邓禹率车骑将军邓弘等引归，与异相遇，禹、弘要异共攻赤眉①。异曰："异与贼相拒且数十日，虽屡获雄将，馀众尚多，可稍以恩信倾诱，难卒用兵破也②。上今使诸将屯黾池要其东③，而异击其西，一举取之，此万成计也。"禹、弘不从。弘遂大战移日，赤眉阳败④，弃辎重走，车皆载土以豆覆其上，兵士饥，争取之。赤眉引还击弘，弘军溃乱。异与禹合兵救之，赤眉小却。异以士卒饥倦，可且休。禹不听，复战，大为所败，死伤者三千馀人。禹得脱归宜阳。异弃马步走上回溪阪，与麾下数人归营。复坚壁收其散卒，招集诸营保数万人，与贼约期会战。使壮士变服与赤眉同，伏于道侧。旦日，赤眉使万人攻异前部，异裁出兵以救之⑤。贼见势弱，遂悉众攻异，异乃纵兵大战。日昃⑥，贼气衰，伏兵卒起，衣服相乱，赤眉不复识别，众遂惊溃。追击，大破于崤底，降男女八万人。馀众尚十馀万，东走宜阳降。玺书劳异曰："赤眉破平，士吏劳苦，始虽垂翅回溪⑦，终能奋翼黾池⑧，可谓失之东隅，收之桑榆⑨。方论功赏，以答大勋。"

时赤眉虽降，众寇犹盛，延岑据蓝田，王歆据下邽，芳丹据新丰，蒋震据霸陵，张邯据长安，公孙守据长陵，杨周据谷口，吕鲔据陈仓，角闳据汧，骆(盖)延据盩厔⑩，任良据鄠⑪，汝章据槐里，各称将军，拥兵多者万馀，少者数千人，转相攻击。异且战且行，屯军上林苑中。延岑既破赤眉，自称武安王，拜置牧守，欲据关中，引张邯、任良共攻异。异击破之，斩首千馀级，诸营保守附岑者来降归异。岑走，攻析⑫，异遣复汉将军邓晔、辅汉将军于匡要击岑，大破之，降其将苏臣等八千馀人。岑遂自武关走南阳。时百姓饥饿，人相食，黄金一斤易豆五升，道路断隔，委输不至，军士悉以果实为粮。诏拜南阳赵匡为右扶风，将兵助异，并送缣谷，军中皆称万岁。异兵食渐盛，乃稍诛击豪杰不从令者，褒赏降附有功劳者，悉遣其渠帅诣京师，散其众归本业，威行关中。唯吕鲔、张邯、蒋震遣使降蜀⑬，其馀悉平。

【注释】

① 要：邀。

② 卒(cù)：迅速。

③ 要：阻，扼。

④ 阳：假装，伪作。

⑤裁:少。

⑥昃(zè):太阳西斜。古时称太阳过午为昃,昃分中昃、下昃。中昃指未时,即今下午一到三时;下昃指申时,即今下午三到五时。

⑦垂翅:比喻挫折。

⑧奋翼:比喻取胜。

⑨失之东隅,收之桑榆:早晨失败,晚上却又得到胜利。《淮南子》曰:"日臻于衡阳,是谓隅中;日垂西,景(影)在树端,谓之桑榆。""东隅",即隅中,是日出的地方;"桑榆",是日落的地方。

⑩盩厔:今陕西周至。

⑪鄠(hù):汉代县名,在今陕西鄠邑区北。

⑫析:汉代县名,今河南内乡县。

⑬蜀:指公孙述。

【原文】

明年,公孙述遣将程焉,将数万人就吕鲔,出屯陈仓。异与赵匡迎击,大破之。焉退走汉川,异追战于箕谷①,复破之。还击破吕鲔,营保降者甚众。其后蜀复数遣将间出,异辄摧挫之。怀来百姓②,申理枉结③,出入三岁,上林成都④。

【注释】

①箕谷:在今陕西宝鸡市东南四十里,谷口有石如门。

②怀来:招徕。

③枉结:冤屈。

④成都:成为一个都会,言百姓归附众多。《史记》有言曰:"一年成邑,三年成都。"

【原文】

异自以久在外,不自安,上书思慕阙廷,愿亲帷幄①,帝不许。后人有章言异专制关中②,斩长安令,威权至重,百姓归心,号为"咸阳王"。帝使以章示异。异惶惧,上书谢曰:"臣本诸生,遭遇受命之会,充备行伍,过蒙恩私,位大将,爵通侯,受任方面③,以立微功,皆自国家谋虑,愚臣无所能及。臣伏自思维:以诏敕战攻,每辄如意;时以私心断决,未尝不有悔。国家独见之明,久而益远,乃知'性与天道④,不可得而闻也'。当兵革始起,扰攘之时,豪杰竞逐,迷惑千数。臣以遭遇,托身圣明,在倾危溷淆之中,尚不敢过差,而况天下平定,上尊下卑,而臣爵位所蒙,巍巍不测乎?诚冀以谨敕,遂自终始。见所示臣章,战慄怖惧。伏念明主知臣愚性,固敢凶缘自陈。"诏报曰:"将军之于国家,义为君臣,恩犹父子,何嫌何疑,而有惧意?"

六年春,异朝京师。引见,帝谓公卿曰:"是我起兵时主簿也。为吾披荆棘、定关中。"既罢,使中黄门赐以珍宝衣服钱帛。诏曰:"仓卒无蒌亭豆粥、滹沱河麦饭,厚意久不报。"异稽首谢曰:"臣闻管仲谓桓公曰:'愿君无忘射钩,臣无忘槛车'⑤,齐国赖之。臣今亦愿国家无忘河北之难,小臣不敢忘巾车之恩⑥。"后数引燕见⑦，定议图蜀。留十馀日，令异妻子随异还西。

【注释】

① 帷幄:指宫廷。

② 章:奏章(奏本)。

③ 受任方面:异以征西大将军，独当一面，故言。

④ 乃知:以下出自《论语》，子贡曰:"夫子之文章，可得而闻也。夫子之言性与天道，不可得而闻。"

⑤ 槛车:押送犯人的车。《史记》记载，管仲将兵遮莒道，射桓公中钩。后鲁桎梏管仲而送于齐，桓公以为相。桓公与管仲饮，酒酣，管仲上寿曰:"愿君无忘出奔于莒，臣亦无忘束缚于鲁也。"

⑥ 巾车之恩:指上文异间出行县被执于巾车乡获释事。

⑦ 燕见:宫内相见，不同于朝见。

【原文】

　　夏，遣诸将上陇，为隗嚣所败。乃诏异军栒邑①。未及至，隗嚣乘胜使其将王元、行巡，将二万馀人下陇，因分遣巡取栒邑。异即驰兵，欲先据之。诸将皆曰:"虏兵盛而新乘胜，不可与争。宜止军便地，徐思方略。"异曰:"虏兵临境，忸忕小利②，遂欲深入。若得栒邑，三辅动摇，是吾忧也。夫'攻者不足，守者有馀③'，今先据城，以逸待劳，非所以争也。"潜往闭城，偃旗鼓。行巡不知，驰赴之。异乘其不意，卒击鼓建旗而出。巡军惊乱奔走，追击数十里，大破之。祭遵亦破王元于汧。于是北地诸豪长耿定等，悉畔隗嚣降。异上书言状，不敢自伐④。

　　诸将或欲分其功，帝患之，乃下玺书曰:"制诏大司马、虎牙、建威、汉忠、捕虏、武威将军⑤:虏兵猥下⑥，三辅惊恐。栒邑危亡，在于旦夕。北地营保，按兵观望。今偏城获全，虏兵挫折，使耿定之属，复念君臣之义。征西功若丘山，犹自以为不足。孟之反奔而殿⑦，亦何异哉! 今遣太中大夫赐征西吏士死伤者医药棺敛，大司马已下，亲吊死问疾，以崇谦让。"于是使异进军义渠，并领北地太守事。青山胡率万馀人降异。异又击卢芳将贾览、匈奴奥鞬日逐王，破之。上郡、安定皆降，异复领安定太守事。

【注释】

① 栒邑:汉代县名，今陕西旬邑县。

② 忸忕(niǔshì):惯习。谓惯习前事而复为之。

③ 攻者不足，守者有馀:《孙子兵法》之语。

④ 伐:自矜(jīn)曰伐。

⑤ 大司马:吴汉。　虎牙:盖延。　建威:耿弇。　汉忠:王常。　捕虏:马武。　武威:刘尚。

⑥ 猥:众多。

⑦ 孟之反:鲁国大夫。有一次，鲁军被齐军打败，兵退逃，之反走在最后，有掩护撤退之功。但他并不以功自居，在将到达鲁国城门时，一边策马，一边说:"不是我敢于在后面，而是马跑不快。"(见《论语·雍

也篇》)奔是兵败逃走,殿是断后。

九年春,祭遵卒,诏异守征虏将军①,并将其营。及隗嚣死,其将王元、周宗等复立嚣子纯,犹总兵据冀②。公孙述遣将赵匡等救之。帝复令异行天水太守事③。攻匡等且一年,皆斩之。诸将共攻冀,不能拔,欲且还休兵。异固持不动,常为众军锋④。明年夏,与诸将攻落门,未拔,病发,薨于军,谥曰节侯。长子彰嗣。明年,帝思异功,复封彰弟䜣为析乡侯。十三年,更封彰东缗侯,食三县。永平中,徙封平乡侯。彰卒,子普嗣,有罪,国除。

①守:代理(官阶低而任职高)。
②冀:汉代县名,今甘肃甘谷。
③行:兼任(官阶高而任职低)。
④锋:先锋,军队的前列。

永初六年,安帝下诏曰:"夫仁不遗亲,义不忘劳,兴灭继绝,善善及子孙,古之典也①。昔我光武受命中兴,恢弘圣绪②,横被四表,昭假上下③,光耀万世,祉祚流衍,垂于罔极。予末小子,夙夜永思,追惟勋烈,披图案籍,建武元功二十八将④,佐命虎臣,谶记有征。盖萧、曹绍封⑤,传继于今;况此未远,而或至乏祀,朕甚愍之。其条二十八将无嗣绝世,若犯罪夺国,其子孙应当统后者,分别署状上。将及景风⑥,章叙旧法,县兹遗功焉。"于是绍封普子晨为平乡侯。明年,二十八将绝国者,皆绍封焉。

①善善:褒奖善良的人。《公羊传》曰:"善善及子孙,恶恶止其身。"
②圣绪:祖宗的事业。
③昭:明。 假:至。 上下:天地。
④元功:大功,一等功。 二十八将:东汉光武帝时二十八名有功的武将,即邓禹、马成、吴汉、王梁、贾复、陈俊、耿弇、杜茂、冠恂、傅俊、岑彭、坚镡、冯异、王霸、朱祐、任光、祭遵、李忠、景丹、万修、盖延、邳彤、铫期、刘植、耿纯、臧宫、马武、刘隆。汉明帝永平三年(60),在南宫云台立二十八将画像。
⑤绍封:赐封功臣后代。和帝永元三年,诏绍封萧、曹之后,以彰其功。
⑥景风:南风,和风。《春秋考异邮》曰:"夏至四十五日景风至。"宋均谓"景风至则封有功"。

论曰:中兴将帅立功名者众矣!唯岑彭、冯异,建方面之号①。自函谷以西,方城以南，两将之功，实为大焉。若冯、贾之不伐②，岑公之义信③，乃足以感三军而怀敌人，故能克成远业，终全其庆也。昔高祖忌柏人之名，违之以全福④；征南恶彭亡之地，留之以生灾⑤。岂几虑自有明惑，将期数使之然乎⑥？

 注释

①建方面之号：冯异号征西大将军，岑彭号征南大将军，皆用了独当一面的称号。

②贾：指贾复。

③义信：信，指朱鲔知其诚而降事。义，指荆人奉牛酒，让不受事。

④违：离开。汉高祖会欲留宿于柏人，讨厌这个地名，说："柏人者，迫于人也。"就离开了，竟因此免于被刺，故曰福。

⑤留：驻扎。征南大将军，岑彭官号。《岑彭传》："岑彭破公孙述，所营地名'彭亡'，闻而恶之。欲徙，会日暮。蜀刺客诈为亡奴降，夜刺杀彭。"

⑥期数：指命有定数。

吴汉传（节选）

题解

本篇出自《后汉书》卷十八《吴盖陈臧列传》。吴汉（？—44），南阳宛县（今河南南阳）人。初为亭长。王莽末年，避罪亡命渔阳（今北京密云西南）一带。刘玄称帝，任安乐令。后归刘秀，为偏将军。率军讨公孙述，八战八克，升大司马，封广平侯。

原文

吴汉字子颜，南阳宛人也。家贫，给事县为亭长①。王莽末，以宾客犯法，乃亡命至渔阳。资用乏，以贩马自业，往业燕、蓟间，所至皆交结豪杰。更始立，使使者韩鸿徇河北。或谓鸿曰："吴子颜，奇士也，可与计事。"鸿召见汉，甚悦之，遂承制拜为安乐令②。

会王郎起，北州扰惑。汉素闻光武长者，独欲归心，乃说太守彭宠曰："渔阳、上谷突骑③，天下所闻也。君何不合二郡精锐，附刘公击邯郸，此一时之功也④。"宠以为然，而官属皆欲附王郎，宠不能夺⑤。汉乃辞出，止外亭，念所以谲众⑥，未知所出。望见道中有一人似儒生者，汉使人召之，为具食⑦，问以所闻。生因言刘公所过，为郡县所归；邯郸举尊号者，实非刘氏。汉大喜，即诈为光武书，移檄渔阳，使生赍以诣宠⑧，令具以所闻说之，汉复随后入。宠甚然之。于是遣汉将兵与上谷诸将并军而南，所至击斩王郎将帅。及光武于广阿，拜汉为偏将军。既拔邯郸，赐号建策侯。

汉为人质厚少文，造次不能以辞自达⑨。邓禹及诸将多知之，数相荐举；及得召见，遂见亲信，常居门下。

① 给(jǐ)事：供职，当差(chāi)。
② 承制：秉承皇帝旨意。制，皇帝的诏命。　安乐：汉代县名，属渔阳郡，故城在今通州东。
③ 突骑：骁勇善战，用以突击敌军的骑兵。
④ 一时：当世罕有，难以再次遇到。
⑤ 夺：改变想法、意向。
⑥ 谲(jué)：欺诈；设法使人相信。
⑦ 具：具食，摆设饭食。
⑧ 赍(jī)：带着。
⑨ 造次：匆忙，急促。这里是说，有时事情急促，急得话也说不清楚。

　　光武将发幽州兵，夜召邓禹，问可使行者。禹曰："间数与吴汉言①，其人勇鸷有智谋②，诸将鲜能及者③。"即拜汉大将军，持节北发十郡突骑。更始幽州牧苗曾闻之，阴勒兵④，敕诸郡不肯应调⑤。汉乃将二十骑先驰至无终⑥。曾以汉无备，出迎于路，汉即挥兵骑⑦，收曾斩之，而夺其军，北州震骇，城邑莫不望风弭从⑧。遂悉发其兵，引而南，与光武会清阳⑨。诸将望见汉还，士马甚盛，皆曰："是宁肯分兵与人邪⑩！"及汉至莫府⑪，上兵簿，诸将人人多请之。光武曰："属者恐不与人⑫，今所请又何多也？"诸将皆惭。

① 间：近来。　数(shuò)：屡次。
② 勇鸷(zhì)：勇敢凶猛。鸷，鸟兽凶猛。
③ 鲜(xiǎn)：极少，很少。　及：赶上。
④ 阴：暗地。　勒：整顿。
⑤ 应调：接受征调。
⑥ 无终：汉代县名，属右北平郡，故城在今天津蓟州。
⑦ 挥：同"挥"，指挥。
⑧ 弭：服。
⑨ 清阳：汉代县名，在今河北清河县东。
⑩ 宁：语气副词，表示反诘，相当于"岂"。
⑪ 莫府：古代将帅在外设立的营帐。莫，通"幕"。
⑫ 属(zhǔ)：时间副词，方才，不久之前。

原文

　　初，更始遣尚书令谢躬率六将军攻王郎，不能下。会光武至，共定邯郸，而躬禆将虏掠不相承禀①，光武深忌之。虽俱在邯郸，遂分城而处，然每有以慰安之。

中国家庭基本藏书

躬勤于职事，光武常称曰："谢尚书真吏也^②。"故不自疑。躬既而率其兵数万，还屯于邺^③。时光武南击青犊^④，谓躬曰："我追贼于射犬^⑤，必破之。尤来在山阳者^⑥，势必当惊走。若以君威力，击此散虏，必成禽也。"躬曰："善。"及青犊破，而尤来果北走隆虑山^⑦，躬乃留大将军刘庆、魏郡太守陈康守邺，自率诸将军击之。穷寇死战，其锋不可当，躬遂大败，死者数千人。光武因躬在外，乃使汉与岑彭袭其城。汉先令辩士说陈康曰："盖闻上智不处危以侥幸，中智能因危以为功，下愚安于危以自亡。危亡之至，在人所由，不可不察。今京师败乱，四方云扰^⑧，公所闻也。萧王兵强士附^⑨，河北归命^⑩，公所见也。谢躬内背萧王，外失众心，公所知也。公今据孤危之城，待灭亡之祸，义无所立，节无所成。不若开门内军^⑪，转祸为福，免下愚之败，收中智之功，此计之至者也。"康然之。于是康收刘庆及躬妻子，开门内汉等。及躬从隆虑归邺，不知康已反之，乃与数百骑轻入城。汉伏兵收之，手击杀躬，其众悉降。躬字子张，南阳人。初，其妻知光武不平之，常戒躬曰："君与刘公积不相能^⑫，而信其虚谈，不为之备，终受制矣。"躬不纳，故及于难。

光武北击群贼，汉常将突骑五千为军锋，数先登陷陈^⑬。及河北平，汉与诸将奉图书，上尊号。光武即位，拜为大司马，更封舞阳侯。

① 承禀：接受命令。
② 真吏：真正的官吏，能尽职守的官吏。
③ 邺：汉代县名，属魏郡，故城在今临漳县北。
④ 青犊：王莽末年起义军名号之一。
⑤ 射犬：汉射犬聚，在今河南沁阳东北。
⑥ 尤来：王莽末年起义军名号之一。　山阳：汉代县名，故城在今河南修武西北。
⑦ 隆虑山：在今河南林州西北。
⑧ 云扰：形势纷乱如云。
⑨ 附：归附。
⑩ 归命：归顺。
⑪ 内：通"纳"。
⑫ 积：长久。　能：和谐。
⑬ 登：登城。　陈：通"阵"。

建武二年春^①，汉率大司空王梁，建义大将军朱祐，大将军杜茂，执金吾贾复，扬化将军坚镡，偏将军王霸，骑都尉刘隆、马武、阴识，共击檀乡贼于邺东漳水上^②，大破之，降者十馀万人。帝使使者玺书定封汉为广平侯，食广平、斥漳、曲周、广年^③，凡四县。复率诸将击邺西山贼黎伯卿等，及河内修武，悉破诸屯聚。车驾亲幸抚劳④。复遣汉进兵南阳，击宛、涅阳、郦、穰、新野诸城⑤，皆下之。引兵南，与秦丰战黄邮水上⑥，破之。又与偏将军冯异击昌城五楼贼张文等⑦，又攻铜马、五幡于新安⑧，皆破之。

明年春，率建威大将军耿弇、虎牙大将军盖延，击青犊于轵西⑨，大破降之。又率骠骑大将军杜茂、强弩将军陈俊等围苏茂于广乐⑩。刘永将周建别招聚收集得十馀万人，救广乐。汉将轻骑迎，与之战，不利，堕马伤膝，还营，建等遂连兵入城。诸将谓汉曰："大敌在前，而公伤卧，众心惧矣。"汉乃勃然裹创而起，椎牛享士⑪，令军中曰："贼众虽多，皆劫掠群盗，'胜不相让，败不相救，'⑫非有仗节死义者也。今日封侯之秋，诸君勉之！"于是军士激怒，人倍其气⑬。旦日，建、茂出兵围汉，汉选四部精兵黄头吴河等，及乌桓突骑三千馀人，齐鼓而进。建军大溃，反还奔城。汉长驱追击，争门并入，大破之，茂、建突走。汉留杜茂、陈俊等守广乐，自将兵助盖延围刘永于睢阳⑭。永既死，二城皆降⑮。……

①建武：汉光武帝年号。建武二年，即公元26年。

②漳水：源出上党长子县西发鸠山，东北至昌亭，与滹沱河会合。

③广平：汉代县名，今属河北省。　斥漳：汉代县名，在今河北永年。　曲周：汉县名，今属河北省。　广年：汉代县名，即今河北永年。以上四县汉代都属广平郡。

④车驾：指光武帝。　亲幸：亲自前去。皇帝到某地方称"幸"。

⑤涅阳：在今河南镇平。　郦：汉代县名，在今河南内乡东北。　穰：汉代县名，今河南邓州。　新野：汉代县名，今属河南省。以上四县汉代都属南阳郡。

⑥黄邮水：水名，在今河南新野。

⑦昌城：汉齐郡昌国县，古代又名昌城，在今山东淄博东北。　五楼：王莽末年起义军名号之一。

⑧铜马、五幡：王莽末年起义军的两种名号。　新安：汉代县名，今属河南省。

⑨轵：古代关名，为太行八陉第一陉，在今河南济源西北。

⑩广乐：古代城名，在今河南虞城县西。

⑪椎(chuí)牛：杀牛。

⑫胜不相让，败不相救：见于《左传》隐公九年。

⑬倍：用为动词，提高一倍。　气：士气。

⑭睢阳：汉代县名，属梁国，在今河南商丘市。

⑮二城：即广乐、睢阳。

十一年春，率征南大将军岑彭等伐公孙述。及彭破荆门①，长驱入江关②，汉留夷陵③，装露桡船④，将南阳兵及弛刑募士三万人溯江而上⑤。会岑彭为刺客所杀，汉并将其军。十二年春，与公孙述将魏党、公孙永战于鱼涪津⑥，大破之，遂围武阳⑦。述遣子婿史兴将五千人救之⑧。汉迎击兴，尽殄其众⑨，因入犍为界⑩。诸县皆城守。汉乃进军攻广都[11]，拔之。遣轻骑烧成都市桥，武阳以东诸小县皆降。

帝戒汉曰："成都十馀万众，不可轻也。但坚据广都，待其来攻，勿与争锋。若不敢来，公转营迫之，须其力疲[12]，乃可击也。"汉乘利，遂自将步骑二万馀人进逼成都，去城十馀里，阻江北为营[13]，作浮桥，使副将武威将军刘尚将万馀人屯于江南，相去二十馀里。帝闻大惊，让汉曰："比敕公千条万端[14]，何意临事勃乱[15]！既轻敌深入，又与尚别营，事有缓急[16]，不复相及。贼若出兵缀公[17]，以大众攻尚，尚破，公即败矣。幸无它者，急引兵还广都。"诏书未到，述果使其将谢丰、袁吉将众十许万，分为二十馀营，并出攻汉。使别将[将]万馀人劫刘尚[18]，令不得相救。汉与大战一日，兵败，走入壁，丰因围之。汉乃召诸将厉之曰[19]："吾共诸君逾越险阻，转战千里，所在斩获，遂深入敌地，至其城下。而今与刘尚二处受围，势既不接，其祸难量。欲潜师就尚于江南，并兵御之。若能同心一力，人自为战，大功可立；如其不然，败必无馀。成败之机，在此一举。"诸将皆曰："诺。"于是飨士秣马，闭营三日不出，乃多树幡旗，使烟火不绝，夜衔枚引兵与刘尚合军。丰等不觉，明日，乃分兵拒江北，自将攻江南。汉悉兵迎战，自旦至晡[20]，遂大破之，斩谢丰、袁吉，获甲首五千馀级[21]。于是引还广都，留刘尚拒述，具以状上，而深自谴责。帝报曰："公还广都，甚得其宜，述必不敢略尚而击公也。若先攻尚，公从广都五十里悉步骑赴之，适当值其危困，破之必矣。"自是汉与述战于广都、成都之间，八战八克，遂军于其郭中。述自将数万人出城大战，汉使护军高午、唐邯将数万锐卒击之。述兵败走，高午奔陈刺述[22]，杀之。事已见述传。旦日城降，斩述首传送洛阳。明年正月，汉振旅浮江而下[23]。至宛，诏令过家上冢，赐谷二万斛。……

 注释

①荆门：古代关名。

②江关：即瞿塘关，在今重庆奉节县东。

③夷陵：汉代县名，在今湖北宜昌东。

④桡(ráo)：船桨。

⑤弛刑募士：解除枷锁招募从军的士兵。

⑥鱼涪津：在今四川夹江县西北。

⑦武阳：县名，东汉犍为郡治，在今四川彭山。

⑧子婿：女婿。

⑨殄(tiǎn)：消灭。

⑩犍(qián)为：汉郡名，在今四川宜宾西南。

⑪广都：汉代县名，属蜀郡，在今四川成都东南。

⑫须：等待。

⑬阻：凭借。

⑭比：时间副词，近来。

⑮ 勃(bèi)乱:违背常理,行为错乱。勃,通"悖"。

⑯ 缓急:紧急。词义偏重指"急"。

⑰ 缀(chuò):牵制。

⑱ "[将]":据《通鉴》补。 劫:威胁。

⑲ 厉:通"励",激励。

⑳ 晡(bū):申时,下午三点至五点。

㉑ 甲首:甲士(披甲战士)首领。

㉒ 奔陈:冲向敌阵。

㉓ 振旅:整顿军队(准备回朝)。

汉性强力,每从征伐,帝未安,恒侧足而立①。诸将见战陈不利,或多惶惧,失其常度;汉意气自若,方整厉器械②,激扬士吏③。帝时遣人观大司马何为,还言方修战攻之具,乃叹曰:"吴公差强人意④,隐若一敌国矣⑤!"每当出师,朝受诏,夕即引道⑥,初无办严之日⑦。故能常任职,以功名终。及在朝廷,斤斤谨质⑧,形于体貌。汉尝出征,妻子在后买田业。汉还,让之曰:"军师在外⑨,吏士不足,何多买田宅乎?"遂尽以分与昆弟外家⑩。

二十年,汉病笃。车驾亲临,问所欲言。对曰:"臣愚无所知识,唯愿陛下慎无赦而已。"乃薨,有诏悼悯,赐谥曰忠侯。发北军五校、轻车、介士送葬⑪,如大将军霍光故事⑫。……吴氏侯者凡五国。

论曰:吴汉自建武世,常居上公之位,终始倚爱之亲⑬,谅由质简而强力也⑭。子曰"刚毅木讷近仁"⑮,斯岂汉之方乎⑯!昔陈平智有余以见疑⑰,周勃资朴忠而见信⑱。夫仁义不足以相怀⑲,则智者以有余为疑,而朴者以不足取信矣。

① 恒:经常。 侧足而立:形容恐惧不安,不敢正立。

② 整:收拾,修理。 厉:通"砺",磨(刀剑等)。

③ 激扬:勉励。

④ 差(chā)强人意:稍微使人精神振奋。差,略微;强,用为动词,振作。

⑤ 隐:威重的样子。 敌国:实力相当的国家。

⑥ 引道:引军就道,上路;出发。

⑦ 初无:从来没有。 办严:办装,置办行装。避汉明帝刘庄讳,改"装"为"严"。

⑧ 斤斤:谨慎小心。

⑨ 军师:军队。

⑩ 昆弟:兄弟。 外家:外祖父母家;舅父家。

⑪ 北军五校:北军(汉代禁卫军之一)五营。一军设五营,每营长官为校尉,因称五校。汉代五校士兵只有在给皇帝送葬时才充仪仗队,现在为吴汉送葬,是因皇帝丧仪。 轻车:汉代兵种之一。 介士:武士。

⑫ 故事:旧例;曾有的做法。

⑬倚爱:倚重亲信。

⑭谅:的确。 质简:质朴诚实。

⑮子曰:孔子说过。这里引自《论语·子路》。 木讷(nè):品性质朴,不喜言词。

⑯方:比拟,属于一类。

⑰陈平(前?—前178):汉初功臣,河南阳武(今河南原武)人,善用智谋,任为护军中尉,封曲逆侯。吕后时为右丞相。

⑱周勃(前?—前169):汉初功臣,沛(今江苏沛县)人,屡建战功,位至太尉,封绛侯。

⑲怀:依托,信赖。

刘隆传

题解

本篇出自《后汉书》卷二十一《任李万邳刘耿列传》。刘隆,字元伯,东汉初功臣,二十八将之一,封亢父侯。后征交趾有功,封长平侯。传中对他的战绩记载简略,着重记述了他任南郡太守时州郡上报户口土地不实的情况,反映了当时政治黑暗的一个侧面。州郡官吏在上报户口土地时,为豪门大户隐瞒,对贫苦百姓苛刻,以致民众怨声载道。后被发现,有十多人处死,刘隆以功臣免死,降为平民。

原文

刘隆字元伯,南阳安众侯宗室也。王莽居摄中①,隆父礼与安众侯崇起兵诛莽,事泄,隆以年未七岁,故得免。及壮,学于长安,更始拜为骑都尉。谒归②,迎妻子置洛阳。闻世祖在河内,即追及于射犬,以为骑都尉,与冯异共拒朱鲔、李轶等,轶遂杀隆妻子。建武二年,封亢父侯③。四年,拜诛虏将军,讨李宪。宪平,遣隆屯田武当④。十一年,守南郡太守⑤。岁馀,上将军印绶⑥。十三年,增邑,更封竟陵侯。

注释

①居摄:西汉最后一个皇帝孺子刘婴时,王莽摄政,年号居摄。

②谒归:请假还乡。

③亢父:汉代县名,在今山东济宁市。

④武当:汉代县名,今湖北丹江口北。

⑤南郡:郡治江陵,在今湖北江陵北。 守,署理、任职。

⑥上将军印绶:交还将军印绶,辞去将军职位,专任南郡太守。

原文

是时,天下垦田多不以实,又户口年纪互有增减①。十五年,诏下州郡,检核其事,而刺史太守,多不平均,或优饶豪右,侵刻羸弱,百姓嗟怨,遮道号呼。时诸郡各遣使奏事,帝见陈留吏牍上有书②,视之,云"颍川、弘农可问,河南、南阳不可问"。帝诘吏由趣③。吏不肯服，抵言于长寿街上得之④。帝怒。时显宗为东海公，年十二，在帷后言曰："吏受郡敕，当欲以垦田相方耳⑤。"帝曰："即如此，何故言河南、南阳不可问？"对曰："河南帝城，多近臣；南阳帝乡，多近亲，田宅逾制，不可为准⑥。"帝令虎贲将诘问吏⑦，吏乃实首服，如显宗对。于是遣谒者考实，具知奸状。明年，隆坐征下狱，其畴辈十馀人皆死⑧。帝以隆功臣，特免为庶人。

①增减：各地垦田数目不以实报，户数、年纪和实况大有出入。垦田、户口和年龄的数字都和赋役有关。
②牒：古代写字用的狭长木板。
③帝诘吏由趣：光武问吏书是从什么地方来的。诘，盘问。由趣，事由原委。
④抵：欺拒。《汉书·田延年传》曰："延年抵曰，无有是事。"抵，拒讳，欺骗。
⑤相方：比问。大概想把各地检核垦田相互比较，说明有的好辩，有的难辩。
⑥不可为准：不足为法，意谓不能过问。
⑦虎贲将：即虎贲中郎将。
⑧畴：通"俦"，同辈。

　　明年，复封为扶乐乡侯，以中郎将副伏波将军马援击交趾蛮夷征侧等，隆别于禁溪口破之，获其帅征贰①，斩首千馀级，降者两万馀人。还更封大国，为长平侯。及大司马吴汉薨，隆为骠骑将军，行大司马事。

　　隆奉法自守，视事八岁，上将军印绶，罢②，赐养牛③，上樽酒十斛④，以列侯奉朝请。三十年，定封慎侯。中元二年卒，谥曰靖侯，子安嗣。

①征贰：征侧之妹。
②罢：指隆交还将军印绶，辞去大司马官职，告老还乡。
③养牛：食用的牛。
④上樽：一斗稻米酿成一斗酒，古时称为上樽，是当时最好的酒。稷米一斗得酒一斗，称为中樽；粟米一斗得酒一斗，称为下樽。

桓谭传

　　本篇出自《后汉书》卷二十八《桓谭冯衍列传》。桓谭(约前23—52)，字君山，官至议郎。通晓音乐，熟习经典，抨击俗儒，批判图谶。著有《新论》。光武迷信图谶，并借谶纬决疑惑，他上书皇帝，抨击神学，惹怒光武，被贬为六安郡丞，死于赴任途中，令人叹惜。

原文

桓谭字君山，沛国相人也[1]。父成帝时为太乐令，谭以父任为郎，因好音律，善鼓琴。博学多通，遍习五经，皆诂训大义[2]，不为章句[3]。能文章，尤好古学[4]，数从刘歆、扬雄辩析疑异。性嗜倡乐[5]，简易不修威仪，而憙非毁俗儒，由是多见排抵[6]。哀、平间，位不过郎。

注释

①相：汉代县名，今安徽宿州。
②诂训：解释。
③章句：注解章旨句意。意谓了解五经大义，不做分章摘句的琐碎之学。
④古学：古文经学。
⑤倡乐：杂戏歌舞。
⑥排抵(zhǐ)：排斥，排挤。

原文

傅皇后父孔乡侯晏[1]，深善于谭。是时高安侯董贤宠幸，女弟为昭仪，皇后日已疏，晏嘿嘿不得意[2]。谭进说曰："昔武帝欲立卫子夫[3]，阴求陈皇后之过[4]，而陈后终废，子夫竟立。今董贤至爱，而女弟尤幸，殆将有子夫之变，可不忧哉？"晏惊动，曰："然，为之奈何？"谭曰："刑罚不能加无罪，邪枉不能胜正人。夫士以才智要君，女以媚道求主。皇后年少，希更艰难[5]，或驱使医巫，外求方技，此不可不备。又君侯以后父尊重而多通宾客，必借以重势，贻致讥议。不如谢遣门徒，务执谦悫[6]，此修己、正家、避祸之道也。"晏曰："善。"遂罢遣常客[7]，入白皇后，如谭所戒。后贤果风太医令真钦[8]，使求傅氏罪过，遂逮后弟侍中喜，诏狱无所得，乃解。故傅氏终全于哀帝之时。及董贤为大司马，闻谭名，欲与之交。谭先奏书于贤，说以辅国保身之术。贤不能用，遂不与通[9]。

注释

①傅皇后：哀帝皇后。
②嘿：同"默"。
③子夫：卫皇后，本平阳公主家歌女，受武帝宠爱，生男名据。
④陈皇后：无子，失宠，暗中用巫术诅咒，求幸于武帝。后被发觉，废居长门宫。
⑤希：极少。　更：经历。
⑥悫(què)：诚实，谨慎。
⑦常客：或作"宾客"。
⑧风：同"讽"，暗示。

⑨通：交往。

当王莽居摄篡弑之际，天下之士莫不竞褒称德美，作符命以求容媚。谭独自守，默然无言。莽时，为掌乐大夫。更始立，召拜太中大夫。世祖即位，征待诏，上书言事，失旨①，不用。

后大司空弘荐谭，拜议郎给事中，因上疏陈时政所宜，曰："臣闻国之废兴，在于政事；政事得失，由乎辅佐。辅佐贤明，则俊士充朝，而理合世务；辅佐不明，则论失时宜，而举多过事。夫有国之君，俱欲兴化建善，然而政道未理者，其所谓贤者异也。昔楚庄王问孙叔敖曰②：'寡人未得所以为国是也③。'叔敖曰：'国之有是，众所恶也，恐王不能定也。'王曰：'不定独在君，亦在臣乎？'对曰：'君骄士，曰士非我无从富贵；士骄君，曰君非士无从安存。人君或至失国而不悟，士或至饥寒而不进。君臣不合，则国是无从定矣。'庄王曰：'善，愿相国与诸大夫共定国是也。'盖善政者，视俗而施教，察失而立防，威德更兴，文武迭用，然后政调于时，而躁人可定④。昔董仲舒言：'理国譬若琴瑟，其不调者，则解而更张。'夫更张难行，而拂众者亡，是故贾谊以之逐⑤，而朝错以智死⑥。世虽有殊能，而终莫敢谈者，惧于前事也。

且设法禁者，非能尽塞天下之奸，皆合众人之所欲也，大抵取便国、利事多者则可矣。夫张官置吏，以理万人，县赏设罚⑦，以别善恶，恶人诛伤，则善人蒙福矣。今人相杀伤，虽已伏法，而私结怨雠，子孙相报，后忿深前，至于灭户殄业⑧，而俗称豪健。故虽有怯弱，犹勉而行之，此为听人自理而无复法禁者也。今宜申明旧令，若已伏官诛而私相伤杀者，虽一身逃亡，皆徙家属于边；其相伤者加常二等，不得雇山赎罪⑨。如此，则仇怨自解，盗贼息矣。

"夫理国之道，举本业而抑末利，是以先帝禁人二业，锢商贾不得宦为吏⑩，此所以抑并兼、长廉耻也。今富商大贾多放钱货⑪，中家子弟为之保役⑫，趋走与臣仆等勤，收税与封君比入⑬。是以众人慕效，不耕而食，至乃多通侈靡，以淫耳目。今可令诸商贾自相纠告，若非身力所得，皆以臧畀告者⑭。如此，则专役一己，不敢以货与人，事寡力弱，必归功田亩⑮。田亩修则谷入多，而地力尽矣。又见法令决事，轻重不齐，或一事殊法，同罪异论，奸吏得因缘为市⑯，所欲活则出生议，所欲陷则与死比，是为刑开二门也。今可令通义理、明习法律者，校定科比⑰，一其法度⑱，班下郡国，蠲除故条。如此天下知方⑲，而狱无怨滥矣。"书奏，不省。

①失旨：违背旨意。
②楚庄王：名旅，穆王商臣之子。　孙叔敖：楚贤相。

③国是：国之大计。

④躁人：躁挠不定之人。

⑤贾谊：洛阳人，西汉文帝时为博士，才出于众。遭大臣绛、灌等诋毁，文帝渐疏之，后为长沙太傅。

⑥朝错：《史记》《汉书》皆作晁错。颍川人，文帝时太子家令，号曰"智囊"。景帝即位，为御史大夫，曾建议削夺诸侯王的土地。公元前154年吴楚七国反，以诛错为名，错遂被杀。

⑦县：同"悬"。

⑧殄(tiǎn)：消灭，灭绝。

⑨雇山：女子犯徒罪，遣归家，每月出钱雇人于山伐木，称为"雇山"。

⑩宦：做官。西汉高祖时令，贾人不得衣丝乘车，市井子孙，不得做官。

⑪放钱货：指放高利贷。

⑫保役：保是依靠。富商大贾放高利贷，中产之家的子弟依附他们，为之效劳，从中分利。

⑬税：指高利贷的利息。

⑭臧：同"赃"。　畀(bì)：给以。意谓拿赃物赏给告发的人。

⑮归功田亩：意谓把精力放在农事上。

⑯因缘为市：有机会就中谋利。

⑰科比：法律条例规章制度。科，事条；比，类、例。

⑱一：统一。

⑲方：规矩、规制。

原文

是时，帝方信谶，多以决定嫌疑。又酬赏少薄，天下不时安定①。谭复上疏曰："臣前献瞽言②，未蒙诏报，不胜愤懑③，冒死复陈。愚夫策谋，有益于政道者，以合人心而得事理也。凡人情忽于见事，而贵于异闻④。观先王之所记述，咸以仁义正道为本，非有奇怪虚诞之事。盖天道、性命，圣人所难言也⑤，自子贡以下不得而闻，况后世浅儒，能通之乎？今诸巧慧小才伎数之人⑥，增益图书，矫称谶记，以欺惑贪邪，诖误人主，焉可不抑远之哉！臣谭伏闻陛下穷折方士黄白之术⑦，甚为明矣；而乃欲听纳谶记，又何误也！其事虽有时合，譬犹卜数只偶之类⑧。陛下宜垂明听，发圣意，屏群小之曲说，述五经之正义，略雷同之俗语，详通人之雅谋。

又臣闻安平则尊道术之士，有难则贵介胄之臣。今圣朝兴复祖统，为人臣主，而四方盗贼未尽归伏者，此权谋未得也。臣谭伏观陛下用兵，诸所降下，既无重赏以相恩诱，或至虏掠夺其财物。是以兵长、渠率各生狐疑⑨，党辈连结，岁月不解。古人有言曰：'天下皆知取之为取，而莫知与之为取⑩。'陛下诚能轻爵重赏，与士共之，则何招而不至，何说而不释，何向而不开，何征而不克！如此，则能以狭为广，以迟为速，亡者复存，失者复得矣。"帝省奏，愈不悦。

① 不时：不能即时。

② 瞽言：谦辞，谓不中用的话。瞽，眼瞎。

③ 愤懑：原意指气愤，此为谭对皇帝上书，其意当谓抑郁、郁闷之类。

④ 见事：发现事物的本质，有价值的见解。意谓人们常常忽略事物的本质，而追求一些奇闻异趣。

⑤ 圣人：指孔子。《论语》："夫子之言性与天道，不可得闻也。"桓谭引此语是说明这些东西，圣人都不说，一般人说懂恐怕都是妄言。

⑥ 伎：指方伎、医方之家。　数：指数术。

⑦ 黄白之术：即炼丹术。方士诡称能把丹砂变成黄金，铅变成白银。

⑧ 只偶：单数、双数。

⑨ 渠率：将领。渠，首领。率，同"帅"。

⑩ 与之为取：《老子》曰："将欲废之，必固兴之，将欲夺之，必固与之。"言先与才能后取。

其后，有诏会议灵台所处，帝谓谭曰："吾欲〔以〕谶决之，何如？"谭默然良久，曰："臣不读谶。"帝问其故，谭复极言谶之非经。帝大怒曰："桓谭非圣无法，将下斩之！"谭叩头流血，良久，乃得解。出为六安郡丞，意忽忽不乐，道病卒，时年七十馀。

初，谭著书言当世行事，二十九篇，号曰《新论》①。上书献之，世祖善焉。《琴道》一篇未成，肃宗使班固续成之②。所著赋、诔、书、奏凡二十六篇。元和中，肃宗行东巡狩，至沛，使使者祠谭冢，乡里以为荣。

① 谭自序云："余为《新论》，述古今，亦欲兴治也。"

② 肃宗：汉章帝刘炟(dá)庙号。

杜诗传

本篇出自《后汉书》卷二十一《郭杜孔张廉王苏羊贾陆列传》。杜诗(？—38)，字君公，曾任郡功曹、侍御史，以执法公平、不惧权豪著称。建武七年(31)，升为南阳太守，制作水排，鼓风炼铁，铸造农具；并且兴修水利，开垦耕地，发展生产。西汉时南阳太守召信臣勤政爱民，当地民众将召、杜并列称颂："前有召父，后有杜母。"

【原文】

杜诗字君公①，河内汲人也②。少有才能，仕郡功曹，有公平称。更始时，辟大司马府。建武元年，岁中三迁为侍御史，安集洛阳。时将军萧广放纵兵士，暴横民间，百姓惶扰，诗敕晓不改③，遂格杀广，还以状闻。世祖召见，赐以棨戟④，复使之河东诛降逆贼杨异等。诗到大阳⑤，闻贼规欲北度⑥，乃与长史急焚其船，部勒郡兵，将突骑趁击，斩异等，贼遂翦灭。拜成皋令。视事三岁，举政尤异⑦，再迁为沛郡都尉⑧，转汝南都尉，所在称治。

【注释】

①君公：或曰字公君。
②汲：汉代县名，在今河南卫辉。
③晓：晓谕，劝告。
④棨（qǐ）戟：亦曰油戟。《汉杂事》曰："汉制，假棨戟以代斧钺。"
⑤大阳：汉代县名，今山西平陆县南。
⑥规：谋划、谋求。　　度：同"渡"。
⑦尤：优异、突出。郡守认为他治理地方有突出的成就，保举他。
⑧再：两次。　　迁：升官。

【原文】

七年，迁南阳太守。性节俭而政治清平，以诛暴立威，善于计略，省爱民役。造作水排①，铸为农器，用力少，见功多，百姓便之。又修治陂池，广拓土田，郡内比室殷足②，时人方于召信臣③。故南阳为之语曰："前有召父，后有杜母。"

诗自以无劳，不安久居大郡，求欲降避功臣，乃上疏曰："陛下亮成天工④，克济大业⑤，偃兵修文，群帅反旅⑥，海内合和，万世蒙福，天下幸甚！唯匈奴未譬圣德⑦，威侮二垂⑧，陵虐中国。边民虚耗，不能自守，臣恐武猛之将虽勤，亦未得解甲囊弓也⑨。夫勤而不息亦怨，劳而不休亦怨，怨恨之师，难复责功。臣伏睹将帅之情，功臣之望，冀一休足于内郡⑩，然后即戎出命，不敢有恨。臣愚以为'师克在和不在众'⑪，陛下虽垂念北边，亦当颇泄用之⑫。昔汤武善御众，故无忿鸷之师⑬。陛下起兵十有三年，将帅和睦，士卒凫藻⑭，今若使公卿郡守出于军垒，则将帅自厉⑮；士卒之复，比于宿卫，则戎士自百⑯。何者？天下已安，各重性命，大臣以下，咸怀乐土，不雠其功而厉其用⑰，无以劝也。陛下诚宜虚缺数郡，以俟振旅之臣⑱；重复厚赏，加于久役之士。如此，缘边屯戍之师，竞而忘死，乘城拒塞之吏，不辞其劳，则烽火精明，守战坚固。圣王之政，必因人心。今猥用愚薄⑲，塞功臣之望，诚非其宜。臣诗伏自惟忖，本以史吏一介之才⑳，遭陛下创制大业，贤俊在外，空乏之间，超受大恩。牧养不称，奉职无效，久窃禄位，令功臣怀愠㉑，诚惶诚恐。八年，上书乞避功德，陛下殊恩，未许放退。臣诗蒙恩尤深，义不敢苟冒虚请，诚不胜至愿，愿退大郡,受小职。及臣齿壮^㉒,力能经营剧事,如使臣诗必有补益,复受大位,虽析珪授爵,所不辞也。惟陛下哀矜!"帝惜其能,遂不许之。

诗雅好推贤,数进知名士清河刘统及鲁阳长董崇等。

初,禁网尚简^①,但以玺书发兵,未有虎符之信。诗上疏曰:"臣闻兵者国之凶器,圣人所慎。旧制发兵,皆以虎符^②,其余征调,竹使而已^③。符第合会^④,取为大信,所以明著国命,敛持威重也。间者发兵,但用玺书,或以诏令,如有奸人诈伪,无由知觉。愚以为军旅尚兴,贼虏未殄,征兵郡国,宜有重慎,可立虎符以绝奸端。昔魏之公子^⑤,威倾邻国,犹假兵符以解赵围,若无如姬之仇^⑥,则其功不显。事有烦而不可省,费而不得已,盖谓此也。"书奏,从之。

诗身虽在外,尽心朝廷,谠言善策^⑦,随事献纳。视事七年,政化大行。十四年,坐遣客为弟报仇,被征,会病卒^⑧。司隶校尉鲍永上书言诗贫困,无田宅,丧无所归。

诏使治丧郡邸，赙绢千匹⑨。

①禁网：指条规所禁。

②虎符：虎形兵符。汉时铜虎第一至第五号用来发兵。

③竹使：即竹使符。用有节的竹五寸，分一、二、三、四、五号，用于一般征发。

④合会：符皆分两半，左执在地方主管官吏手，右藏在中央。遇有调遣，要双方合符，号数相符，才能调发。

⑤魏之公子：战国时魏公子信陵君。

⑥如姬：战国时魏安釐王宠姬。如姬盗晋鄙兵符与魏公子无忌事，见《史记·信陵君传》。

⑦说(dǎng)言：正直之言。

⑧会：逢，遇。

⑨赙(fù)：赙赠。送财物帮人办丧事。

梁冀传

　　本篇出自《后汉书》卷三十四《梁统列传》。梁冀（？—159)，梁统之玄孙，大将军梁商之子，顺帝、桓帝皇后之兄。梁商死后，继任大将军，执掌朝政二十馀年，专权恣肆，残暴凶狠。又与妻子大造府第，广建苑囿，逼民为奴，达几千人之多。桓帝派兵围捕梁氏，夫妻当日自杀。梁冀是历史上以外戚专政跋扈、骄奢淫逸，终致家破人亡的典型人物。

　　冀字伯卓①。为人鸢肩豺目②，洞精矘眄③，口吟舌言④，裁能书计⑤。少为贵戚，逸游自恣。性嗜酒，能挽满⑥、弹棋⑦、格五⑧、六博⑨、蹴鞠⑩、意钱之戏⑪，又好臂鹰⑫、走狗、骋马、斗鸡。

①冀：梁统玄孙，世为外戚，冀妹为顺帝后。他是安定乌氏(今甘肃平凉市)人，大将军梁商的儿子。

②鸢肩：其肩上竦。　豺目：目竖。

③洞：通。　精：通"睛"，眼珠。　矘(tǎng)眄：直视。

④口吟：口吃。　舌言：说话不清。

⑤裁：通"才"，仅仅。　书计：写字计数。

⑥挽满：拉强弓。

⑦弹棋：游戏，用白、黑棋各六枚，两方数目相等，轮流对弹，以决胜负。

⑧格五：一种行棋赌博的游戏。"塞""白""乘""五"四采。掷得"五"即格(阻)不得行，故称格五。

⑨六博：黑白六棋两人对局的赌博。

⑩蹴鞠：踢球。

⑪意钱：猜钱的反正。

⑫臂鹰：用臂架鹰。

初为黄门侍郎，转侍中、虎贲中郎将、越骑步兵校尉、执金吾。永和元年，拜河南尹。冀居职暴恣①，多非法。父商所亲客洛阳令吕放，颇与商言及冀之短。商以让冀②，冀即遣人于道刺杀放。而恐商知之，乃推疑于放之怨仇，请以放弟禹为洛阳令③，使捕之，尽灭其宗亲宾客百馀人。商薨，未及葬，顺帝乃拜冀为大将军，弟侍中不疑为河南尹。

及帝崩，冲帝始在襁褓，太后临朝，诏冀与太傅赵峻、太尉李固参录尚书事。冀虽辞不肯当，而侈暴滋甚。冲帝又崩，冀立质帝。帝少而聪慧，知冀骄横，尝朝群臣，目冀曰："此跋扈将军也④。"冀闻，深恶之。遂令左右进鸩加煮饼，帝即日崩。复立桓帝，而枉害李固及前太尉杜乔，海内嗟惧，语在《李固传》。建和元年，益封冀万三千户，增大将军府举高第茂才⑤，官属倍于三公⑥。又封不疑为颍阳侯，不疑弟蒙西平侯，冀子胤襄邑侯，各万户。和平元年，重增封冀万户，并前所袭合三万户。

①恣：放纵，恣意而为。

②让：责备，责怪。

③禹：吕禹。这是为了安慰吕放家，欲以灭口。

④跋扈：专横，强梁。

⑤举：保举，增加大将军府保举茂才及考绩高第的人充任官职的权力。

⑥倍：增加一倍。增加大将军府的官属，人数比三公加一倍。

弘农人宰宣，素性佞邪，欲取媚于冀，乃上言大将军有周公之功，今既封诸子，则其妻宜为邑君。诏遂封冀妻孙寿为襄城君，兼食阳翟租，岁入五千万，加赐赤绂①，比长公主②。寿色美而善为妖态，作愁眉、啼妆、堕马髻、折腰步、龋齿笑③，以为媚惑。冀亦改易舆服之制，作平上轩车、埤帻、狭冠、折上巾、拥身扇、狐尾单衣④。寿性钳忌⑤，能制御冀，冀甚宠惮之。

①绂，古代系印章的丝绳，又指礼服上绣的半青半黑的花纹。此处意应指后者。

②长公主：皇帝的女儿封公主，姊妹封为长公主，帝女中尊崇的也加号为长公主，长公主仪服与藩王同。

③堕马髻:发髻侧在一边。　折腰步:走路忸忸怩怩。　龋齿笑:牙齿参差作巧笑。

④平上轺车:平顶而用布幔围起的车子。　埤帻:低下的发巾。　狭冠:狭小的帽子。　折上巾:把头巾的上角折起来。　拥身扇:遮护全身的大扇。　狐尾单衣:后裾曳地好像狐狸拖着尾巴似的衣服。

⑤钳:控制很严。　忌:忌刻。

【原文】

初,父商献美人友通期于顺帝①,通期有微过,帝以归商。商不敢留,而出嫁之,冀即遣客盗还通期。会商薨,冀行服②,于城西私与之居。寿伺冀出,多从仓头③,篡取通期归④,截发、刮面、笞掠之⑤,欲上书告其事。冀大恐,顿首请于寿母,寿亦不得已而止。冀犹复与私通,生子伯玉,匿不敢出。寿寻知之。使子胤诛灭友氏。冀虑寿害伯玉,常置复壁中。冀爱监奴秦宫,官至太仓令,得出入寿所。寿见宫,辄屏御者,托以言事,因与私焉。宫内外兼宠,威权大震,刺史、二千石皆谒辞之。

【注释】

①友通期:友是姓,《东观汉记》友作支。

②行服:意指居丧期间。

③仓头:汉代称呼奴仆为仓头。

④篡取:夺取,抢走。

⑤笞掠:用竹板、荆条打。

【原文】

冀用寿言,多斥夺诸梁在位者,外以谦让,而实崇孙氏宗亲①。冒名而为侍中、卿、校尉、郡守、长吏者十馀人,皆贪叨凶淫②,各遣私客籍属县富人③,被以它罪④,闭狱掠拷,使出钱自赎,赀物少者至于死、徒。

【注释】

①崇:抬高。寿兄孙礼为沛相;侄孙训不知书,拜为太仓令;寿年龄幼小的堂弟孙安拜黄门侍郎,羽林监。

②叨:与贪同。

③籍:登记,登录。

④被:加。

【原文】

扶风人士孙奋①,居富而性啬,冀因以马乘遗之,从贷钱五千万。奋以三千万与之。冀大怒,乃告郡县,认奋母为其守臧婢②,云盗白珠十斛,紫金千斤以叛,遂收考奋兄弟,死于狱中,悉没赀财亿七千馀万。

其四方调发、岁时贡献,皆先输上第于冀[1],乘舆乃其次焉[2]。吏人赍货求官请罪者[3],道路相望[4]。冀又遣客出塞,交通外国,广求异物。因行道路,发取伎女御者,而使人复乘势横暴,妻略妇女,殴击吏卒,所在怨毒。

①上第:头等好的东西。第,等级。
②乘舆:皇帝。意谓皇帝倒在其次了。
③赍(jī)货:送钱。
④相望:前后相连,陆续不断。

冀乃大起第舍[1],而寿亦对街为宅,殚极土木[2],互相夸竞。堂寝皆有阴阳奥室[3],连房洞户[4],柱壁雕镂,加以铜漆;窗牖皆有绮疏青琐[5],图以云气仙灵。台阁周通,更相临望;飞梁石蹬,陵跨水道[6]。金玉珠玑,异方珍怪,充积臧室。远致汗血名马[7]。又广开园囿,采土筑山,十里九坂,以像二崤[8];深林绝涧,有若自然,奇禽驯兽,飞走其间。冀、寿共乘辇车,张羽盖,饰以金银,游观第内,多从倡伎,鸣钟吹管,酣讴竞路;或连继日夜,以骋娱恣。客到门不得通,皆请谢门者[9],门者累千金。

①第:府第。
②殚:竭尽。
③奥:深室。
④洞:通。
⑤绮窗青琐:窗户都雕刻着绮文、琐文,涂以青色。
⑥陵跨水道:架虚为桥。
⑦汗血名马:汉代名马,出于大宛,汗出如血。
⑧二崤:即东、西二崤山。
⑨请谢门者:意谓用财物贿赂看门的,请把名字通报给梁冀。

又多拓林苑,禁同王家。西至弘农,东界荥阳,南极鲁阳,北达河、淇,包含山薮,远带丘荒,周旋封域,殆将千里。又起菟苑于河南城西,经亘数十里①,发属县卒徒,缮修楼观,数年乃成。移檄所在,调发生菟②,刻其毛以为识③,人有犯者,罪至刑死。尝有西域贾胡,不知禁忌,误杀一菟,转相告言,坐死者十馀人。冀二弟尝私遣人出猎上党,冀闻而捕其宾客,一时杀三十馀人,无生还者。冀又起别第于城西,以纳奸亡④;或取良人,悉为奴婢,至数千人,名曰"自卖人"。

① 经亘:穿过。
② 菟:通"兔"。
③ 刻:割,剃。　识:标志。
④ 奸亡:奸是奸人,亡是亡命之徒。

元嘉元年,帝以冀有援立之功,欲崇殊典,乃大会公卿,共议其礼。于是有司奏:"冀入朝不趋,剑履上殿,谒赞不名,礼仪比萧何;悉以定陶、成阳馀户,增封为四县,比邓禹;赏赐金钱、奴婢、彩帛、车马、衣服、甲第,比霍光:以殊元勋。每朝会与三公绝席①,十日一入,平尚书事②,宣布天下,为万世法。"冀犹以所奏礼薄,意不悦。专擅威柄,凶恣日积,机事大小,莫不谘决之③。宫卫近侍,并所亲树④,禁省起居⑤,纤微必知⑥。百官迁召,皆先到冀门笺檄谢恩,然后敢诣尚书。

① 绝席:犹言别席,另席,以示有别。
② 平:平议。
③ 谘:咨询、商议。
④ 树:置。意为完全是梁冀亲自任用的。
⑤ 禁省:宫廷。禁指禁卫森严,省指召集百官听政。
⑥ 纤微:细小之事。

下邳人吴树为宛令,之官辞冀。冀宾客布在县界,以情托树。树对曰:"小人奸蠹,比屋可诛。明将军以椒房之重,处上将之位,宜崇贤善以补朝阙。宛为大都,士之渊薮,自侍坐以来,未闻称一长者,而多托非人,诚非敢闻!"冀嘿然不悦。树到县,遂诛杀冀客为人害者数十人,由是深怨之。树后为荆州刺史,临去,辞冀。冀为设酒,因鸩之。树出,死车上。又辽东太守侯猛,初拜不谒。冀托以它事,乃腰斩之。

时郎中汝南袁著,年十九,见冀凶纵,不胜其愤,乃诣阙上书曰:"臣闻仲尼叹凤鸟不至^①，河不出图，自伤卑贱，不能致也。今陛下居得致之位，又有能致之资，而和气未应，贤愚失序者，势分权臣，上下壅隔之故也。夫四时之运，功成则退^②，高爵厚宠，鲜不致灾。今大将军位极功成，可为至戒，宜遵悬车之礼^③，高枕颐神。传曰：'木实繁者，披枝害心。'若不抑损权盛，将无以全其身矣！左右闻臣言，将侧目切齿。臣特以童蒙见拔，故敢忘忌讳。昔舜、禹相戒，无若丹朱；周公戒成王，无如殷王纣。愿除诽谤之罪，以开天下之口。"书得奏御。冀闻而密遣掩捕著。著乃变易姓名，后托病伪死，结蒲为人，市棺殡送。冀廉问知其诈^④，阴求得，笞杀之，阴蔽其事。学生桂阳刘常，当世名儒，素善于著。冀召补令史以辱之^⑤。时太原郝絜、胡武皆危言高论，与著友善。先是，絜等连名奏记三府，荐海内高士，而不诣冀。冀追怒之，又疑为著党，敕中都官移檄捕前奏记者，并杀之。遂诛武家，死者六十馀人。絜初逃亡，知不得免，因舆櫬奏书冀门^⑥。书入，仰药而死，家乃得全。及冀诛，有诏以礼祀著等。冀诸忍忌^⑦，皆此类也。

① 仲尼：孔子。《论语》有云："子曰：凤鸟不至，河不出图，吾已矣夫！"

② 功成则退：《易·系辞》："寒往则暑来，暑往则寒来，寒暑相推而岁功成焉。"《老子》曰："功成名遂身退，天之道也。"著以此说谓梁冀应及早退位。

③ 悬车：薛广德为御史大夫，乞骸骨，赐安车四马，悬其安车传子孙。著以此欲令冀遵致仕之礼。

④ 廉：查访。

⑤ 令史：汉代文书小吏，次于郎。刘常是当世名儒，冀召其为大将军府令史（司文书），有意侮辱他。

⑥ 舆櫬（chèn）：拉着棺材。櫬，棺材。

⑦ 忍：残忍。　忌：忌恨。

不疑好经书，善待士，冀阴疾之，因中常侍白帝，转为光禄勋。又讽众人共荐其子胤为河南尹。胤一名胡狗，时年十六，容貌甚陋，不胜冠带，道路见者莫不嗤笑焉。不疑自耻兄弟有隙，遂让位归第，与弟蒙闭门自守。冀不欲令与宾客交通，阴使人变服至门，记往来者。南郡太守马融、江夏太守田明，初除，过谒不疑。冀讽州郡^①，以它事陷之，皆髡笞徙朔方^②。融自刺不殊^③，明遂死于路。永兴二年，封不疑子马为颍阴侯，胤子桃为城父侯。冀一门前后七封侯，三皇后，六贵人，二大将军，夫人、女食邑称君者七人，尚公主者三人，其馀卿、将、尹、校五十七人。在位二十馀年，穷极满盛，威行内外，百僚侧目，莫敢违命，天子恭己而不得有所亲豫^④。帝既不平之。延熹元年，太史令陈授因小黄门徐璜^⑤，陈灾异日食之变，咎在大将军。冀闻之，讽洛阳令收考授，死于狱。帝由此发怒。

①讽：暗示，暗嘱。

②髡：古代剃去男子头发的刑罚，称髡。

③殊：死。

④豫：通"预"，参与。天子只能恭敬地坐在皇位上，一切政事都不能亲自参与。

⑤因：趁着。

原文

初，掖庭人邓香妻宣生女猛，香卒，宣更适梁纪①。梁纪者，冀妻寿之舅也。寿引进猛入掖庭，见幸为贵人，冀因欲认猛为其女以自固②，乃易猛姓为梁。时猛姊婿邴尊为议郎，冀恐尊沮败宣意③，乃结刺客于偃城刺杀尊，而又欲杀宣。宣家在延熹里，与中常侍袁赦相比④。冀使刺客登赦屋，欲入宣家。赦觉之，鸣鼓会众以告宣。宣驰入以白帝。帝大怒，遂与中常侍单超、具瑗、唐衡、左悺、徐璜等五人成谋诛冀。语在宦者传。

①更适：改嫁。适，女子出嫁。

②自固：巩固自己的地位。

③沮：阻止，败坏。

④相比：相邻。

原文

冀心疑超等，乃使中黄门张恽入省宿①，以防其变。具瑗敕吏收恽，以辄从外入，欲图不轨。帝因是御前殿，召诸尚书入，发其事，使尚书令尹勋持节勒丞、郎以下，皆操兵守省阁，敛诸符节送省中。使黄门令具瑗将左右厩驺、虎贲、羽林、都候剑戟士②，合千馀人，与司隶校尉张彪共围冀第。使光禄勋袁盱持节收冀大将军印绶，徙封比景都乡侯。冀及妻寿即日皆自杀。悉收子河南尹胤、叔父屯骑校尉让及亲从卫尉淑、越骑校尉忠、长水校尉戟等，诸梁及孙氏中外宗亲送诏狱，无长少皆弃市。不疑、蒙先卒。其它所连及公卿、列校、刺史、二千石死者数十人，故吏宾客免黜者三百馀人，朝廷为空。唯尹勋、袁盱及廷尉邯郸义在焉。是时，事卒从中发③，使者交驰，公卿失其度，官府市里鼎沸，数日乃定，百姓莫不称庆。收冀财货，县官斥卖，合三十馀万万，以充王府，用减天下税租之半。散其苑囿，以业穷民。录诛冀功者，封尚书令尹勋以下数十人。

论曰：顺帝之世，梁商称为贤辅，岂以其地居亢满^①，而能以愿谨自终者乎^②？夫宰相运动枢极^③，感会天人，中于道则易以兴政^④，乖于务则难乎御物^⑤。商协回天之势，属雕弱之期^⑥，而匡朝恤患^⑦，未闻上术，憔悴之音，载谣人口。虽舆粟盈门，何救阻饥之厄^⑧；永言终制，未解尸官之尤^⑨。况乃倾侧孽臣^⑩，传宠凶嗣，以至破家伤国，而岂徒然哉！

赞曰：河西佐汉，统亦定算^⑪。褒亲幽愤，升高累叹。商恨善柔^⑫，冀遂贪乱。

郑玄传

本篇出自《后汉书》卷三十五《张曹郑列传》。郑玄(127—200)，东汉经学大师，世称"后郑"，以区别于"先郑"(郑众)。先后师从第五元先、张恭祖、马融等，博通众经，聚徒讲学。他以古文经学为主，兼采今文经学，遍注经典，堪称汉代经学集大成者。闭门钻研达十四年，屡受征聘，不肯就职，可见他品格高洁，不同流俗。

原文

郑玄字康成，北海高密人也①。八世祖崇，哀帝时尚书仆射。玄少为乡啬夫②，得休归，常诣学官，不乐为吏③。父数怒之，不能禁。遂造太学受业，师事京兆第五元先，始通《京氏易》《公羊春秋》《三统历》《九章算术》④。又从东郡张恭祖受《周官》《礼记》《左氏春秋》《韩诗》《古文尚书》。以山东无足问者，乃西入关，因涿郡卢植，事扶风马融。融门徒四百馀人，升堂进者五十馀生⑤。融素骄贵，玄在门下，三年不得见，乃使高业弟子传授于玄。玄日夜寻诵⑥，未尝怠倦。会融集诸生考论图纬，闻玄善算，乃召见于楼上。玄因从质诸疑义，问毕，辞归。融喟然谓门人曰："郑生今去，吾道东矣⑦！"

注释

①高密：今山东高密市。

②啬夫：乡有啬夫，掌听讼、收赋税。

③不乐为吏：《郑玄别传》曰："玄年十一二，随母还家，正腊会同列十数人，皆美服盛饰，语言闲通，玄独漠然如不及，母私督数之，乃曰：'此非我志，不在所愿。'"

④《三统历》：继邓平"太初历"之后的历法，为成帝时刘歆所撰。内容有历法理论和常数。以十九年为一章，一统八十一章，一元三统，周而复始，故称"三统历"。《九章算术》：战国秦汉间的算学书。共九篇：一方田、二粟米、三差分、四少广、五均输、六方程、七傍要、八盈不足、九勾股。

⑤升堂：登上厅堂听讲，指造诣高者。

⑥寻：探究，研究。

⑦东：用为动词，传到东方。

原文

玄自游学，十馀年乃归乡里。家贫，客耕东莱①，学徒相随已数百千人。及党事起，乃与同郡孙嵩等四十馀人俱被禁锢。遂隐修经业，杜门不出②。时任城何休好《公羊》学，遂著《公羊墨守》《左氏膏肓》《穀梁废疾》③。玄乃发"墨守"、针"膏肓"、起"废疾"④。休见而叹曰："康成入吾室，操吾矛，以伐我乎！"初，中兴之后，范升、陈元、李育、贾逵之徒，争论古今学⑤。后马融答北地太守刘环及玄答何休，义据通深，由是古学遂明。

注释

①客耕：在外讲学。指郑玄在东莱以讲学为业。

②杜门：闭门，堵门。谓与外人断绝来往。

③墨守：如墨翟之守城，有法可守。这里是说：公羊譬如大匠，可以法守；而左氏则已病入膏肓，不可救药；穀梁也有残疾，不能和公羊相比。只有公羊得孔子之传。

④发墨守、针膏肓、起废疾：皆郑玄著作篇名，此处"发"（射）、"针"、"起"皆作动词用，以正何休学派

之说。
　　⑤古今学:指古文经学与今文经学。

　　灵帝末,党禁解,大将军何进闻而辟之①。州郡以进权威,不敢违意,遂迫胁玄,不得已而诣之。进为设几杖,礼待甚优。玄不受朝服,而以幅巾见②,一宿逃去。时年六十,弟子河内赵商等自远方至者数千。后将军袁隗表为侍中③,以父丧不行。国相孔融深敬于玄④,屣履造门⑤。告高密县为玄特立一乡,曰:"昔齐置士乡⑥,越有君子军⑦,皆异贤之意也。郑君好学,实怀明德。昔太史公、廷尉吴公、谒者仆射邓公⑧,皆汉之名臣。又南山四皓有园公、夏黄公⑨,潜光隐耀⑩,世嘉其高,皆悉称公。然则公者仁德之正号,不必三事大夫也⑪。今郑君乡宜曰'郑公乡'。昔东海于公⑫,仅有一节,犹或戒乡人侈其门闾⑬,矧乃郑公之德⑭,而无驷牡之路!可广开门衢,令容高车,号为'通德门'。"

　　①辟:征召。
　　②幅巾:不戴冠只戴头巾,很简略。
　　③表:上表推荐。
　　④国相:北海国的相,地位相当于太守。
　　⑤屣:纳履未正,曳之而行。言孔融趋贤之急。
　　⑥士乡:春秋时,齐相管仲制国为二十一乡,工商乡六、士乡十五,使士和工商分别居住,见《国语·齐语》。
　　⑦君子军:春秋时,吴越相攻,越王勾践把部队分为左右军,以其私卒君子六千人为中军,称君子军,见《国语·越语》。
　　⑧太史公:指司马迁之父司马谈。　吴公:文帝时为河南守。　邓公:景帝时为谒者仆射。
　　⑨南山四皓:即东园公、夏黄公、甪里先生、绮里季四人。秦末隐居于商雒南山,以待天下之定。汉初被太子刘盈招为上客。
　　⑩潜光隐耀:不露才华。
　　⑪三事大夫:司徒、司马、司空,汉称三公。
　　⑫于公:西汉大臣于定国之父。
　　⑬侈:扩大。于公闾门坏,父老方共修之,于公说:稍高大其门,使能通过驷马车。"我决狱多阴德,子孙必有兴者。"昭帝时东海于公为县狱吏,决狱平,郡为生立祠,号曰"于公祠"。
　　⑭矧:况且。

　　董卓迁都长安,公卿举玄为赵相①,道断不至。会黄巾寇青部,乃避地徐州,徐州牧陶谦接以师友之礼。建安元年,自徐州还高密,道遇黄巾贼数万人,见玄皆拜,相约不敢入县境。

玄后尝疾笃，自虑②，以书戒子益恩曰："吾家旧贫，为父母群弟所容③，去厮役之吏④，游学周、秦之都，往来幽、并、兖、豫之域，获觐乎在位通人、处逸大儒⑤，得意咸从捧手⑥，有所受焉。遂博稽六艺⑦，粗览传记，时睹秘书纬术之奥。年过四十，乃归供养⑧，假田播殖，以娱朝夕。遇阉尹擅势，坐党禁锢，十有四年而蒙赦令。举贤良、方正、有道，辟大将军、三司府，公车再召。比牒并名⑨，早为宰相。惟彼数公，懿德大雅，克堪王臣，故宜式序⑩。吾自忖度，无任于此⑪。但念述先圣之元意，思整百家之不齐，亦庶几以竭吾才，故闻命罔从。而黄巾为害，萍浮南北，复归邦乡。入此岁来，已七十矣。宿素衰落⑫，仍有失误⑬；案之礼典，便合传家⑭。今我告尔以老，归尔以事，将闲居以安性，覃思以终业⑮。自非拜国君之命、问族亲之忧、展敬坟墓、观省野物，胡尝扶杖出门乎？家事大小，汝一承之。咨尔茕茕一夫⑯，曾无同生相依，其勖求君子之道⑰，研钻勿替⑱，敬慎威仪，以近有德。显誉成于僚友⑲，德行立于己志，若致声称，亦有荣于所生⑳，可不深念邪！可不深念邪！吾虽无绂冕之绪㉑，颇有让爵之高，自乐以论赞之功，庶不遗后人之羞。末所愤愤者，徒以亡亲坟垄未成，所好群书，率皆腐敝，不得于礼堂写定，传与其人㉒。日西方暮，其可图乎！家今差多于昔㉓，勤力务时，无恤饥寒㉔。菲饮食、薄衣服㉕，节夫二者，尚令吾寡恨。若忽忘不识，亦已焉哉！"

①赵相：指赵王乾之相。

②自虑：恐怕自己一病不起。

③容：容许。意谓家贫本无力读书，却为父母、诸弟所厚爱，容许我访师求学。

④厮：古代称服杂役的人。

⑤觐：拜见。

⑥捧手：古代见长者之礼。《礼记·曲礼上》："长者与之提携，则两手奉(古捧字)长者之手。"这里是说：之所以能够有所成就，有所收获，都是因为有长者提携、教导。

⑦稽：考证，考核。

⑧供养：侍奉父母。

⑨比牒：连牒。同一文牒。 并名：齐名。同时在同一文牒上列名被征召的人，有些早已做了宰相。

⑩式序：任用。式，用；序，列。

⑪无任：不胜任。对此(高官)无能力担任。

⑫宿素衰落：旧时的学业素养已经荒疏。

⑬仍：屡次，重复。

⑭传家：把家业家事托付给儿子管理。《礼记·曲礼》说："七十老而传。"

⑮覃思：深思。

⑯咨：叹。 茕茕(qióngqióng)：孤独。

⑰勖(xù)：勉励。

⑱替：废弃。

⑲僚友：一块做官的人。

⑳所生：指父母。

㉑绶：系官印或佩玉用的丝带，也代指官印。　冕：古帝王、诸侯及卿大夫所戴的礼帽。　绪：指世袭为官。

㉒其人：指好学之人。

㉓差(chā)：稍微，比较。

㉔恤：担忧，忧虑。

㉕菲：微薄。

　　时大将军袁绍总兵冀州，遣使要玄，大会宾客。玄最后至，乃延升上坐。身长八尺，饮酒一斛，秀眉明目，容仪温伟。绍客多豪俊，并有才说，见玄儒者，未以通人许之①，竞设异端，百家互起。玄依方辩对②，咸出问表，皆得所未闻，莫不嗟服。时汝南应劭亦归于绍，因自赞曰："故太山太守应中远，北面称弟子，何如？"玄笑曰："仲尼之门，考以四科③，回、赐之徒，不称官阀④。"劭有惭色。绍乃举玄茂才，表为左中郎将，皆不就。公车征为大司农，给安车一乘，所过长吏送迎。玄乃以病自乞还家。

①许：称许，认可。

②方：道理。

③四科：指德行、言语、政事、文学。

④回：颜渊。　赐：子贡。　官阀：官衔门第。

　　五年春，梦孔子告之曰："起，起！今年岁在辰，来年岁在巳。"①既寤，以谶合之，知命当终。有顷，寝疾。时袁绍与曹操相拒于官度，令其子谭遣使逼玄随军。不得已，载病到元城县，疾笃不进。其年六月卒，年七十四，遗令薄葬。自郡守以下尝受业者，缞绖赴会千余人②。门人相与撰玄答诸弟子问五经，依《论语》作《郑志》八篇。凡玄所注：《周易》《尚书》《毛诗》《仪礼》《礼记》《论语》《孝经》《尚书大传》《中候》《乾象历》③；又著《天文七政论》《鲁礼禘祫义》《六艺论》《毛诗谱》《驳许慎五经异义》《答临孝存周礼难》④，几百余万言。玄质于辞训，通人颇讥其繁。至于经传洽孰，称为纯儒，齐鲁间宗之。

①辰、巳：建安五年是庚辰年，建安六年是辛巳年。北齐刘昼《高才不遇传》论玄曰："辰为龙，巳为蛇，岁至龙蛇贤人嗟，玄以谶合之。"

②缞(cuī)：古时披在胸前的丧服，用麻布制成，不缝边的称"斩缞"，缝边的称"齐缞"。　绖(dié)：古代

服丧期间结在头上或腰间的麻布带子。

③《孝经》:郑玄所注《孝经》,今不存。

④禘祫:禘,祭祀名。古时祭祀,分大禘、殷禘、时祭。祫,古代天子或诸侯在太庙合祭远近先祖。

 [原文]

其门人山阳郗虑①,至御史大夫;东莱王基、清河崔琰②,著名于世。又乐安国渊、任嘏③,时并童幼,玄称渊为国器,嘏有道德,其馀亦多所鉴拔,皆如其言。玄唯有一子益恩,孔融在北海,举为孝廉。及融为黄巾所围,益恩赴难陨身。有遗腹子,玄以其手文似己,名之曰小同。

[注释]

①郗虑:字鸿豫,已见《伏皇后纪》。

②王基:字伯舆,曹魏时为镇南将军、安乐乡侯。 崔琰:字季珪,初为袁绍骑都尉,后归曹操,历东西曹掾属,拜尚书,迁中尉。后有人告琰傲世怨谤,被处死。

③国渊:字子尼,魏司空掾,迁太仆。 任嘏:字昭光,魏黄门侍郎。

 [原文]

论曰:自秦焚六经,圣文埃灭①。汉兴,诸儒颇修艺文。及东京②,学者亦各名家。而守文之徒③,滞固所禀④,异端纷纭,互相诡激,遂令经有数家,家有数说,章句多者或乃百馀万言,学徒劳而少功,后生疑而莫正。郑玄括囊大典,网罗众家,删裁繁诬,刊改漏失,自是学者略知所归。王父豫章君每考先儒经训⑤,而长于玄⑥,常以为仲尼之门,不能过也。及传授生徒,并专以郑氏家法云⑦。

[注释]

①埃灭:指像尘土一样消失。埃,尘土。

②东京:洛阳,在长安之东,称东京。这里以东京代称东汉。

③守文之徒:指死啃书本的人。

④滞固:犹固执。 所禀:指所受的师说。禀,受。意指死啃书本的人常被师说所束缚,不求贯通。

⑤王父:祖父。《尔雅》曰:"父之父为王父。"范晔的祖父宁,字武子,东晋孝武帝时人。先后为馀杭令、豫章太守。曾著论反对当时的清淡,年老免官家居,著《春秋穀梁传集解》。

⑥长:认为……高明。

⑦家法:师承的学派。指范宁教授生徒,专崇郑学。

班固传（节选）

 [题解]

本篇出自《后汉书》卷四十《班彪列传》。班固(32—92),东汉史学家、辞赋家。

其父班彪撰《史记后传》未成，去世，他回乡后继承父业，致力修史。但被告发私改国史，被捕入狱。明帝赏识他的才能，任为兰台令史，又迁为郎。经二十馀年完成第一部断代史《汉书》。因受窦宪牵连，死于狱中。

固字孟坚。年九岁，能属文①，诵诗赋。及长，遂博贯载籍②，九流百家之言③，无不穷究。所学无常师，不为章句④，举大义而已。性宽和容众，不以才能高人，诸儒以此慕之。

①属文：做文章。
②博贯：贯通各种（典籍）。
③九流：诸子百家分为九个派别，称为九流，即道、儒、墨、名、法、阴阳、农、杂、纵横等九家。
④不为章句：不搞分章摘句之学。汉代经师许多人把经书分章断句，逐章逐句加以解释，很是烦琐。

永平初，东平王苍以至戚为骠骑将军辅政，开东阁，延英雄。时固始弱冠，奏记说苍曰①："……今远近无偏，幽隐必达②，期于总览贤才，收集明智，为国得人，以宁本朝……"苍纳之。

①奏记：即上书。奏，进；记，书。
②远近无偏，幽隐必达：不论是亲（近）疏（远），乃至隐居的人，只要是贤人，都应推荐征用。

父彪卒，归乡里。固以彪所续前史未详，乃潜精研思，欲就其业。既而有人上书显宗，告固私改作国史者。有诏下郡，收固系京兆狱，尽取其家书。先是扶风人苏朗伪言图谶事，下狱死。固弟超，恐固为郡所核考①，不能自明，乃驰诣阙上书。得召见，具言固所著述意；而郡亦上其书，显宗甚奇之。召诣校书部②，除兰台令史③，与前睢阳令陈宗、长陵令尹敏、司隶从事孟异，共成《世祖本纪》。迁为郎，典校秘书。固又撰功臣、平林、新市、公孙述事，作列传、载记二十八篇，奏之。帝乃复使终成前所著书。

①核考：刑讯查核。核，查；考，敲，击，指用刑。
②校书部：是校勘藏书的地方，其中设有校书之官，东汉时多以兰台史担任。

③除：任命、授职。汉时宫中藏书的地方称兰台，初由御史中丞掌管，后来又置兰台令史，专事校勘及管理文籍图书。兰台令史六人，秩百石，掌书劾奏。（劾奏，即向皇帝弹劾官吏的过失或罪状。）

【原文】

固以为汉绍尧运①，以建帝业，至于六世②，史臣乃追述功德③，私作本纪，编于百王之末，厕于秦、项之列④。太初以后，阙而不录⑤。故探撰前记⑥，缀集所闻，以为《汉书》。起元高祖，终于孝平、王莽之诛，十有二世，二百三十年。综其行事，傍贯五经，上下洽通，为春秋考纪、表、志、传⑦，凡百篇。固自永平中始受诏，潜精积思二十余年，至建初中乃成。当世甚重其书，学者莫不讽诵焉。

【注释】

①汉绍尧运：这是当时阴阳五行的无稽之说，认为汉代继承尧的天命，尧为火德，汉也是火德。绍，承续，接继。

②六世：指汉武帝。

③史臣：指司马迁。

④厕：夹在……里边。因《史记》所载，起自黄帝，汉为最末，故称编于百王之末，厕于秦、项之列。

⑤阙：犹缺。

⑥探撰前记：搜集前人的记载加以编撰。

⑦春秋考纪：即帝纪，按年代先后，依四时次序载录当世大事，仿《春秋经》，故称春秋考纪。

【原文】

自为郎后，遂见亲近。时京师修起宫室，浚缮城隍，而关中耆老犹望朝廷西顾①。固感前世相如、寿王、东方之徒造构文辞，终以讽劝②，乃上《两都赋》，盛称洛邑制度之美，以折西宾淫侈之论③。……及肃宗雅好文章，固愈得幸，数入读书禁中，或连日继夜。每行巡狩，辄献上赋颂，朝廷有大议，使难问公卿，辩论于前，赏赐、恩宠甚渥④。

【注释】

①西顾：回到长安。意谓关中的人还是希望以长安为都。

②造构：义为虚构。　司马相如：字长卿，西汉成都人。　吾丘寿王：字子赣，西汉赵人。　东方朔：字曼倩，西汉厌次人。司马相如所作的《上林》《子虚》等赋，吾丘寿王所作的《士大夫论》《骠骑将军颂》，东方朔所作的《答客难》《非有先生论》等，不但文辞优美，且都对君主有所讽谏。

③折：说服。　淫侈：浮夸。东汉都洛阳，故称长安人为西宾。

④渥：浓厚，厚重。

【原文】

固自以二世才术①，位不过郎，感东方朔、扬雄自论②，以不遭苏、张、范、蔡之时，作《宾戏》以自通焉③。后迁玄武司马④。天子会诸儒，讲论五经，作《白虎通德论》，令固撰集其事⑤。时北单于遣使贡献，求欲和亲，诏问群僚。议者或以为"匈奴变诈之国，无内向之心，徒以畏汉威灵，逼惮南虏⑥，故希望报命，以安其离叛。今若遣使，恐失南虏亲附之欢，而成北狄猜诈之计，不可"。固议曰："窃自惟思，汉兴已来，旷世历年，兵缠夷狄，尤事匈奴。绥御之方⑦，其涂不一⑧：或修文以和之，或用武以征之，或卑下以就之⑨，或臣服而致之⑩，虽屈申无常，所因时异，然未有拒绝弃放、不与交接者也。……臣愚以为宜依故事，复遣使者，上可继五凤、甘露致远人之会⑪，下不失建武、永平羁縻之义⑫。……"固又作《典引篇》，述叙汉德⑬。以为相如封禅⑭，靡而不典⑮；扬雄美新⑯，典而不实⑰，盖自谓得其致焉。……固后以母丧去官。

① 二世：两代。班彪、班固父子两代都有才学，故言二世才术。

② 自论：自我评价。东方朔自负有才，屡上书武帝言事，多不被采用，心中不平，于是作《答客难》，以喻其生不逢时，不能当大官，并聊以自娱。其文曰："使苏秦、张仪与仆并生，于今之世，曾不得掌故，安敢望侍郎乎？"扬雄与王莽、董贤同为郎，后王莽、董贤皆位至三公，但扬雄却历三王而未升进，心里很是不平，便假托有人嘲笑他，作《解嘲》以自诉。曰："范雎，魏之亡命也。蔡泽，山东之匹夫也。有谈范、蔡于许、史之间，则狂矣。"

③ 自通：自嘲解闷。

④ 玄武司马：汉时宫廷中每门设司马一人，秩比千石。玄武门是其中之一。

⑤ 撰集：汇编。章帝建初四年，诏诸王诸儒会于白虎观讲议五经同异。

⑥ 南虏：指南匈奴。

⑦ 绥：安抚。　御：驾、御。

⑧ 涂：通"途"，途径。

⑨ 就：迁就。文帝时与匈奴通关市，妻以汉女，并厚赠礼物，以迁就匈奴。

⑩ 致：招。宣帝时，匈奴稽首臣服，遣子入侍。

⑪ 远人：外族。宣帝五凤三年(前55)，匈奴单于名王将众五万馀人来降，称臣朝贺。宣帝甘露元年(前53)，匈奴呼韩邪单于遣子右贤王入侍。

⑫ 羁縻：联络。指光武帝与明帝厚赂南匈奴，利用南匈奴打北匈奴的政策。

⑬ 汉德：班固述汉德以续尧典。

⑭ 封禅：指司马相如的《封禅书》。

⑮ 靡而不典：指文章华丽，但文体不符古典。

⑯ 美新：指扬雄的《剧秦美新》，抨击秦朝苛政，赞美王莽新朝。

⑰ 典而不实：文辞典雅，但不合事实。

永元初，大将军窦宪出征匈奴①，以固为中护军，与参议。北单于闻汉军出，遣使款居延塞②，欲修呼韩邪故事③，朝见天子，请大使④。宪上遣固行中郎将事⑤，将数百骑与虏使俱出居延塞迎之。会南匈奴掩破北庭⑥，固至私渠海，闻虏中乱，引还。及窦宪败，固先坐免官⑦。固不教学诸子，诸子多不遵法度，吏人苦之。初，洛阳令种兢尝行，固奴干其军骑⑧，吏椎呼之，奴醉骂。兢大怒，畏宪不敢发，心衔之⑨。及窦氏宾客皆逮考，兢因此捕系固，遂死狱中，时年六十一。诏以谴责兢，抵主者吏罪⑩。固所著《典引》《宾戏》《应讥》诗、赋、铭、诔、颂、书、文、记、论、议、六言，在者凡四十一篇。

① 出征匈奴：事在和帝永元元年(89)。

② 款：至。 居延塞：居延关。

③ 故事：旧例。西汉宣帝神爵四年(前58)，匈奴贵族内争，五单于争立，后形成郅支单于与呼韩邪单于的南北对立。呼韩邪单于为了取得援助，对汉称臣，归附于汉。

④ 大使：称汉使为"大使"，表示对汉尊重。

⑤ 上：窦宪上书请求。

⑥ 掩：袭击。永元二年南匈奴出兵鸡鹿塞击北匈奴于河云，获得大胜。

⑦ 先坐：指班固在窦宪案中被第一批办罪。

⑧ 干：冒犯，冲犯。

⑨ 衔：怀恨。意指怀恨心中。

⑩ 抵主者吏罪：把主办此案的官吏办罪。

论曰：司马迁、班固父子，其言史官载籍之作，大义粲然著矣。议者咸称二子有良史之才。迁文直而事核，固文赡而事详①。若固之序事，不激诡，不抑抗②，赡而不秽③，详而有体，使读之者亹亹而不厌④，信哉其能成名也。彪、固讥迁，以为是非颇谬于圣人⑤；然其论议，常排死节，否正直⑥，而不叙杀身成仁之为美⑦，则轻仁义、贱守节，愈矣⑧。固伤迁博物洽闻，不能以智免极刑⑨；然亦身陷大戮⑩。"智及之，而不能守之⑪"，呜呼！古人所以致论于目睫也⑫。

① 赡：丰富充足。

② 激：扬。 诡：毁。 抑：退。 抗：进。不激诡，不偏；不抑抗，不任意抬高或压低。

③ 秽：犹紊乱。

④ 亹亹(wěiwěi)：勤勉不倦。

⑤ 讥迁：指摘司马迁"崇黄老而薄五经，轻仁义而贱守节"，不合圣人之道。

⑥ 排死节：谓龚胜竟夭天年之类。 否正直：谓王陵、汲黯之恋之类。

⑦ "而不叙"句：固序《游侠传》曰："剧孟、郭解之徒，驰骛于闾阎，虽其陷于刑辟，自己与杀身成名，若季路、仇牧(死)而不悔也。古之正法：五伯，三王之罪人；六国，五伯之罪人；四豪者，又六国之罪人。况于郭解之伦，以匹夫之细，窃杀生之权，其罪不容于诛也。"

⑧ 愈矣：更严重了。愈，"甚"。

⑨极刑：指司马迁下蚕室、遭腐刑。

⑩大戮：大罪。

⑪守：把握。孔子曰："知及之，仁不能守之，虽得之，必失之。"（见《论语·卫灵公篇》）言有智而不能自守其身。

⑫目睫：眼睛能见毫毛，而不能见睫毛。《史记·越世家》载齐使者至越，曰："幸也越之不亡也。吾不贵其智之如目，见毫毛而不见其睫也。今越王知晋之失计，不自知越人之过，是目论也。"比喻人们见远不见近，见人而不自见。意指班固讥司马迁之被刑，而不知自身遇祸。

袁安传

本篇出自《后汉书》卷四十五《袁张韩周列传》。袁安（？—92），东汉大臣。永平十四年(71)，任楚郡太守。因楚王刘英谋反案，受株连者数千人。他到任后，平反冤狱，四百馀家获释，百姓感激。一年后，调河南尹，十年中法纪严明，哀哀肃然。和帝即位，外戚窦宪兄弟专权，他多次弹劾，不畏权贵，深受敬重。

袁安字邵公，汝南汝阳人也①。祖父良，习《孟氏易》②，平帝时举明经，为太子舍人③。建武初，至成武令。安少传良学，为人严重有威④，见敬于州里。初为县功曹⑤，奉檄诣从事⑥，从事因安致书于令。安曰："公事自有邮驿，私请则非功曹所持。"辞不肯受。从事惧然而止。后举孝廉⑦，除阴平长、任城令，所在吏人畏而爱之。

①汝阳：汉代县名，今河南商水县。

②《孟氏易》：西汉人孟喜的易经学说。孟喜字长卿，东海人。明易，为丞相掾。

③太子舍人：《续汉志》曰："太子舍人，秩二百石，无员。"

④严重：严肃庄重。

⑤县功曹：县令属下考绩人员。

⑥从事：《续汉志》曰："每州刺史皆有从事史。"

⑦孝廉：汉代推荐官吏的科目之一。《汝南先贤传》曰："时大雪积地丈馀，洛阳令身出案行，见人家皆除雪出，有乞食者。至袁安门，无有行路。谓安已死，令人除雪入户，见安僵卧。问何以不出。安曰：'大雪人皆饿，不宜干人。'令人以为贤，举为孝廉。"

永平十三年①，楚王英谋为逆，事下郡覆考。明年，三府举安能理剧②，拜楚郡太守。是时英辞所连及系者数千人，显宗怒甚，吏案之急，迫痛自诬，死者甚众。安到郡，不入府，先往案狱，理其无明验者③，条上出之。府丞、掾史皆叩头争④，以为阿附反虏，法与同罪，不可。安曰："如有不合，太守自当坐之，不以相及也。"遂分别具奏。帝感悟，即报许，得出者四百馀家。岁馀，征为河南尹，政号严明，然未曾以臧罪鞫人⑤。常称曰："凡学仕者，高则望宰相，下则希牧守。锢人于圣世⑥，尹所不忍为也。"闻之者皆感激自励。在职十年，京师肃然，名重朝廷。

①永平：汉明帝年号。永平十三年即公元70年。

②理剧：治理政务繁重的县份。汉代有剧县、平县之别。

③明验：明确罪证。对没有明确罪证的人列条分别上报，释放出狱。

④争：通"诤"，劝谏。

⑤臧：通"赃"，通过不正当方法所获。　鞫：通"鞠"，究问、审讯。

⑥锢：禁锢。按汉法，赃吏子孙须禁锢三世，不得做官。

建初八年，迁太仆①。元和二年，武威太守孟云上书："北虏既已和亲，而南部复往抄掠，北单于谓汉欺之，谋欲犯边。宜还其生口，以安慰之。"诏百官议朝堂。公卿皆言夷狄谲诈②，求欲无厌，既得生口，当复妄自夸大，不可开许。安独曰："北虏遣使奉献和亲，有得边生口者辄以归汉，此明其畏威，而非先违约也。云以大臣典边，不宜负信于戎狄。还之，足示中国优贷③，而使边人得安，诚便。"司徒桓虞改议从安，太尉郑弘、司空第五伦皆恨之。弘因大言激励虞曰："诸言当还生口者皆为不忠。"虞廷叱之，伦及大鸿胪韦彪各作色变容。司隶校尉举奏，安等皆上印绶谢④。肃宗诏报曰："久议沈滞⑤，各有所志。盖事以议从，策由众定，闾阎衎衎⑥，得礼之容；寝嘿抑心⑦，更非朝廷之福。君何尤而深谢⑧？其各冠履。"帝竟从安议。明年代第五伦为司空。章和元年，代桓虞为司徒。

①太仆：九卿之一。

②谲诈：诡诈，奸诈，不讲信用。

③优：优待。　贷：宽大。

④谢：谢罪。意谓袁安等都把官印还给皇帝，以示谢罪。

⑤沈滞：拖延不能决定。

⑥闾阎衎衎：形容说话的态度中正、和乐。阎(yín)，谦和而中正。《说文·言部》："阎，和说而净也。"衎(kàn)，和乐，快乐。

⑦寝嘿抑心：遇事默不作声，压住自己的思想。寝，停止，搁置。嘿，同"默"。抑心，压抑自己的思想。

⑧尤：过错，过失。

和帝即位，窦太后临朝。后兄车骑将军宪北击匈奴，安与太尉宋由、司空任隗及九卿诣朝堂上书谏，以为匈奴不犯边塞，而无故劳师远涉，损费国用，徼功万里，非社稷之计。书连上，辄寝。宋由惧，遂不敢复署议，而诸卿稍自引止。唯安独与任隗守正不移，至免冠朝堂，固争者十上。太后不听，众皆为之危惧，安正色自若。

窦宪既出，而弟卫尉笃、执金吾景，各专威权，公于京师使客遮道夺人财物。景又擅使乘驿施檄缘边诸郡，发突骑及善骑射有才力者，渔阳、雁门、上谷三郡，各遣吏将送诣景第。有司畏惮，莫敢言者。安乃劾景擅发边兵，惊惑吏人；二千石不待符信，而辄承景檄，当伏显诛。又奏司隶校尉、河南尹阿附贵戚①，无尽节之义，请免官案罪。并寝不报。宪、景等日益横，尽树其亲党宾客于名都大郡②，皆赋敛吏人，更相赂遗，其馀州郡亦复望风从之。安与任隗举奏诸二千石，又它所连及贬秩免官者四十馀人，窦氏大恨。但安、隗素行高，亦未有以害之。

①司隶校尉：指郑据。　河南尹：指蔡嵩。
②宾客：河南尹王调、汉阳太守朱敞、南阳太守满殷、高丹等，皆窦宪宾客。

时窦宪复出屯武威。明年，北单于为耿夔所破，遁走乌孙，塞北地空，馀部不知所属。宪日矜己功①，欲结恩北虏，乃上立降者左鹿蠡王阿佟为北单于，置中郎将领护，如南单于故事。事下公卿议，太尉宋由、太常丁鸿、光禄勋耿秉等十人议可许。安与任隗奏，以为光武招怀南虏，非谓可永安内地，正以权时之算，可得捍御北狄故也②。今朔漠既定，宜令南单于反其北庭，并领降众，无缘复更立阿佟，以增国费。宗正刘方、大司农尹睦同安议。事奏，未以时定。安惧宪计遂行，乃独上封事曰："臣闻功有难图，不可豫见；事有易断，较然不疑。伏惟光武皇帝本所以立南单于者，欲安南定北之策也。恩德甚备，故匈奴遂分，边境无患。孝明皇帝奉承先意，不敢失坠，赫然命将，爰伐塞北。至乎章和之初，降者十馀万人，议者欲置之滨塞，东至辽东。太尉宋由、光禄勋耿秉皆以为失南单于心，不可，先帝从之。陛下奉承洪业，大开疆宇，大将军远师讨伐，席卷北庭，此诚宣明祖宗，崇立弘勋者也。宜审其终，以成厥初。伏念南单于屯③，先父举众归德④，自蒙恩以来，四十馀年。三帝积累，以遗陛下。陛下深宜遵述先志，成就其业。况屯首唱大谋，空尽北虏，辍而弗图，更立新降，以一朝之计，违三世之规，失信于所养，建立无功。由、秉实知旧议，而欲背弃先恩。夫言行君子之枢机⑤，赏罚理国之纲纪。《论语》曰：'言忠信，行笃敬，虽蛮貊行焉。'今若失信于一屯，则百蛮不敢复保誓矣！又乌桓、鲜卑，新杀北单于；凡人之情，咸畏仇雠，今立其弟，则二虏怀怨。兵食可废，信不可去⑥。且汉故事，供给南单于费直岁一亿九十馀万⑦，西域岁七千四百八十万。今北庭弥远，其费过倍，是乃空尽天下，而非建策之要也。"诏下其议。安又与宪更相难折⑧。宪险急负势，言辞骄讦⑨，至诋毁安，称光武诛韩歆、戴涉故事⑩。安终不移。宪竟立匈奴降者右鹿蠡王于除鞬为单于，后遂反叛，卒如安策。

① 矜：骄傲，自负。

② 捍御：抵御，防御。

③ 屯：指南单于屯屠何，其父率众归汉。

④ 归德：归附汉朝。

⑤ 枢机：关键。《易》曰："言行者，君子之枢机，荣辱之主也。"

⑥ 信不可去：信义不能不讲。《论语·颜渊篇》："子贡问政，子曰：'足食，足兵，民信之矣。'曰：'必不得已而去，于斯三者，何先？'曰：'去兵。'曰：'必不得已而去，于斯二者，何先？'曰：'去食。自古皆有死，民无信不立。'"

⑦ 直：同"值"。

⑧ 更相难折：相互质问、责难。

⑨ 讦：原注指发扬人之恶，意即指摘别人的短处。

⑩ 韩歆：大司徒，坐非帝读隗嚣书，自杀。　戴涉：大司徒，坐杀太仓令，下狱死。

【原文】

安以天子幼弱，外戚擅权，每朝会进见，及与公卿言国家事，未尝不噫呜流涕①。自天子及大臣，皆恃赖之。四年春，薨，朝廷痛惜焉。后数月，窦氏败②，帝始亲万机，追思前议者邪正之节，乃除安子赏为郎。策免宋由，以尹睦为太尉，刘方为司空。睦，河南人，薨于位。方，平原人，后坐事免归，自杀。

① 噫呜(yīwū)：感慨叹息。

② 窦氏：窦宪。永元四年(92)，和帝与宦官郑众定议诛灭窦氏，他被迫自杀。

王充传

【题解】

本篇出自《后汉书》卷四十九《王充王符仲长统列传》。王充(27—约97)，东汉学者，唯物主义思想家。曾入太学，师从班彪。家贫无书，常游书铺读书，阅后便能记诵。历任郡功曹、州治中，后归乡里，著述讲学，历三十年，著成《论衡》，驳斥俗说，采正理，被称为"异书"。

原文

王充字仲任，会稽上虞人也[1]。其先自魏郡元城徙焉。充少孤，乡里称孝，后到京师，受业太学[2]，师事扶风班彪。好博览而不守章句。家贫无书，常游洛阳市肆[3]，阅所卖书，一见辄能诵忆，遂博通众流百家之言。后归乡里，屏居教授[4]。仕郡为功曹，以数谏争不合去。

注释

①上虞：今浙江上虞。

②太学：古代最高学府。袁山松书曰："充幼聪明。诣太学，观天子临辟雍，作六儒论。"

③肆：作坊，店铺。

④屏(bǐng)居：隐居。 教授：教学。

原文

充好论说，始若诡异，终有理实[1]。以为俗儒守文，多失其真，乃闭门潜思，绝庆吊之礼，户牖墙壁各置刀笔。著《论衡》八十五篇[2]，二十馀万言。释物类同异，正时俗嫌疑。

注释

①始若诡异，终有理实：初听好像是奇特怪异之辞，但归根到底是有道理、有实据的。

②《论衡》：袁山松书曰："充所作论衡，中土未有传者，蔡邕入吴始得之，恒秘玩以为谈助。其后王朗为会稽太守，又得其书，及还许下，时人称其才进。或曰，不见异人，当得异书。问之，果以《论衡》之益，由是遂见传焉。"《抱朴子》曰："时人嫌蔡邕得异书，或搜求其帐中隐处，果得《论衡》，抱数卷持去。邕丁宁之曰：'唯我与尔共之，勿广也。'"

原文

刺史董勤辟为从事，转治中[1]，自免还家。友人同郡谢夷吾上书荐充才学[2]，肃宗特诏公车征，病不行。年渐七十，志力衰耗，乃造《养性书》十六篇，裁节嗜欲，颐神自守。永元中，病卒于家。

注释

①治中：汉代刺史助理，主管文书案卷。

②才学：才能学识。三国吴谢承《后汉书》："夷吾荐充曰：充之天才非学所加，虽前世孟轲、孙卿、近汉扬雄、刘向、司马迁不能过也。"

仲长统传

【题解】

本篇出自《后汉书》卷四十九《王充王符仲长统列传》。仲长统(180—220)，初任尚书郎，后为曹操丞相府参军事。为人洒脱，不拘小节，政见高超，敢于直言，每论时事，常常发愤叹息，著有《昌言》。死时仅四十一岁。

【原文】

仲长统字公理，山阳高平人也①。少好学，博涉书记，赡于文辞②。年二十馀，游学青、徐、并、冀之间，与交友者多异之。并州刺史高干，袁绍甥也，素贵有名，招致四方游士，士多归附。统过干③，干善待遇，访以当时之事④。统谓干曰："君有雄志而无雄才，好士而不能择人，所以为君深戒也。"干雅自多，不纳其言，统遂去之。无几，干以并州叛，卒至于败⑤。并、冀之士，皆以是异统⑥。

【注释】

①高平：汉代县名，故城在今山东邹城西南。
②赡：富。
③过：探访，拜见。
④访：请教，咨询。
⑤卒：终于。《魏志》曰："高干叛，欲南奔荆州，上洛都尉王琰捕斩之。"
⑥异：用为动词，惊异。意谓异其有知人之鉴。

【原文】

统性俶傥①，敢直言，不矜小节，默语无常，时人或谓之狂生。每州郡命召，辄称疾不就。常以为凡游帝王者，欲以立身扬名耳，而名不常存，人生易灭，优游偃仰，可以自娱。欲卜居清旷②，以乐其志。论之曰："使居有良田广宅，背山临流，沟池环匝，竹木周布，场圃筑前，果园树后。舟车足以代步涉之艰，使令足以息四体之役。养亲有兼珍之膳，妻孥无苦身之劳。良朋萃止，则陈酒肴以娱之；嘉时吉日，则亨羔豚以奉之③。蹰躇畦苑④，游戏平林，濯清水，追凉风，钓游鲤，弋高鸿⑤，讽于舞雩之下⑥，咏归高堂之上。安神闺房，思老氏之玄虚⑦；呼吸精和⑧，求至人仿佛。与达者数子，论道讲书，俯仰二仪⑨，错综人物。弹南风之雅操，发清商之妙曲⑩，消摇一世之上，睥睨天地之间。不受当时之责，永保性命之期⑪。如是则可以陵霄汉，出宇宙之外矣，岂羡夫入帝王之门哉！"又作诗二篇，以见其志。辞曰："飞鸟遗迹，蝉蜕亡壳。腾蛇弃鳞，神龙丧角。至人能变，达士拔俗。乘云无辔，骋风无足。垂露成帏,张霄成幄^⑫。沆瀣当餐^⑬,九阳代烛^⑭。恒星艳珠,朝霞润玉。六合之内,恣心所欲。人事可遗,何为局促?大道虽夷,见几者寡。任意无非,适物无可^⑮。古来绕绕,委曲如琐。百虑何为?至要在我。寄愁天上,埋忧地下。叛散五经,灭弃风雅。百家杂碎,请用从火^⑯。抗志山栖,游心海左。元气为舟,微风为柂^⑰。敖翔太清^⑱,纵意容冶。"

① 俶傥(tìtǎng):潇洒风流,放荡不羁之意,同"倜傥"。

② 卜居:选择居住的地方。卜,选择。

③ 亨:同"烹"。 奉:敬献。

④ 蹰躇:犹踟蹰,徘徊。

⑤ 弋:用带丝绳的箭来射称弋。

⑥ 讽:讽诵、讽咏。 雩:古代为祈雨而进行的祭祀。人们在祭坛上舞蹈以求雨。《论语》中曾点曾曰:"春服既成,冠者五六人,童子六七人,浴乎沂,风乎舞雩,咏而归。"

⑦ 玄虚:《老子》曰:"玄之又玄,虚其心,实其腹。"

⑧ 呼吸:咽气养生也。《庄子》曰:"吹呴呼吸,吐故纳新。"

⑨ 二仪:指天与地。

⑩ 清商:琴本五弦,曰宫、商、角、徵、羽,文王增二,曰少宫、少商,弦最清也。

⑪ 性命之期:即人之天年。

⑫ 霄:摩天赤气。

⑬ 沆瀣:北方夜半之气。

⑭ 九阳:指日。

⑮ 任意无非,适物无可:意谓任意而行,就无所谓是非;适应事物,就不存在可与不可的问题。

⑯ 从火:投进火里。这些胡说八道的东西,放把火把它们烧掉。

⑰ 柂:船舵。

⑱ 敖翔:翱翔。 太清:天空。

尚书令荀彧闻统名^①,奇之,举为尚书郎。后参丞相曹操军事。每论说古今,及时俗行事,恒发愤叹息。因著论名曰《昌言》^②,凡三十四篇,十馀万言。献帝逊位之岁^③,统卒,时年四十一。友人东海缪袭^④,常称统才章足继西京董、贾、刘、扬^⑤。今简撮其书有益政者,略载之云:

① 荀彧(yù):字文若,颍川颍阴(今河南许昌)人,东汉末归曹操,为主要谋士。

② 昌:犹当。《尚书》曰:"汝亦昌言。"

③ 逊位:皇帝让位。献帝逊位为延康元年,公元220年。

④ 缪袭:字熙伯,辟御史府,后至尚书、光禄勋。

⑤董、贾、刘、扬：指西汉董仲舒、贾谊、刘向、扬雄。

【原文】

《理乱篇》曰：豪杰之当天命者，未始有天下之分者也①。无天下之分，故战争者竞起焉。于斯之时，并伪假天威，矫据方国，拥甲兵与我角才智，程勇力与我竞雌雄②，不知去就，疑误天下，盖不可数也。角知者皆穷，角力者皆负，形不堪复伉，势不足复校，乃始羁首系颈，就我之衔绁耳③。夫或曾为我之尊长矣，或曾与我为等侪矣④，或曾臣虏我矣，或曾执囚我矣。彼之蔚蔚⑤，皆匈詈腹诅⑥，幸我之不成，而以奋其前志，讵肯用此为终死之分邪？及继体之时⑦，民心定矣。普天之下，赖我而得生育，由我而得富贵，安居乐业，长养子孙，天下晏然，皆归心于我矣。豪杰之心既绝，士民之志已定，贵有常家，尊在一人。当此之时，虽下愚之才居之，犹能使恩同天地，威侔鬼神⑧。暴风疾霆，不足以方其怒⑨；阳春时雨，不足以喻其泽；周、孔数千，无所复角其圣；贲、育百万⑩，无所复奋其勇矣。

【注释】

①分：同"份"。意指对做皇帝本来无份。

②程：计算、衡量。

③衔绁：衔，勒；绁，绳索、缰绳。

④侪(chái)：同辈、同类的人。

⑤蔚蔚：即郁郁。

⑥匈：同"胸"。詈：骂，责骂。那些不得已而屈服的人，心腹中都在咒骂。暗指这些人也只敢在心里骂。

⑦继体：是说后代相继为君的人。

⑧侔：相等。

⑨方：比方。

⑩贲、育：相传二人为古之勇士。贲，指孟贲；育，指夏育。

【原文】

彼后嗣之愚主，见天下莫敢与之违，自谓若天地之不可亡也，乃奔其私嗜①，骋其邪欲②，君臣宣淫③，上下同恶，目极角抵之观④，耳穷郑卫之声⑤。入则耽于妇人，出则驰于田猎。荒废庶政，弃亡人物，澶漫弥流⑥，无所底极。信任亲爱者，尽佞谄容说之人也⑦；宠贵隆丰者，尽后妃姬妾之家也。使饿狼守庖厨，饥虎牧牢豚，遂至熬天下之脂膏，斫生人之骨髓⑧。怨毒无聊，祸乱并起，中国扰攘，四夷侵叛，土崩瓦解，一朝而去。昔之为我哺乳之子孙者，今尽是我饮血之寇雠也。至于运徙势去，犹不觉悟者，岂非富贵生不仁，沈溺致愚疾邪？存亡以之迭代，政乱从此周复⑨，天道常然之大数也⑩。

① 奔：追求。意指为满足个人嗜好而奔走。

② 骋：放纵，放任。

③ 宣：公然。 淫：淫乱。

④ 角牴：类似今日摔跤。武帝元封三年，作角牴戏，两两相当角力，角技艺射御，故名角牴，后更名平乐观。

⑤ 郑、卫之声：古代视为低俗淫荡。《礼记》曰："郑音好滥淫志，卫音宴安溺志。"

⑥ 澶漫：犹言纵逸。

⑦ 容说（yuè）：当面奉承。

⑧ 斫：砍、削意。

⑨ 周复：循环往复。《左传》曰："美恶周必复，天之道也。"

⑩ 数：规律。

又政之为理者，取一切而已①，非能斟酌贤愚之分，以开盛衰之数也。日不如古，弥以远甚，岂不然邪？汉兴以来，相与同为编户齐民，而以财力相君长者，世无数焉。而清洁之士，徒自苦于茨棘之间，无所益损于风俗也。豪人之室，连栋数百，膏田满野，奴婢千群，徒附万计②。船车贾贩，周于四方，废居积贮③，满于都城。琦赂宝货，巨室不能容；马牛羊豕，山谷不能受。妖童美妾，填乎绮室；倡讴妓乐，列乎深堂。宾客待见而不敢去，车骑交错而不敢进。三牲之肉④，臭而不可食；清醇之酎⑤，败而不可饮。睇盼则人从其目之所视，喜怒则人随其心之所虑。此皆公侯之广乐，君长之厚实也。苟能运智诈者，则得之焉；苟能得之者，人不以为罪焉。源发而横流，路开而四通矣。求士之舍荣乐而居穷苦，弃放逸而赴束缚，夫谁肯为之者邪？夫乱世长而化世短。乱世则小人贵宠，君子困贱。当君子困贱之时，局高天、蹐厚地⑥，犹恐有镇厌之祸也⑦。逮至清世，则复入于矫枉过正之检。老者耄矣，不能及宽饶之俗；少者方壮，将复困于衰乱之时。是使奸人擅无穷之福利，而善士挂不赦之罪辜。苟目能辩色、耳能辩声、口能辩味、体能辩寒温者，将皆以修洁为讳恶，设智巧以避之焉，况肯有安而乐之者邪？斯下世人主一切之愆也⑧。

① 一切：权宜，临时。

② 徒附：依附、亲附之众。

③ 废居积贮：废弃房屋居人之用以积贮，即囤积居奇。

④ 三牲：指牛、羊、猪。

⑤ 酎：经多次反复酿成的醇酒。

⑥ 局：局限，卷曲。 蹐：小步走。《诗·小雅·正月》曰："谓天盖高，不敢不局；谓地盖厚，不敢不蹐。"

⑦镇厌:镇压。

⑧愆:过失,罪过。

昔春秋之时,周氏之乱世也。逮乎战国,则又甚矣!秦政乘并兼之势①,放虎狼之心,屠裂天下,吞食生人②,暴虐不已,以招楚、汉用兵之苦,甚于战国之时也。汉二百年遭王莽之乱,计其残夷灭亡之数,又复倍乎秦、项矣。以及今日,名都空而不居、百里绝而无民者,不可胜数③。此则又甚于亡新之时也。悲夫!不及五百年④,大难三起⑤,中间之乱,尚不数焉。变而弥猜,下而加酷,推此以往,可及于尽矣。嗟乎!不知来世圣人救此之道,将何用也?又不知天若穷此之数,欲何至邪?

①秦政:指秦始皇嬴政。

②生人:生民。《后汉书》因经唐李贤注,凡民字多避太宗讳改人字。

③不可胜数:孝平帝时,汉朝郡国一百三,县邑一千三百一十四,道三十四,侯国二百四十一;东西九千三百二里,南北一万三百六十八里;人户一千二百二十三万三千六十二,口五千九百五十九万四千九百七十八,为汉家极盛之时。后遭王莽之乱,暨光武中兴,全国人户,较之于前,十馀二三。孝灵遭黄巾之寇,献帝婴董卓之祸,兵乱相寻,三十馀年,三方既宁,万不存一。

④不及五百年:秦三王二帝通在位四十九年,前汉二百三十年,后汉百九十五年,凡四百七十四年,故云不及五百年也。

⑤三起:秦末及王莽并献帝时。

《损益篇》曰:作有利于时,制有便于物者,可为也。事有乖于数,法有玩于时者①,可改也。故行于古有其迹,用于今无其功者,不可不变。变而不如前,易而多所败者,亦不可复也。汉之初兴,分王子弟,委之以士民之命,假之以杀生之权。于是骄逸自恣,志意无厌,鱼肉百姓,以盈其欲;报、蒸骨血②,以快其情。上有篡叛不轨之奸,下有暴乱残贼之害,虽藉亲属之恩,盖源流形势使之然也。降爵削土,稍稍割夺③,卒至于坐食奉禄而已;然其污秽之行④,淫昏之罪,犹尚多焉。故浅其根本,轻其恩义,犹尚假一日之尊,收士民之用;况专之于国,擅之于嗣,岂可鞭笞叱咤,而使唯我所为者乎?时政雕敝,风俗移易,纯朴已去,智惠已来⑤,出于礼制之防,放于嗜欲之域久矣!固不可授之以柄、假之以资者也。是故收其奕世之权⑥,校其从横之势,善者早登,否者早去,故下土无壅滞之士,国朝无专贵之人。此变之善⑦,可遂行者也。

井田之变，豪人货殖，馆舍布于州郡，田亩连于方国。身无半通青纶之命，而窃三辰龙章之服①；不为编户一伍之长②，而有千室名邑之役。荣乐过于封君，势力侔于守令。财赂自营，犯法不坐，刺客死士，为之投命。至使弱少寡智之子，被穿帷败，寄死不敛，冤枉穷困，不敢自理③。虽亦由网禁疏阔，盖分田无限使之然也④。今欲张太平之纪纲、立至化之基趾、齐民财之丰寡、正风俗之奢俭，非井田实莫由也。此变有所败而宜复者也。

　　肉刑之废①，轻重无品②，下死则得髡钳③，下髡钳则得鞭笞。死者不可复生，而髡者无伤于人。髡笞不足以惩中罪④，安得不至于死哉！夫鸡狗之攘窃，男女之淫奔，酒醴之赂遗，谬误之伤害，皆非值于死者也。杀之则甚重，髡之则甚轻。不制中刑以称其罪，则法令安得不参差，杀、生安得不过谬乎？今患刑轻之不足以惩恶，则假藏货以成罪⑤，托疾病以讳杀⑥。科条无所准，名实不相应，恐非帝王之通法，圣人之良制也。或曰：过刑恶人，可也；过刑善人，岂可复哉？曰：若前政以来，未曾枉害善人者，则有罪不死也，是为忍于杀人，而不忍于刑人也⑦。今令五刑有品，轻重有数，科条有序，名实有正，非杀人逆乱、鸟兽之行甚重者皆勿杀⑧。嗣周氏之秘典⑨，续吕侯之祥刑⑩，此又宜复之善者也。《易》曰："阳一君二臣，君子之道也；阴二君一臣，小人之道也⑪。"然则寡者，为人上者也；众者，为人下者也。一伍之长，才足以长一伍者也；一国之君，才足以君一国者也；天下之王，才足以王天下者也。愚役于智，犹枝之附干，此理天下之常法也。制国以分人，立政以分事；人远则难绥，事总则难了。今远州之县，或相去数百千里，虽多山陵洿泽，犹有可居人种谷者焉。当更制其境界，使远者不过二百里。明版籍以相数阅，审什伍以相连持，限夫田以断并兼⑫，定五刑以救死亡，益君长以兴政理，急农桑以丰委积，去末作以一本业，敦教学以移情性⑬，表德行以厉风俗⑭，核才艺以叙官宜，简精悍以习师田⑮，修武器以存守战，严禁令以防僭差，信赏罚以验惩劝，纠游戏以杜奸邪，察苛刻以绝烦暴——审此十六者以为政务，操之有常，课之有限，安宁勿懈堕，有事不迫遽，圣人复起，不能易也。

注释

①肉刑：摧残肉体的刑罚。

②品：等级。

③髡：指古代剃去头发的刑罚。　钳：用铁圈箍住头颈的刑罚。

④中罪：中等罪犯。髡钳不够惩治中等罪犯，怎能不滥用死刑呢？

⑤假：借助。指假增赃货，以益其罪。

⑥托：假托。托称疾病，令死狱中。

⑦刑：施刑，处死。如果说以前未曾枉死善人，那只是对某些人即使他们杀了人也不把他们处以死刑。

⑧鸟兽之行：指蒸报之行。

⑨周氏之秘典：《周礼》。《周礼·司寇》："一曰刑新国，用轻典；二曰刑平国，用中典；三曰刑乱国，用重典。"

⑩祥：温详。周穆王时由吕侯制定祥刑。

⑪阳：君。　阴：臣。阳卦一阳而二阴，阴卦一阴而二阳。

⑫并兼：谓豪富之家以财势并取贫人之田而兼有之。司马法曰："步百为亩，亩百为夫，夫三为屋，屋三为牛。"

⑬敦：治理，督促。

⑭厉：犹严肃治理。

⑮田：田猎。师田指军事演习。古时以田猎讲武，故称师田。

原文

　　向者天下户过千万，除其老弱，但户一丁壮，则千万人也。遗漏既多，又蛮、夷、戎、狄居汉地者，尚不在焉。丁壮十人之中，必有堪为其什伍之长，推什长已上，则百万人也。又十取之，则佐史之才已上十万人也。又十取之，则可使在政理之位者万人也。以筋力用者谓之人，人求丁壮；以才智用者谓之士，士贵耆老。充此制以用天下之人①，犹将有储，何嫌乎不足也？故物有不求，未有无物之岁也；士有不用，未有少士之世也。夫如此，然后可以用天性，究人理，兴顿废，属断绝②，网罗遗漏，拱枅天人矣③！

①充：扩大，发扬。
②属：连接，接续。
③拱枅：拱是抱，枅同匣。拱枅天人，即天和人合一。

原文

或曰："善为政者，欲除烦去苛，并官省职，为之以无为，事之以无事，何子言之云云也？"曰："若是，三代不足摹①，圣人未可师也。君子用法制而至于化，小人用法制而至于乱。均是一法制也，或以之化，或以之乱，行之不同也②。苟使豺狼牧羊豚，盗跖主征税，国家昏乱，吏人放肆，则恶复论损益之间哉！夫人待君子，然后化理，国待蓄积，乃无忧患。君子非自农桑以求衣食者也，蓄积非横赋敛以取优饶者也。奉禄诚厚，则割剥贸易之罪乃可绝也；蓄积诚多，则兵寇水旱之灾不足苦也。故由其道而得之，民不以为奢；由其道而取之，民不以为劳。天灾流行，开仓库以禀贷，不亦仁乎？衣食有馀，损靡丽以散施，不亦义乎？彼君子居位，为士民之长，固宜重肉累帛，朱轮四马。今反谓薄屋者为高、藿食者为清③，既失天地之性，又开虚伪之名；使小智居大位，庶绩不咸熙④，未必不由此也。得拘洁而失才能⑤，非立功之实也；以廉举而以贪去，非士君子之志也。夫选用必取善士，善士富者少而贫者多，禄不足以供养，安能不少营私门乎？从而罪之，是设机置阱⑥，以待天下之君子也。

盗贼凶荒，九州代作⑦，饥馑暴至，军旅卒发，横税弱人，割夺吏禄，所恃者寡，所取者猥⑧；万里悬乏⑨，首尾不救，徭役并起，农桑失业，兆民呼嗟于昊天，贫穷转死于沟壑矣。今通肥饶之率，计稼穑之入，令亩收三斛，斛取一斗，未为甚多，一岁之间，则有数年之储。虽兴非法之役，恣奢侈之欲，广爱幸之赐，犹未能尽也。不循古法，规为轻税，及至一方有警，一面被灾，未逮三年，校计骞短，坐视战士之蔬食，立望饿殍之满道，如之何为君行此政也？二十税一，名之曰貊⑩，况三十税一乎？夫薄吏禄以丰军用，缘于奉征诸侯，续以四夷，汉承其业，遂不改更，危国乱家，此之由也。今田无常主，民无常居，吏食日禀，禄班未定⑪。可为法制，画一定科，租税十一，更赋如旧。今者土广民稀，中地未垦。虽然，犹当限以大家，勿令过制。其地有草者，尽曰官田，力堪农事，乃听受之。若听其自取，后必为奸也。"

①摹：效法。

②行：运行，运用。

③薄：粗劣，简陋。　藿：豆类作物的叶子，嫩时可食。《诗经·小雅·白驹》曰："皎皎白驹，食我场藿。"

④熙：兴旺，兴盛。

⑤拘洁：自拘束而洁其身者，指隐逸之士。

⑥机：弩牙。　阱：为猎取野兽而设的深坑。

⑦代作：交替发生。作，发生；代，交替。九州之大，灾荒往往各地不断地交替发生。

⑧猥：多。

⑨悬乏：空乏。悬，空；乏，缺乏。

⑩貃(mò)：古代指东北的民族。《孟子·告子下》："白圭曰：'吾欲二十而取一，何如？'孟子曰：'子之道，貃道也！……夫貃，五谷不生，惟黍生之，无城郭、宫室、宗庙、祭祀之礼，无诸侯币帛饔飧，无百官有司，故二十取一而足也。'"

⑪禀：给，赐予。　班：等级。

原文

《法诫篇》曰：周礼六典，冢宰贰王而理天下①。春秋之时，诸侯明德者，皆一卿为政。爰及战国，亦皆然也。秦兼天下，则置丞相，而贰之以御史大夫。自高帝逮于孝成，因而不改，多终其身。汉之隆盛，是惟在焉。夫任一人则政专，任数人则相倚。政专则和谐，相倚则违戾。和谐则太平之所兴也，违戾则荒乱之所起也。光武皇帝愠数世之失权②，忿强臣之窃命，矫枉过直，政不任下，虽置三公，事归台阁③。自此以来，三公之职，备员而已；然政有不理，犹加谴责。而权移外戚之家，宠被近习之竖，亲其党类，用其私人，内充京师，外布列郡，颠倒贤愚，贸易选举④，疲驽守境，贪残牧民，挠扰百姓，忿怒四夷，招致乖叛，乱离斯瘼⑤。怨气并作，阴阳失和，三光亏缺，怪异数至，虫螟食稼，水旱为灾，此皆戚宦之臣所致然也。反以策让三公，至于死免⑥，乃足为叫呼苍天，号咷泣血者也！又中世之选三公也，务于清悫谨慎，循常习故者。是妇女之检柙⑦，乡曲之常人耳，恶足以居斯位邪？势既如彼，选又如此，而欲望三公勋立于国家，绩加于生民，不亦远乎！昔文帝之于邓通，可谓至爱，而犹展申屠嘉之志⑧。夫见任如此，则何患于左右小臣哉？至如近世，外戚宦竖请托不行，意气不满，立能陷人于不测之祸，恶可得弹正者哉？曩者任之重而责之轻，今者任之轻而责之重。昔贾谊感绛侯之困辱，因陈大臣廉耻之分，开引自裁之端⑨。自此以来，遂以成俗。继世之主，生而见之，习其所常，曾莫之悟。呜呼，可悲夫！夫左手据天下之图，右手刎其喉，愚者犹知难之，况明哲君子哉！光武夺三公之重，至今而加甚；不假后党以权，数世而不行，盖亲疏之势异也⑩。母后之党，左右之人，有此至亲之势，故其贵任万世。常然之败，无世而无之，莫之斯鉴，亦可痛矣！未若置丞相自总之。若委三公，则宜分任责成。夫使为政者，不当与之婚姻；婚姻者，不当使之为政也。如此，在位病人⑪，举用失贤，百姓不安，争讼不息，天地多变，人物多妖，然后可以分此罪矣。或曰："政在一人，权甚重也。"

曰：人实难得，何重之嫌？昔者霍禹、窦宪、邓骘、梁冀之徒，籍外戚之权，管国家之柄；及其伏诛，以一言之诏，诘朝而决⑫，何重之畏乎？今夫国家漏神明于媟近⑬，输权重于妇党，算十世而为之者八九焉。不此之罪而彼之疑，何其诡邪⑭！

① 冢：大。　贰：副。《周礼·天官·冢宰》："掌建邦之六典，以佐王理邦国。一曰理典，以理官府；二曰教典，以扰万姓；三曰礼典，以谐万姓；四曰政典，以均万姓；五曰刑典，以纠万姓；六曰事典，以生万姓。"

② 愠：含怒，怨恨。

③ 台阁：指尚书。

④ 贸易选举：指从官员遴选举荐中谋利。贸易，以……为贸易。

⑤ 瘼：病。

⑥ 死免：处死或免官。东汉常因天文变异与自然灾害策(诏)免三公，甚至处死。

⑦ 检柙：规矩。

⑧ 展：伸张，放开。汉文帝时，太中大夫邓通居上旁，有怠慢礼，丞相申屠嘉奏事，见之。罢朝，召通责之曰："通小臣，戏殿上，大不敬，当斩。"通顿首，首尽出血。文帝使人召通，谢丞相曰："此吾弄臣，君其释之。"

⑨ 自裁：自杀。文帝时，贾谊上书，请勿困辱大臣，说："大臣有罪，不执缚系引而行也。其有大罪者，闻命则北面再拜，跪而自裁之，不使人捽抑而刑之也。"

⑩ 亲疏：亲近疏远。言光武夺三公重任，今夺更甚。光武不假后党威权，数代遂不遵行。三公疏，后族亲故也。

⑪ 病：使(百姓)困顿不堪。

⑫ 诘朝：次日早晨。

⑬ 媟：同"亵"。媟近，左右轻狎之人。

⑭ 诡：违背(事理)。

张纲传

本篇出自《后汉书》卷五十六《张王种陈列传》。张纲(108—143)，东汉犍为武阳(今四川彭山)人，司空张晧之子。征为御史，上书谏宠宦官。汉安元年(142)，奉命巡行州部，他不出巡，弹劾大将军梁冀兄弟专权骄纵，京师震动。出任广陵太守，招降农民起义军张婴等数万人，妥善安置。死时无数百姓为他致吊。

纲字文纪，少明经学。虽为公子①，而厉布衣之节②。举孝廉，不就。司徒辟高第为御史③。时顺帝委纵宦官④，有识危心⑤。纲常感激，慨然叹曰："秽恶满朝，不能奋身出命，埽国家之难⑥，虽生，吾不愿也。"退而上书曰："诗曰：'不愆不忘，率由旧章⑦。'寻大汉初隆⑧，及中兴之世，文明二帝⑨，德化尤盛。观其理为，易循易见，但恭俭守节，约身尚德而已。中官常侍，不过两人；近幸赏赐⑩，裁满数金，惜费重人，故家给人足。夷狄闻中国优富，任信道德，所以奸谋自消而和气感应。而顷者以来，不遵旧典，无功小人，皆有官爵，富之骄之，而复害之，非爱人重器⑪，承天顺道者也。伏愿陛下少留圣思，割损左右，以奉天心。"书奏不省⑫。

① 公子：三公之子，纲父晧在顺帝时为司空。

② 厉：厉行。 节：品节。

③ 辟(bì)：征召。

④ 委纵：委，顺从；纵，放任，放纵。

⑤ 有识危心：有识之士心里替他担忧。危，担忧，恐惧。

⑥ 埽：同"扫"。

⑦ 愆：过失，罪过。 由：遵循。诗句意为，不可差失，不可遗忘，都要遵照旧的规制办事。

⑧ 寻：探究。

⑨ 文明二帝：指光武和明帝。马融曰："照临四方谓之明，经纬天地谓之文。"

⑩ 幸：亲近宠爱的人。

⑪ 器：指车服。言无功小人不可妄授。《左传》曰："唯器与名不可以假人。"

⑫ 省：查，看。

汉安元年，选遣八使徇行风俗①，皆耆儒知名，多历显位，唯纲年少，官次最微。馀人受命之部，而纲独埋其车轮于洛阳都亭②，曰："豺狼当路③，安问狐狸？"遂奏曰："大将军冀，河南尹不疑，蒙外戚之援，荷国厚恩，以刍荛之资④，居阿衡之任⑤，不能敷扬五教⑥，翼赞日月⑦；而专为封豕长蛇⑧，肆其贪叨，甘心好货，纵恣无底，多树谄谀，以害忠良，诚天威所不赦，大辟所宜加也⑨。谨条其无君之心十五事⑩，斯皆臣子所切齿者也。"书御⑪，京师震竦⑫。时冀妹为皇后，内宠方盛，诸梁姻族满朝，帝虽知纲言直，终不忍用。

① 八使：杜乔、周举、郭遵、冯羡、栾巴、张纲、周栩、刘班等八人。 徇：周遍，徇行即巡行。《周举传》曰："诏遣八使巡行风俗，同时俱拜，天下号曰'八骏'。刺史、二千石有赃罪者，驿马上之，墨绶已下便收；其有清勤忠惠宜表异者，状闻。"

② 埋其车轮：表示不出巡。

③ 豺狼：指梁冀、梁不疑兄弟。

④ 刍荛：割草砍柴的人。借指草野之人。刍，割草，收割。荛，杂草。

⑤ 阿衡：指伊尹。《诗·商颂·长发》："实维阿衡，左右商王。"

⑥ 五教：五伦之教。

⑦ 翼赞：辅佐，辅助。 日月：日月之明，比喻皇帝的明德。

⑧ 封豕长蛇：大猪大蛇。比喻贪婪残暴之徒。封，大。豕，猪。古代有时指野猪。《左传·定公四年》：

"吴为封豕长蛇，以荐食上国。"

⑨大辟：大刑。

⑩无君：无视国君。《左传》曰："有无君之心，而后动于恶。"

⑪御：进。

⑫震竦：震动。

时广陵贼张婴等众数万人①，杀刺史、二千石，寇乱扬、徐间，积十馀年，朝廷不能讨。冀乃讽尚书，以纲为广陵太守，因欲以事中之②。前遣郡守，率多求兵马，纲独请单车之职。既到，乃将吏卒十馀人，径造婴垒以慰安之，求得与长老相见③，申示国恩。婴初大惊，见纲诚信，乃出拜谒。纲延置上坐，问所疾苦。乃譬之曰："前后二千石多肆贪暴④，故致公等怀愤相聚。二千石信有罪矣，然为之者又非义也。今主上仁圣，欲以文德服叛，故遣太守，思以爵禄相荣，不愿以刑罚相加，今诚转祸为福之时也。若闻义不服，天子赫然震怒，荆、扬、兖、豫大兵云合，岂不危乎？若不料强弱，非明也；弃善取恶，非智也；去顺效逆，非忠也；身绝血嗣⑤，非孝也；背正从邪，非直也；见义不为，非勇也——六者成败之几，利害所从，公其深计之。"婴闻，泣下曰："荒裔愚人⑥，不能自通朝廷，不堪侵枉，遂复相聚偷生，若鱼游釜中，喘息须臾间耳。今闻明府之言⑦，乃婴等更生之晨也。既陷不义，实恐投兵之日⑧，不免孥戮。"纲约之以天地，誓之以日月，婴深感悟，乃辞还营。明日，将所部万馀人，与妻子面缚归降。纲乃单车入婴垒，大会，置酒为乐，散遣部众，任从所之；亲为卜居宅、相田畴⑨；子弟欲为吏者，皆引召之。人情悦服，南州晏然。

①广陵：今江苏扬州。

②中(zhòng)：陷害、中伤。

③长老：指张婴部下的长老。

④二千石：意指太守。

⑤身绝血嗣：没有血统继承，断绝子孙后代。

⑥荒裔：荒僻边远之地。

⑦明府：清明府君，汉以后对官长的尊称。

⑧投兵：放下武器(投降)。

⑨相：视察，观察。

朝廷论功当封，梁冀遏绝，乃止。天子嘉美，征，欲擢用纲，而婴等上书乞留，乃许之。纲在郡一年，年四十六卒。百姓老幼相携，诣府赴哀者不可胜数。纲自被疾，吏人咸为祠祀祈福，皆言"千秋万岁，何时复见此君！"张婴等五百馀人，制服行丧，送到犍为，负土成坟。诏曰："故广陵太守张纲，大臣之苗，剖符统务①，正身导下，班宣德信，降集剧贼张婴万人，息干戈之役，济蒸庶之困②；未升显爵，不幸早卒。婴等缞杖，若丧考妣，朕甚愍焉！"拜纲子续为郎中，赐钱百万③。

① 剖符：这里指太守。古代帝王分封诸侯功臣的凭证。符用竹制，剖分为二，各执其一。
② 蒸庶：即蒸民，指众多百姓。
③ 赐钱：即所谓"策赐"。由皇帝下诏赐钱并拜子为郎，是两汉时人认为非常荣耀的事，如宣帝策赐尹翁归子是其例。

虞诩传

本篇出自《后汉书》卷五十八《虞傅盖臧列传》。虞诩，陈国武平(今河南鹿邑西北)人，东汉大臣。安帝时，为朝歌长，镇压农民起义。迁武都太守，击退羌人万馀。永建元年(126)，任司隶校尉，弹劾权奸，后遭张防报复，几乎丧命。官至尚书仆射。

虞诩字升卿，陈国武平人也①。祖父经，为郡县狱吏，案法平允，务存宽恕，每冬月上其状，恒流涕随之。尝称曰："东海于公高为里门，而其子定国卒至丞相②。吾决狱六十年矣，虽不及于公，其庶几乎！子孙何必不为九卿邪？"故字诩曰升卿。诩年十二，能通《尚书》，早孤，孝养祖母，县举顺孙。国相奇之，欲以为吏。诩辞曰："祖母九十，非诩不养。"相乃止。后祖母终，服阕③，辟太尉李修府④，拜郎中。

① 武平：今河南鹿邑县西。《水经注》云武平城西南七里有汉尚书令虞诩碑，题云"君讳诩，字安定，虞仲之后"。盖诩别字安定。
② 定国：事见《汉书》卷七十一本传。
③ 服阕：指服丧期满。 阕(què)：止息、停止。
④ 李修：字伯游，襄城人。

永初四年，羌胡反乱，残破并、凉。大将军邓骘以军役方费①，事不相赡，欲弃凉州，并力北边。乃会公卿集议，骘曰："譬若衣败，坏一以相补，犹有所完；若不如此，将两无所保。"议者咸同。诩闻之，乃说李修曰："窃闻公卿定策，当弃凉州，求之愚心，未见其便。先帝开拓土宇，劬劳后定[2]，而今惮小费，举而弃之。凉州既弃，即以三辅为塞；三辅为塞，则园陵单外，此不可之甚者也。谚曰：'关西出将，关东出相。'观其习兵壮勇，实过余州。今羌胡所以不敢入据三辅，为腹心之害者，以凉州在后故也。其土人所以推锋执锐，无反顾之心者，为臣属于汉故也。若弃其境域，徙其人庶，安土重迁，必生异志。如使豪雄相聚，席卷而东，虽贲、育为卒[3]，太公为将，犹恐不足当御。议者喻以补衣，犹有所完，诩恐其疽食侵淫而无限极[4]，弃之非计。"修曰："吾意不及此，微子之言[5]，几败国事。然则计当安出？"诩曰："今凉土扰动，人情不安，窃忧卒然有非常之变。诚宜令四府、九卿各辟彼州数人[6]，其牧守令长子弟，皆除为冗官[7]，外以劝厉[8]，答其功勤，内以拘致，防其邪计。"修善其言，更集四府，皆从诩议。于是辟西州豪杰为掾属，拜牧守长吏子弟为郎，以安慰之。

邓骘兄弟以诩异其议，因此不平，欲以吏法中伤诩。后朝歌贼宁季等数千人攻杀长吏[1]，屯聚连年，州郡不能禁，乃以诩为朝歌长。故旧皆吊诩曰："得朝歌何衰！"诩笑曰："志不求易，事不避难，臣之职也。不遇槃根错节[2]，何以别利器乎？"始到，谒河内太守马棱[3]，棱勉之曰："君儒者，当谋谟庙堂[4]，反在朝歌邪？"诩曰："初除之日，士大夫皆见吊勉。以诩诪之[5]，知其无能为也。朝歌者，韩、魏之郊，背太行，临黄河，去敖仓百里[6]。而青、冀之人，流亡万数。贼不知开仓招众，劫库兵，守成皋，断天下右臂[7]，此不足忧也。今其众新盛，难与争锋。兵不厌权，愿宽假辔策[8]，勿令有所拘阂而已[9]。"及到官，设令三科，以募求壮士，自掾史以下，各举所知。其攻劫者为上，伤人偷盗者次之，带丧服而不事家业为下。收得百余人。诩为飨会，悉贳其罪[10]，使入贼中，诱令劫掠，乃伏兵以待之。遂杀贼数百人。又潜遣贫人能缝者,佣作贼衣⑪,以采绖缝其裾为帜⑫,有出市里者,吏辄禽之⑬。贼由是骇散,咸称神明。迁怀令。

注释

①朝歌:今河南淇县。

②槃:同"盘",缠绕。 错:错综,交错。

③马棱:字伯威,马援族孙。

④谋、谟:皆指计谋,谋略。此处意指谋划、筹划。

⑤祷:李贤注:"当作筹。"

⑥敖仓:是秦汉以来贮米的仓库,在今河南荥阳市。

⑦右臂:原注谓喻要害。

⑧辔策:辔,制马的绳;策,马鞭。

⑨拘阂:隔阂,阻碍。意言希望控制不要太严,使人好自由办事。

⑩贳(shì):赦免,宽恕。

⑪佣:受雇为人劳动。

⑫采:同"彩"。 绖:同"线"。 帜:表记。

⑬禽:同"擒"。

原文

后羌寇武都,邓太后以诩有将帅之略,迁武都太守。引见嘉德殿,厚加赏赐。羌乃率众数千,遮诩于陈仓、崤谷①。诩即停军不进,而宣言上书请兵,须到当发。羌闻之,乃分钞傍县。诩因其兵散,日夜进道,兼行百馀里,令吏士各作两灶,日增倍之,羌不敢逼。或问曰:"孙膑减灶②,而君增之。兵法日行不过三十里,以戒不虞。而今日且二百里,何也?"诩曰:"虏众多,吾兵少,徐行则为所及,速进则彼所不测。虏见吾灶日增,必谓郡兵来迎;众多行速,必惮追我。孙膑见弱③,吾今示强,势有不同故也。"

注释

①遮:拦截,阻挡。 陈仓:汉代县名,攻守要地,今陕西宝鸡市。 崤谷:崤山函谷关,今陕西潼关至河南新安一带,地势险要。

②孙膑:战国时为齐将,马陵之战,用减灶法杀魏将庞涓。

③见(xiàn):显示。

原文

既到郡,兵不满三千,而羌众万馀,攻围赤亭数十日①。诩乃令军中,使强弩勿发,而潜发小弩。羌以为矢力弱,不能至,并兵急攻。诩于是使二十强弩共射一人,发无不中,羌大震,退。诩因出城奋击,多所杀伤。明日,悉陈其兵众,令从东郭门出，北郭门入，贸易衣服^②，回转数周。羌不知其数，更相恐动。诩计贼当退^③，乃潜遣五百余人，于浅水设伏，候其走路。虏果大奔，因掩击，大破之，斩获甚众。贼由是败散，南入益州。诩乃占相地势，筑营壁百八十所^④，招还流亡，假赈贫人，郡遂以安。

①赤亭：在今甘肃成县西南。

②贸易：改换，变更。

③计：料、算。

④所：处。

原文

先是运道艰险，舟车不通，驴马负载，僦五致一^①。诩乃自将吏士，案行川谷，自沮至下辩^②，数十里中，皆烧石翦木^③，开漕船道，以人僦直雇借佣者，于是水运通利，岁省四千余万。诩始到郡，户裁盈万。及绥聚荒余，招还流散，二三年间，遂增至四万余户；盐米丰贱，十倍于前^④。坐法免。

①僦(jiù)：和"赁"同义。僦五致一，即是费五石米的代价运一石米的意思。

②沮：汉县名，在今陕西略阳县东。　下辩：辩亦作辨，汉代县名，在今甘肃成县。

③烧石：《续汉书》曰："下辩东三十余里有峡，中当泉水，生大石，障塞水流，每至春夏，辄溢没秋稼，坏败营郭。诩乃使人烧石，以水灌之，石者坼裂，因镌去石，遂无泛溺之患。"

④盐米丰贱，十倍于前：《续汉书》曰："诩始到，谷石千，盐石八千，见户万三千。视事三岁，米石八十，盐石四百，流人还归，郡户数万，人足家给，一郡无事。"

原文

永建元年^①，代陈禅为司隶校尉。数月间，奏太傅冯石、太尉刘熹、中常侍程璜、陈秉、孟生、李闰等，百官侧目，号为苛刻。三公劾奏诩盛夏多拘系无辜，为吏人患。诩上书自讼曰："法禁者，俗之堤防；刑罚者，人之衔辔。今州曰任郡，郡曰任县，更相委远，百姓怨穷，以苟容为贤，尽节为愚。臣所发举，臧罪非一。二府恐为臣所奏^②，遂加诬罪。臣将从史鱼死，即以尸谏耳^③！"顺帝省其章，乃为司空陶敦^④。

①永建：汉顺帝年号。永建元年，公元126年。

②二府：应作三府，三府即三公。《通鉴》正作三府。

③尸谏：《韩诗外传》曰："昔者卫大夫史鱼病且死，谓其子曰：'我数言蘧伯玉之贤而不能进，弥子瑕不肖不能退。为人臣生不能进贤而退不肖，死不当理丧正堂，殡我于室足矣。'卫君问其故，子以父言闻，君乃

④陶敦:字文理,京兆人。

【原文】

时中常侍张防特用权势,每请托受取,诩辄案之①,而屡寝不报。诩不胜其愤,乃自系廷尉,奏言曰:"昔孝安皇帝任用樊丰②,遂交乱嫡统,几亡社稷。今者张防复弄威柄,国家之祸,将重至矣!臣不忍与防同朝,谨自系以闻,无令臣袭杨震之迹。"书奏,防流涕诉帝,诩坐论输左校③。防必欲害之,二日之中,传考四狱,狱吏劝诩自引④。诩曰:"宁伏欧刀⑤,以示远近。"宦者孙程、张贤等知诩以忠获罪,乃相率奏乞见。程曰:"陛下始与臣等造事之量⑥,常疾奸臣,知其倾国。今者即位,而复自为,何以非先帝乎?司隶校尉虞诩为陛下尽忠,而更被拘系。常侍张防臧罪明正,反构忠良⑦。今客星守羽林⑧,其占宫中有奸臣。宜急收防送狱,以塞天变;下诏出诩,还假印绶。"时防立在帝后,程乃叱防曰:"奸臣张防,何不下殿?"防不得已,趋就东箱⑨。程曰:"陛下急收防,无令从阿母求请⑩!"帝问诸尚书,尚书贾朗素与防善,证诩之罪,帝疑焉,谓程曰:"且出,吾方思之。"于是诩子顗与门生百馀人举幡,候中常侍高梵车,叩头流血,诉言枉状。梵乃入言之,防坐徙边;贾朗等六人,或死或黜;即日赦出诩。程复上书陈诩有大功,语甚切激。帝感悟,复征拜议郎。数日,迁尚书仆射。

【注释】

①案之:指查问这些事。
②樊丰:汉安帝时中常侍,潜害杨震至死。
③输左校:汉法,臣工犯罪,常输作左右校,左右校属将作大匠。实为免官罚劳役。
④自引:即自杀。
⑤欧刀:刑人之刀。
⑥造事:谓顺帝为太子,被江京等废为济阴王。孙程等中黄门十九人斩江京、刘安、陈达等,拥立顺帝,诛杀外戚阎显。
⑦构:设计陷害。
⑧客星:是星星的一种,忽隐忽现。古时往往以星变附会人事。
⑨东箱:即东厢。
⑩阿母:指顺帝乳母宋娥,封为山阳君。

【原文】

是时长吏、二千石听百姓谪罚者输赎①,号为"义钱",托为贫人储,而守令因以聚敛。诩上疏曰:"元年以来,贫百姓章言长吏受取百万以上者,匈匈不绝②。谪罚吏人至数千万,而三公、刺史,少所举奏。寻永平、章和中③,州郡以走卒钱给贷贫人，司空劾案，州及郡县，皆坐免黜。今宜遵前典，蠲除权制④。"于是诏书下诩章，切责州郡，谪罚输赎自此而止。

　　先是宁阳主簿诣阙，诉其县令之枉，积六七岁，不省。主簿乃上书曰："臣为陛下子，陛下为臣父，臣章百上，终不见省，臣岂可北诣单于以告怨乎！"帝大怒，持章示尚书，尚书遂劾以大逆。诩驳之曰："主簿所讼，乃君父之怨，百上不达，是有司之过。愚蠢之人，不足多诛。"帝纳诩言，笞之而已。诩因谓诸尚书曰："小人有怨，不远千里，断发刻肌，诣阙告诉，而不为理，岂臣下之义？君与浊长吏何亲，而与怨人何仇乎？"闻者皆惭。诩又上言："台郎显职，仕之通阶。今或一郡七八，或一州无人，宜令均平，以厌天下之望①。"及诸奏议，多见从用。诩好刺举，无所回容②，数以此忤权威，遂九见谴考，三遭刑罚，而刚正之性，终老不屈。永和初，迁尚书令，以公事去官。朝廷思其忠，复征之，会卒。临终，谓其子恭曰："吾事君直道，行己无愧。所悔者，为朝歌长时，杀贼数百人，其中何能不有冤者。自此二十余年，家门不增一口，斯获罪于天也。"恭有俊才，官至上党太守。

张衡传（节选）

题解

　　本篇出自《后汉书》卷五十九《张衡列传》。张衡(78—139)，南阳西鄂(今河南南阳北)人，东汉学者、科学家、辞赋家。曾任郎中、太史令、侍中、河间相等，但他淡泊宁静，不善交往，无意升迁。一生致力于天文历算，机械制作，绘制星图，制造测量地震仪器等，都属首创，并有科研专著。当时图谶盛行，他坚决批驳，斥其荒谬，尤为难能可贵。

张衡字平子,南阳西鄂人也①。世为著姓。祖父堪,蜀郡太守。衡少善属文,游于三辅,因入京师,观太学,遂通五经,贯六艺。虽才高于世,而无骄尚之情②,常从容淡静,不好交接俗人。永元中,举孝廉,不行,连辟公府,不就。时天下承平日久,自王侯以下,莫不逾侈③,衡乃拟班固《两都》,作《二京赋》,因以讽谏,精思傅会④,十年乃成。文多故不载。大将军邓骘奇其才,累召不应。

①西鄂:汉代县名,故城在今河南南阳市卧龙区北五十里石桥镇成寺。

②尚:夸耀,自大。

③逾侈:超越礼法,奢侈无度。

④傅会:"傅"同"附",义为附益,会是综合。六朝以前称文学篇章的缔构为傅会(或附会),和后人所说的"牵强附会"不同。

衡善机巧①,尤致思于天文、阴阳、历算。常耽好玄经②,谓崔瑗曰:"吾观《太玄》,方知子云妙极道数,乃与五经相拟,非徒传记之属,使人难论阴阳之事,汉家得天下二百岁之书也③。复二百岁,殆将终乎?所以作者之数,必显一世,常然之符也。汉四百岁④,玄其兴矣。"

①机巧:机械结构的巧妙设计。

②耽好:沉迷,沉溺。《玄经》:扬雄所著《太玄经》。雄字子云。

③二百岁:扬雄哀帝时著《太玄经》,汉初至哀帝,二百年。故云。

④四百岁:谓汉得天下二百年出现《太玄经》,再二百年,玄学定要兴起。

安帝雅闻衡善术学①,公车特征,拜郎中,再迁为太史令。遂乃研核阴阳②,妙尽旋机之正③。作浑天仪,著《灵宪》《算罔论》④,言甚详明。顺帝初,再转,复为太史令。衡不慕当世,所居之官,辄积年不徙。自去史职,五载复还,乃设客问,作《应间》以见其志云⑤。……

①雅:向来。 术:天文历法。

②阴阳:日月运转规律。

116

③妙尽旋机之正:是说他精通天文历法。旋机,指北斗七星中呈斗形的四颗星,古人用斗柄所指定四时。

④《灵宪》:叙述天体现象的变化,附图一卷。 《算罔论》:网罗天地而算之。

⑤《应间》:回答非难。当时有人因他离史官五年,又回到原职,说这不是进取之道。衡作《应间》,以"时有遇否,性命难期"作答。

【原文】

阳嘉元年①,复造候风地动仪。以精铜铸成,员径八尺②,合盖隆起,形似酒尊,饰以篆文山龟鸟兽之形。中有都柱,傍行八道,施关发机。外有八龙,首衔铜丸,下有蟾蜍,张口承之。其牙机巧制③,皆隐在尊中,覆盖周密无际。如有地动,尊则振龙,机发吐丸,而蟾蜍衔之。振声激扬,伺者因此觉知。虽一龙发机,而七首不动,寻其方面,乃知震之所在。验之以事,合契若神。自书典所记,未之有也。尝一龙机发,而地不觉动,京师学者,咸怪其无征。后数日,驿至,果地震陇西,于是皆服其妙。自此以后,乃令史官记地动所从方起。

【注释】

①阳嘉:汉顺帝年号。阳嘉元年,公元132年。

②员:同"圆"。 径:直径。

③牙机:发动机械的枢纽。 巧制:构造巧妙。

【原文】

时,政事渐损,权移于下。衡因上疏陈事曰:"伏惟陛下宣哲克明,继体承天,中遭倾覆,龙德泥蟠①。今乘云高跻,磐桓天位,诚所谓将隆大位,必先倥偬之也②。亲履艰难者知下情,备经险易者达物伪③。故能一贯万机,靡所疑惑;百揆允当④,庶绩咸熙。宜获福祉神祇,受誉黎庶。而阴阳未和,灾眚屡见⑤,神明幽远,冥鉴在兹。福仁祸淫,景响而应⑥,因德降休,乘失致咎,天道虽远,吉凶可见。近世郑、蔡、江、樊、周广、王圣,皆为效矣⑦。故恭俭畏忌,必蒙祉祚;奢淫谄慢,鲜不夷戮。前事不忘,后事之师也。夫情胜其性,流遁忘反,岂唯不肖,中才皆然⑧。苟非大贤,不能见得思义,故积恶成衅⑨,罪不可解也。向使能瞻前顾后,援镜自戒⑩,则何陷于凶患乎?贵宠之臣,众所属仰,其有衍尤,上下知之。褒美讥恶,有心皆同,故怨谗溢乎四海⑪,神明降其祸辟也⑫。顷年雨常不足,思求所失,则《洪范》所谓'僭恒阳若'者也⑬。惧群臣奢侈,昏逾典式,自下逼上,用速咎征。又前年京师地震土裂⑭,裂者威分,震者人扰也。君以静唱,臣以动和,威自上出,不趣于下,礼之政也。窃惧圣思厌倦,制不专己,恩不忍割,与众共威。威不可分,德不可共。《洪范》曰:'臣有作威、作福、玉食,害于而家,凶于而国。'天鉴孔明,虽疏不失。灾异示人,前后数矣,而未见所革,以复往悔⑮。自非圣人,不能无过。愿陛下思惟所以稽古率旧,勿令刑德八柄不由天子⑯。若恩从上下,事依礼制,礼制修则奢僭息,事合宜则无凶咎。然后神望允塞,灾消不至矣。"

① 泥蟠:盘伏泥中。指顺帝为太子时,废为济阴王,如龙陷泥。蟠,盘伏,环绕。

② 悾愡:指穷苦困迫。

③ 达:通"晓",明白。

④ 百揆:指百官。

⑤ 眚(shěng):灾祸。　见:同"现"。

⑥ 景:古影字。影响,即影子和回声。

⑦ 效:证明,验证。指郑众、蔡伦、江京、樊丰、周广和安帝乳母王圣。

⑧ 中才:常人。言情欲战胜天性,则陷于荒淫,中等以下的人皆如此。

⑨ 衅:过失,缺陷。

⑩ 镜:借鉴。言须以万事为镜而自戒敕。

⑪ 怨讟(dú):怨恨、怨言。

⑫ 辟:罪。

⑬《洪范》:《尚书》篇名,传为商末箕子所作。　僭恒阳若:恒,常;若,顺。言君行僭差,则现"常阳","常阳"则多旱。

⑭ 前年:汉顺帝永建三年正月,京师地震。

⑮ 革:改。　复:反。意指未有所悟,未有所动。

⑯ 刑德八柄:《周礼》:"太宰以八柄诏王驭群臣:一曰爵,二曰禄,三曰予,四曰置,五曰生,六曰夺,七曰废,八曰诛。"

　　初,光武善谶,及显宗、肃宗,因祖述焉。自中兴之后,儒者争学图纬,兼复附以訞言①。衡以图纬虚妄,非圣人之法,乃上疏曰:"臣闻圣人明审律历,以定吉凶,重之以卜筮,杂之以九宫②。经天验道,本尽于此。或观星辰逆顺,寒燠所由③,或察龟策之占,巫觋之言④,其所因者,非一术也。立言于前,有征于后,故智者贵焉,谓之谶书。谶书始出,盖知之者寡。自汉取秦,用兵力战,功成业遂,可谓大事,当此之时,莫或称谶。若夏侯胜、眭孟之徒⑤,以道术立名,其所述著,无谶一言。刘向父子,领校秘书⑥,阅定九流,亦无谶录。成、哀之后,乃始闻之。《尚书》:尧使鲧理洪水,九载绩用不成,鲧则殛死⑦,禹乃嗣兴。而《春秋谶》云,'共工理水'。凡谶皆云黄帝伐蚩尤,而诗谶独以为'蚩尤败,然后尧受命'。《春秋元命包》中有公输班与墨翟,事见战国,非春秋时也。又言'别有益州'。益州之置,在于汉世。其名三辅诸陵,世数可知。至于图中讫于成帝。一卷之书,互异数事,圣人之言,势无若是,殆必虚伪之徒,以要世取资。往者侍中贾逵摘谶互异三十馀事,诸言谶者皆不能说。至于王莽篡位，汉世大祸，八十篇何为不戒？则知图谶成于哀、平之际也。且《河洛》《六艺》，篇录已定，后人皮傅，无所容篡⑧。永元中，清河宋景遂以历纪推言水灾，而伪称洞视玉版⑨。或者至于弃家业、入山林。后皆无效，而复采前世成事，以为证验。至于永建复统⑩，则不能知。此皆欺世罔俗，以昧势位，情伪较然，莫之纠禁。且律历、卦候，九宫风角⑪，数有征效，世莫肯学，而竞称不占之书⑫。譬犹画工恶图犬马，而好作鬼魅，诚以实事难形，而虚伪不穷也⑬。宜收藏图谶，一禁绝之，则朱紫无所眩⑭，典籍无瑕玷矣。"

① 訞言：妖言。

② 九宫：即中央宫和八卦八宫。《易乾凿度》说："太一神下行八卦之宫，每行四宫还于中央。"

③ 燠(yù)：热、暖。

④ 觋(xí)：为人祈祷鬼神的男巫。《国语·楚下》有言曰："如是则明神降之，在男曰觋，在女曰巫。"

⑤ 夏侯胜：字子长，好《洪范》五行传说，宣帝时为太子太傅。 眭孟：眭弘，字孟，汉昭帝时以明经为议郎。

⑥ 秘书：宫中藏书。成帝、哀帝时，有诏使刘向及子歆于秘书校定经、传、诸子等。

⑦ 殛：诛杀。

⑧ 皮傅：凭肤浅的认识牵强附会。《河洛》四十五篇，《六艺》三十六篇，共八十一篇，篇录已定，后人无法增减。

⑨ 玉版：《王子年拾遗》记载："神人操玉简授禹，长一尺二寸，以合十二时之数，使量度天地，禹即执持此简，以平定水土。"

⑩ 永建：顺帝即位年号。复统，指顺帝废而复立。

⑪ 风角：古占候之法，以五音占风，而定吉凶。宫风，声如牛吼空中；商风，声如离群之鸟；角风，声如千人语；徵风，声如奔马；羽风，声如击泾鼓。

⑫ 不占：未经验证，不可相信。指谶书。

⑬ 虚伪不穷：《韩非子》曰："客为齐王画者。问：'画孰难？'对曰：'狗马最难。''孰易？''鬼魅最易。'狗马，人所知也，故难；鬼魅无形，故易。"

⑭ 朱紫：朱是正色，紫色非正，而紫似朱。 眩：迷惑，迷乱。《论语》载孔子说："恶紫之夺朱也。"

后迁侍中，帝引在帷幄，讽议左右。尝问衡天下所疾恶者。宦官惧其毁己，皆共目之，衡乃诡对而出。阉竖恐终为其患①，遂共谗之。衡常思图身之事，以为吉凶倚伏②，幽微难明。乃作《思玄赋》，以宣寄情志③。其辞曰……

① 阉竖：宦官小人。

② 倚伏：祸福互相转化。《老子》："祸兮福所倚，福兮祸所伏。"

③ 宣：宣泄。 寄：寄托。

原文

永和初，出为河间相。时国王骄奢，不遵典宪①；又多豪右②，共为不轨。衡下车，治威严，整法度，阴知奸党名姓，一时收禽，上下肃然，称为政理。视事三年，上书乞骸骨，征拜尚书。年六十二，永和四年，卒。著《周官训诂》，崔瑗以为不能有异于诸儒也。又欲继孔子《易》说彖、象残缺者，竟不能就。所著诗、赋、铭、七言、《灵宪》《应间》《七辩》《巡诰》《悬图》，凡三十二篇。

永初中，谒者仆射刘珍、校书郎刘騊駼等著作东观，撰集《汉记》，因定汉家礼仪，上言请衡参论其事，会并卒，而衡常叹息，欲终成之。及为侍中，上疏请得专事东观，收捡遗文，毕力补缀③。又条上司马迁、班固所叙与典籍不合者十馀事④。又以为王莽本传但应载篡事而已，至于编年月，纪灾祥，宜为元后本纪。又更始居位，人无异望⑤，光武初为其将，然后即真；宜以更始之号，建于光武之初。书数上，竟不听。及后之著述，多不详典，时人追恨之。

注释

①典宪：准则，制度。

②豪右：豪，豪强；右，权贵。

③补缀：补编。衡表曰："臣仰于史职，敢徼官守，窃贪成训，自忘顽愚，愿得专于东观，毕力于纪记，竭思于补缺，俾有汉休烈，比长久于天地，并光明于日月，炤示万嗣，永永不朽。"

④条：分条。衡集其略曰："易称宓戏氏王天下，宓戏氏没，神农氏作，神农氏没，黄帝、尧、舜氏作。司马迁独载五帝，不记三皇，今宜并录。"

⑤异望：异议。

原文

论曰：崔瑗之称平子曰："数术穷天地，制作侔造化。"①斯致可得而言欤？推其围范两仪②，天地无所蕴其灵；运情机物，有生不能参其智。故智思引渊微，人之上术。《记》曰③："德成而上，艺成而下。"量斯思也，岂夫艺而已哉？何德之损乎④！

注释

①侔：谓相等。这是崔瑗给张衡所撰的碑文中的话。

②围范两仪：谓其作浑天仪、候风地动仪等。

③《记》：指《礼记·乐记》。

④损：减。如张衡的智思达到"上术"(顶峰)，有损于"德"吗？言艺不减于德。

马融传(节选)

本篇出自《后汉书》卷六十上《马融列传》。马融(79—166),扶风茂陵(今陕西兴平东北)人,东汉著名学者。师从名儒挚恂,博通经典。曾任武都太守、南郡太守等,因受权奸梁冀迫害,流朔方,遇赦回朝。他是古文经学大师,遍注《孝经》《论语》《诗经》《周易》等。生徒常至千人,卢植、郑玄等皆出自他的门下。

马融字季长,扶风茂陵人也①。将作大匠严之子②。为人美辞貌,有俊才。初,京兆挚恂以儒术教授③,隐于南山,不应征聘,名重关西。融从其游学,博通经籍。恂奇融才,以女妻之。

①茂陵:今陕西兴平市。
②严:马援兄马馀之子。
③挚恂:字季直,好学善属文,隐于南山之阴。

永初二年①,大将军邓骘闻融名,召为舍人。非其好也,遂不应命。客于凉州武都、汉阳界中②。会羌虏飙起③,边方扰乱,米谷踊贵④,自关以西,道殣相望⑤。融既饥困,乃悔而叹息,谓其友人曰:"古人有言:'左手据天下之图,右手刎其喉,愚夫不为。'所以然者,生贵于天下也⑥。今以曲俗咫尺之羞,灭无赀之躯,殆非老、庄所谓也⑦。"故往应骘召。

①永初:汉安帝年号。永初二年,公元108年。
②客:旅居,寄居。
③飙:疾风,暴风。
④踊:物价上涨。
⑤殣:饿死,也指饿死的人。
⑥生:生命。
⑦赀:价格、价钱、价值。因为一点点世俗的屈辱,而毁灭自己无价的身体,不合老、庄"不以名害其生"的道理。

原文

四年，拜为校书郎中，诣东观典校秘书。是时，邓太后临朝，骘兄弟辅政。而俗儒世士，以为文德可兴，武功宜废，遂寝蒐狩之礼①，息战陈之法，故猾贼从横②，乘此无备。融乃感激，以为文武之道，圣贤不坠，五才之用，无或可废③。元初二年，上《广成颂》以讽谏。……颂奏，忤邓氏，滞于东观，十年不得调。因兄子丧，自劾归④。太后闻之，怒，谓融羞薄诏除⑤，欲仕州郡，遂令禁锢之。

注释

① 蒐(sōu)狩：春猎为蒐，冬猎为狩。古代用蒐、狩训练兵战。

② 猾贼：诡诈凶狠之人。猾，刁猾、奸诈。从：通"纵"。

③ 五才：指金、木、水、火、土。才，同"材"。《左传·襄公二十七年》："天生五材，民并用之，废一不可，谁能去兵？"

④ 自劾：自我谴责。时兄马伉子在融舍，融因此自劾而归。

⑤ 诏除：下诏封官。以为马融嫌皇帝诏封的官太小，以为羞辱。

原文

太后崩，安帝亲政，召还郎署，复在讲部。出为河间王厩长史。时车驾东巡岱宗，融上《东巡颂》。帝奇其文，召拜郎中。及北乡侯即位，融移病去，为郡功曹。

阳嘉二年，诏举敦朴，城门校尉岑起举融，征诣公车，对策①，拜议郎。大将军梁商表为从事中郎②，转武都太守。时西羌反叛，征西将军马贤与护羌校尉胡畴征之，而稽久不进。融知其将败，上疏乞自效③，曰："今杂种诸羌，转相钞盗④，宜及其未并，亟遣深入，破其支党。而马贤等处处留滞。羌胡百里望尘，千里听声⑤，今逃匿避回，漏出其后⑥，则必侵寇三辅，为民大害。臣愿请贤所不可用关东兵五千，裁假部队之号，尽力率厉，埋根行首⑦，以先吏士。三旬之中，必克破之。臣少习学艺，不更武职，猥陈此言，必受诬罔之辜⑧。昔毛遂厮养⑨，为众所蚩，终以一言，克定从要⑩。臣惧贤等专守一城，言攻于西，而羌出于东，且其将士必有高克溃叛之变⑪。"朝廷不能用。

注释

① 对策：指马融对策于北宫端门。

② 表：上表推荐。

③ 乞：请求。　效：参战效力。

④ 钞：抢掠。

⑤ 听声：探听消息。谓其警觉性强，消息灵通。

⑥ 漏：乘空隙钻出来。假使羌人避开马贤前锋而迂回从马贤的后方钻出来。

⑦ 埋根：不退。　行首：队伍之前。

⑧诬罔：陷害。

⑨厮养：贱人。

⑩从：合纵。　要：要约、订约。毛遂自荐，随赵平原君求救于楚，与定从(纵)约。

⑪高克溃叛：《左传》载，郑人恶高克，使率师屯于河上，久而不调，师溃而归，高克奔陈。

又陈："星孛参、毕。参西方之宿，毕为边兵，至于分野，并州是也。西戎北狄，殆将起乎？宜备二方。"寻而陇西羌反，乌桓寇上郡，皆卒如融言。

三迁，桓帝时为南郡太守。先是融有事忤大将军梁冀旨①，冀讽有司奏融在郡贪浊，免官，髡徙朔方。自刺不殊②。得赦还，复拜议郎，重在东观著述，以病去官。

①忤：抵触。事见《后汉书·吴祐传》。

②殊：死。

融才高博洽①，为世通儒，教养诸生，常有千数。涿郡卢植、北海郑玄，皆其徒也。善鼓琴，好吹笛，达生任性，不拘儒者之节。居宇器服，多存侈饰。常坐高堂，施绛纱帐，前授生徒，后列女乐，弟子以次相传，鲜有入其室者。

尝欲训《左氏春秋》。及见贾逵、郑众注，乃曰："贾君精而不博，郑君博而不精，既精既博，吾何加焉？"但著《三传异同说》。注《孝经》《论语》《诗》《易》《三礼》《尚书》《列女传》《老子》《淮南子》《离骚》。所著赋、颂、碑、诔、书、记、表、奏、七言、琴歌、对策、遗令，凡二十一篇。

初，融惩于邓氏，不敢复违忤势家，遂为梁冀草奏李固，又作大将军《西第颂》，以此颇为正直所羞。年八十八，延熹九年，卒于家，遗令薄葬。族孙日磾②，献帝时位至太傅。

论曰：马融辞命邓氏，逡巡陇、汉之间，将有意于居贞乎③？既而羞曲士之节④，惜不赀之躯，终以奢乐恣性，党附成讥，固知识能匡欲者鲜矣⑤！夫事苦则矜全之情薄；生厚故安存之虑深⑥。登高不惧者，胥靡之人也⑦；坐不垂堂者，千金之子也。原其大略，归于所安而已矣。物我异观，亦更相笑也⑩。

①博洽：指学识广博。

②日磾(mìdī)：《三辅决录》注曰："日磾字翁叔。"

③居贞：东汉时人以隐居不仕为守贞。《易·屯卦初九》曰："盘桓利居贞。"

④曲士：见识浅陋的人。《庄子·秋水》有"曲士不可语于道者，束于教也"之句。

⑤知识：认识人性。　匡欲：纠正贪欲。意谓能以自己的认识纠正自己欲望的人是很少的。

⑥事苦：工作劳苦。　生厚：生活优越。意指生活苦的人很少顾虑安全；享受好的人，处处怕发生危险。《老子》曰："人之轻死者，以其求生。生之厚也，是以轻死。"

⑦胥靡：此处指受刑从事苦役之人。《庄子》曰："胥靡登高而不惧，遗死生也。"

⑧笑：讥笑。这里是说假使他们易地而处，也将同样互相讥笑。

左雄传论

本篇选自《后汉书》卷六十一《左周黄列传》。左雄（？—138），字伯豪，南郡涅阳（今河南镇平县南）人。东汉学者，曾任冀州刺史、尚书令等，经常直言进谏。推崇经术，修整太学，诸生云集，盛极一时。东汉中期，权门贵族任用私人，选举过滥。左雄在尚书省，实行"限年试才"，十馀年间，选用人才，取得实效。后来由于宦官窃权，外戚专政，忠臣遭到贬斥，贤才遭到禁锢，政治越来越混乱，只是依赖仁人君子支撑危局，才不至于迅速崩溃罢了。本篇标题为编者所加。

论曰：古者诸侯岁贡士①，进贤受上赏，非贤贬爵土②。升之司马，辩论其才，论定然后官之，任官然后禄之。故王者得其人，进仕劝其行，经邦弘务，所由久矣。

注释

①贡士：举荐人才。

②爵土：爵位封邑。《尚书大传·尧典》："有不贡士，谓之不率正。……一不适谓之过，再不适谓之傲，三不适谓之诬。诬者，天子绌之，一绌以爵，再绌以地，三绌而爵地毕。"

原文

汉初，诏举贤良、方正，州郡察孝廉、秀才，斯亦贡士之方也。中兴以后，复增敦朴、有道、贤能、直言、独行、高节、质直、清白、敦厚之属，荣路既广，觖望难裁①。自是窃名伪服，浸以流竞，权门贵仕，请谒繁兴。自左雄任事，限年试才，虽颇有不密，固亦因识时宜。而黄琼、胡广、张衡、崔瑗之徒，泥滞旧方②，互相诡驳③，循名者屈其短④，算实者挺其效⑤。故雄在尚书，天下不敢妄选，十馀年间，称为得人，斯亦效实之征乎？

注释

①觖（jué）：不满意，不满足。觖望，不满，怨恨。获得荣华的渠道拓宽了，但想做官的人却更多，得不着就怨恨，难以裁制。

②泥滞:固执,不变通。

③诡驳:责难。

④循:善,好。循名,看重虚名。

⑤算:计算,寻求。算实,讲求实际。

【原文】

　　顺帝始以童弱反政①,而号令自出,知能任使,故士得用情,天下喁喁②,仰其风采。遂乃备玄纁玉帛③,以聘南阳樊英,天子降寝殿,设坛席,尚书奉引,延问失得。急登贤之举,虚降己之礼。于是处士鄙生,忘其拘儒④,拂巾衽褐⑤,以企旌车之招矣。至乃英能承风,俊乂咸事⑥,若李固、周举之渊谟弘深⑦,左雄、黄琼之政事贞固,桓焉、杨厚以儒学进,崔瑗、马融以文章显,吴佑、苏章、种皓、栾巴牧民之良干,庞参、虞诩将帅之宏规,王龚、张皓虚心以推士,张纲、杜乔直道以纠违,郎顗阴阳详密,张衡机术特妙:东京之士,于兹盛焉。向使庙堂纳其高谋,疆场宣其智力,帷幄容其謇辞⑧,举厝禀其成式,则武、宣之轨,岂其远而⑨?《诗云》:"靡不有初,鲜克有终。"可为恨哉!

【注释】

①反政:指太后归政于顺帝。反,归。

②喁喁(yóngyóng):鱼口向上,露出水面呼吸。引申表示仰望。天下喁喁,谓万众仰慕之情。

③玄纁:黑色的绸。古代诸侯相聘问所用的礼物,时用以聘处士,是对他们表示尊崇。

④拘儒:犹言褊狭。

⑤拂巾:掸除头巾上的尘土。　　衽褐:衽,整理衣襟;褐,褐衣,古时贫贱者所穿的衣服。

⑥俊乂(yì):才能出众的人。《尚书·皋陶谟》曰:"才能过千人为俊,百人为乂。"

⑦渊谟:谓深谋远虑。谟,计谋,谋略。

⑧謇辞:忠直之言。謇,音简,正直之意。

⑨而:同"尔"。"岂其远而",是说难道还远吗?

【原文】

　　及孝桓之时,硕德继兴,陈蕃、杨秉处称贤宰①,皇甫、张、段出号名将,王畅、李膺弥缝衮阙②,朱穆、刘陶献替匡时,郭有道奖鉴人伦,陈仲弓弘道下邑。其馀宏儒远智,高心洁行③,激扬风流者,不可胜言。而斯道莫振,文武陵队④,在朝者以正议婴戮⑤,谢事者以党锢致灾⑥。往车虽折,而来轸方遒⑦。所以倾而未颠,决而未溃,岂非仁人君子心力之为乎?呜呼!

【注释】

①处:处置,办理。

②衮(gǔn):指君主。弥缝衮阙,喻能补天子之过。《诗》曰:"衮职有阙,惟仲山甫补之。"

③洁:纯洁、廉洁。

④队:同"坠"。文武陵队,本是成语。文、武指周文王、周武王。此处借用以指文治武力皆衰败。

⑤婴:遭受。

⑥谢:辞去。谢事者指辞官不做的人。

⑦轸:车。 道:急。前面的车子已经倒了,后面的车子却并不引以为戒,反而更为急进。

段颎传

【题解】

本篇出自《后汉书》卷六十五《皇甫张段列传》。段颎(jiǒng)(?—179),武威姑臧(今甘肃武威)人,东汉名将。延熹二年(159),以护羌校尉率兵赴西北,十余年中,经一百八十战,平定叛乱羌人。回京城后封新丰县侯,迁侍中,至太尉。他因亲附宦官王甫,保全名禄,王甫被斩,他亦死于狱中。

【原文】

段颎字纪明,武威姑臧人也①。其先出郑共叔段,西域都护会宗之从曾孙也②。颎少便习弓马③,尚游侠,轻财贿,长乃折节好古学④。

【注释】

①姑臧:汉代县名,今甘肃武威市凉州区。

②会宗:段会宗字子松。

③便习:熟习,熟练。

④折节:改变志向,重新开始。

【原文】

初举孝廉,为宪陵园丞、阳陵令①,所在有能政。迁辽东属国都尉。时鲜卑犯塞,颎即率所领驰赴之。既而恐贼惊去,乃使驿骑诈赍玺书诏颎②,颎于道伪退,潜于还路设伏。虏以为信然③,乃入追颎。颎因大纵兵,悉斩获之。坐诈玺书,伏重刑,以有功,论司寇④。刑竟,征拜议郎。

【注释】

①宪陵:东汉顺帝陵,在今河南洛阳市东北。 阳陵:景帝陵。阳陵一作县名,在今陕西咸阳市。

②赍(jī):带着。

③信:的确。 然:如此。

④论司寇:论,判罪;司寇,汉代刑罚之一,罚劳作二年,称为输作司寇。

【原文】

时太山、琅邪贼东郭窦、公孙举等聚众三万人,破坏郡县,遣兵讨之,连年不克。永寿二年[1]，桓帝诏公卿选将有文武者，司徒尹讼荐颍[2]，乃拜为中郎将。击㝫、举等，大破斩之，获首万馀级，馀党降散。封颍为列侯，赐钱五十万，除一子为郎中。

①永寿：桓帝年号(155—158)。
②尹讼：字公孙。

延熹二年[1]，迁护羌校尉。会烧当、烧何、当煎、勒姐等八种羌寇陇西、金城塞。颍将兵及湟中义从羌万二千骑出湟谷[2]，击破之。追讨，南度河，使军吏田晏、夏育募先登，悬索相引[3]，复战于罗亭，大破之，斩其酋豪以下二千级[4]，获生口万馀人，虏皆奔走。

①延熹：桓帝年号(158—166)。
②湟中：在青海东南境。　义从：即顺从于汉。
③悬索相引：因山势陡峭，用绳索悬空相互牵引而登。
④酋豪：羌人首领，酋长。

明年春，馀羌复与烧何大豪寇张掖，攻没钜鹿坞，杀属国吏民，又招同种千馀落，并兵晨奔颍军。颍下马大战，至日中，刀折矢尽，虏亦引退。颍追之，且斗且行，昼夜相攻，割肉食雪，四十馀日，遂至河首积石山[1]，出塞二千馀里，斩烧何大帅，首虏五千馀人。又分兵击石城羌，斩首溺死者千六百人，烧当种九千馀口诣颍降。又杂种羌屯聚白石，颍复进击，首虏三千馀人。冬，勒姐、零吾种围允街[2]，杀略吏民，颍排营救之，斩获数百人。

①河首：河源。　积石山：在今甘肃临夏回族自治州临夏市西北。
②允街：汉代县名，今甘肃永登县。

四年冬，上郡沈氏、陇西牢姐、乌吾诸种羌，共寇并、凉二州。颍将湟中义从讨之。凉州刺史郭闳贪共其功，稽固颍军[1]，使不得进。义从役久，恋乡旧，皆悉反叛。郭闳归罪于颍，颍坐征下狱，输作左校。羌遂陆梁[2]，覆没营坞，转相招结，唐突诸郡[3]。于是吏人守阙讼颍以千数。朝廷知颍为郭闳所诬，诏问其状，颍但谢罪,不敢言枉,京师称为长者。起于徒中^④,复拜议郎,迁并州刺史。

①稽固:使滞留不得进。
②陆梁:嚣张,猖獗。
③唐突:乱闯,攻击。
④起于徒中:从徒中起用。汉代称判处劳役的罪犯为"徒"。

【原文】

时滇那等诸种羌五六千人寇武威、张掖、酒泉,烧人庐舍。六年,寇势转盛,凉州几亡。冬,复以颍为护羌校尉,乘驿之职。明年春,羌封僇、良多、滇那等酋豪三百五十五人,率三千落诣颍降。当煎、勒姐种犹自屯结。冬,颍将万馀人击破之,斩其酋豪,首虏四千馀人。

八年春,颍复击勒姐种,斩首四百馀级,降者二千馀人。夏,进军击当煎种于湟中。颍兵败,被围三日,用隐士樊志张策,潜师夜出^①,鸣鼓还战,大破之,首虏数千人。颍遂穷追,展转山谷间,自春及秋,无日不战,虏遂饥困败散,北略武威间。颍凡破西羌,斩首二万三千级,获生口数万人,马牛羊八百万头,降者万馀落。封颍都乡侯^②,邑五百户。

①潜师:秘密出兵。采纳樊志张建议,乘夜从东南角空虚突围而出。
②都乡:汉代县名,属常山郡,在今河北省境,无确考。

【原文】

永康元年^①,当煎诸种复反,合四千馀人,欲攻武威。颍复追击鸾鸟^②,大破之,杀其渠帅,斩首三千馀级,西羌于此弭定^③。而东羌、先零等自覆没征西将军马贤后,朝廷不能讨,遂数寇扰三辅。其后度辽将军皇甫规、中郎将张奂,招之连年,既降又叛。桓帝诏问颍曰:"先零、东羌造恶反逆,而皇甫规、张奂各拥强众,不时辑定。欲颍移兵东讨,未识其宜,可参思术略。"颍因上言曰:"臣伏见先零、东羌虽数叛逆,而降于皇甫规者已二万许落,善恶既分,馀寇无几。今张奂踌躇久不进者,当虑外离内合,兵往必惊。且自冬践春,屯结不散,人畜疲羸,自亡之势,徒更招降,坐制强敌耳。臣以为狼子野心,难以恩纳,势穷虽服,兵去复动。唯当长矛挟胁、白刃加颈耳。计东种所馀三万馀落,居近塞内,路无险折,非有燕、齐、秦、赵从横之势。而久乱并、凉,累侵三辅;西河、上郡已各内徙;安定、北地复至单危;自云中、五原西至汉阳二千馀里,匈奴、种羌,并擅其地。是为痈疽伏疾,留滞胁下,如不加诛，转就滋大。今若以骑五千、步万人、车三千两，三冬二夏，足以破定，无虑用费为钱五十四亿^④。如此，则可令群羌破尽，匈奴长服，内徙郡县，得反本土。伏计永初中，诸羌反叛，十有四年，用二百四十亿；永和之末，复经七年，用八十馀亿。费耗若此，犹不诛尽，馀孽复起，于兹作害。今不暂疲人，则永宁无期。臣庶竭驽劣，伏待节度。"帝许之，悉听如所上。

①永康元年：公元167年。

②鸾鸟(jué)：县名，故城在今甘肃武威县南。

③弭(mǐ)定：止息，平定。

④无虑：大略。

【原文】

建宁元年春，颎将兵万馀人，赍十五日粮^①，从彭阳直指高平，与先零诸种战于逢义山。虏兵盛，颎众恐。颎乃令军中张镟利刃，长矛三重，挟以强弩，列轻骑为左右翼。激怒兵将曰："今去家数千里，进则事成，走必尽死，努力共功名！"因大呼，众皆应声腾赴。颎驰骑于傍，突而击之，虏众大溃，斩首八千馀级，获牛马羊二十八万头。

时窦太后临朝，下诏曰："先零、东羌，历载为患，颎前陈状，欲必埽灭^②。涉履霜雪，兼行晨夜，身当矢石，感厉吏士。曾未浃日^③，凶丑奔破，连尸积俘，掠获无算。洗雪百年之遗负^④，以慰忠将之亡魂，功用显著，朕甚嘉之。须东羌尽定，当并录功勤。今且赐颎钱二十万，以家一人为郎中。"敕中藏府调金钱彩物，增助军费，拜颎破羌将军。夏，颎复追羌出桥门，至走马水上。寻闻虏在奢延泽^⑤。乃将轻兵兼行，一日一夜二百馀里，晨及贼，击破之。馀虏走向落川^⑥，复相屯结。颎乃分遣骑司马田晏将五千人出其东，假司马夏育将二千人绕其西。羌分六七千人攻围晏等，晏等与战，羌溃走。颎急进，与晏等共追之于令鲜水上^⑦。颎士卒饥渴，乃勒众推方夺其水^⑧，虏复散走。颎遂与相连缀，且斗且引，及于灵武谷^⑨。颎乃被甲先登，士卒无敢后者。羌遂大败，弃兵而走。追之三日三夜，士皆重茧。既到泾阳，馀寇四千，悉散入汉阳山谷间。

①赍：发给。发给十五日的粮食。

②埽：同"扫"。

③浃(jiā)：周匝，周遍。浃日，指一天中十二个时辰。

④遗负：原意为拖欠赋税。此处指未报的仇恨。《东观记》曰，太后诏云："此以慰种光、马贤等亡魂。"

⑤奢延泽：在今内蒙古自治区伊金霍洛旗和陕西横山之间。

⑥落川：在奢延泽之南。

⑦令鲜水：在奢延泽西南，灵武谷东北。

⑧推方：并头前进。

⑨灵武谷：在今宁夏回族自治区青铜峡市西北。

【原文】

时张奂上言："东羌虽破，馀种难尽，颍性轻果，虑负败难常，宜且以恩降，可无后悔。"诏书下颍，颍复上言："臣本知东羌虽众，而软弱易制，所以比陈愚虑，思为永宁之算。而中郎将张奂，说虏强难破，宜用招降。圣朝明监①，信纳谮言②，故臣谋得行，奂计不用。事势相反，遂怀猜恨。信叛羌之诉，饰润辞意，云臣兵累见折衄③。又言羌一气所生，不可诛尽④；山谷广大，不可空静；血流污野，伤和致灾。臣伏念周秦之际，戎狄为害。中兴以来，羌寇最盛；诛之不尽，虽降复叛。今先零杂种累以反覆，攻没县邑，剽略人物，发冢露尸，祸及生死。上天震怒，假手行诛。昔邢方无道，卫国伐之，师兴而雨⑤。臣动兵涉夏，连获甘澍⑥，岁时丰稔，人无疵疫。上占天心，不为灾伤；下察人事，众和师克⑦。自桥门以西，落川以东，故宫县邑，更相通属⑧，非为深险绝域之地，车骑安行，无应折衄。案奂为汉吏，身当武职，驻军二年，不能平寇，虚欲修文戢戈⑨，招降犷敌⑩，诞辞空说⑪，僭而无征⑫。何以言之？昔先零作寇，赵充国徙令居内；煎当乱边，马援迁之三辅⑬，始服终叛，至今为鲠。故远识之士，以为深忧。今傍郡户口单少，数为羌所创毒，而欲令降徒与之杂居，是犹种枳棘于良田，养虺蛇于室内也⑭。故臣奉大汉之威，建长久之策，欲绝其本根，不使能殖⑮。本规三岁之费，用五十四亿，今适期年，所耗未半，而馀寇残烬，将向殄灭⑯。臣每奉诏书，军不内御⑰，愿卒斯言，一以任臣，临时量宜，不失权便。"

【注释】

①明监：犹言明察。

②谮言：没有事实根据的言语，不合事理的话。谮言和"愚见"相同，自谦灵帝听信了他的主张。

③折衄(nǜ)：损伤，挫折，伤败。

④气：自然之气。羌人和汉人一样，都是同禀天之一气而生的，诛之不可尽。

⑤师兴：军队出动。《左传·僖公十九年》："卫大旱，卜有事于山川，不吉。宁庄子曰：'昔周饥，克殷而年丰；今邢方无道，天或者欲使卫讨邢乎？'从之，帅兴而雨。"

⑥甘澍：犹言及时雨。澍，时雨、降雨。

⑦克：胜。《左传》云："师克在和不在众。"

⑧通属(zhǔ)：连通。旧时为汉官所管的屯田营壁和县邑，现在又和内地连成一片了，即已收复了。

⑨戢：收敛，收藏。

⑩犷(guǎng)：凶猛、粗野。

⑪诞：言论荒唐不合事实。

⑫僭：虚伪不诚。《左传·昭公八年》曰："小人之害僭而无征。"

⑬三辅：这里仅指扶风。西汉宣帝时，赵充国击西羌，徙之于金城郡。《西羌传》："建武十一年夏，先零种复寇临洮，陇西太守马援破降之，后悉归服，徙置天水、陇西、扶风三郡。"

⑭虺(huǐ)：古称蝮蛇一类的毒蛇，俗称土虺蛇。大的长八九尺，色如泥土。

⑮殖：生殖、繁衍。语出《左传·隐公六年》："为国家者，见恶如农夫之务去杂草焉，绝其本根，勿使能殖。"

⑯殄灭：灭亡，消灭。

⑰内御：指皇帝控制。军队的行动完全由其将领决定，皇帝不加干预。《淮南子》曰："国不可从外理，军不可从中御。"

原文

　　二年，诏遣谒者冯禅说降汉阳散羌。颍以春农，百姓布野，羌虽暂降，而县官无廪，必当复为盗贼，不如乘虚放兵，势必殄灭。夏，颍自进营，去羌所屯凡亭山四五十里①。遣田晏、夏育将五千人，据其山上。羌悉众攻之，厉声问曰："田晏、夏育在此不？湟中义从羌，悉在何面？今日欲决死生！"军中恐。晏等劝激兵士，殊死大战，遂破之。羌众溃，东奔，复聚射虎谷，分兵守诸谷上下门。颍规一举灭之②，不欲复令散走，乃遣千人于西县结木为栅，广二十步，长四十里，遮之。分遣晏、育等将七千人，衔枚夜上西山，结营穿堑，去虏一里许。又遣司马张恺等将三千人上东山。虏乃觉之，遂攻晏等，分遮汲水道。颍自率步骑进击水上，羌却走，因与恺等挟东西山，纵兵击破之，羌复败散。颍追至谷上下门，穷山深谷之中，处处破之。斩其渠帅以下万九千级，获牛、马、驴、骡、毡裘、庐帐、什物不可胜数。冯禅等所招降四千人，分置安定、汉阳、陇西三郡。于是东羌悉平。凡百八十战，斩三万八千六百馀级，获牛、马、羊、骡、驴、骆驼四十二万七千五百馀头，费用四十四亿，军士死者四百馀人。更封新丰县侯，邑万户。

注释

①凡亭山：一名瓦亭山，在今宁夏回族自治区固原市北。
②规：计划。

原文

　　颍行军仁爱，士卒疾病者，亲自瞻省①，手为裹创。在边十馀年，未尝一日蓐寝②。与将士同苦，故皆乐为死战。三年春，征还京师，将秦、胡步骑五万馀人，及汗血千里马，生口万馀人。诏遣大鸿胪持节慰劳于镐。军至，拜侍中，转执金吾、河南尹。有盗发冯贵人家，坐左转谏议大夫，再迁司隶校尉。颍曲意宦官，故得保其富贵，遂党中常侍王甫，枉诛中常侍郑飒、董腾等，增封四千户，并前万四千户。明年，代李咸为太尉。其冬病罢，复为司隶校尉。数岁，转颍川太守，征拜太中大夫。光和二年，复代桥玄为太尉。在位月馀，会日食自劾，有司举奏，诏收印绶，诣廷尉。

时司隶校尉阳球奏诛王甫，并及颍，就狱中诘责之，遂饮鸩死，家属徙边。后中常侍吕强上疏，追讼颍功，灵帝诏颍妻子还本郡。初，颍与皇甫威明、张然明，并知名显达京师，称为"凉州三明"云。

①瞻省：看望。
②蓐：草席。意指颍在边地从来没有舒舒服服地在床上睡过。

陈蕃传（节选）

题解

本篇出自《后汉书》卷六十六《陈王列传》。陈蕃（？—168），汝南平舆（今河南平舆北）人，东汉大臣，以刚直不阿著称。官至太尉、太傅。与窦武谋划诛灭宦官，泄密被害，死时年七十馀。

原文

陈蕃字仲举，汝南平舆人也①。祖河东太守。蕃年十五，尝闲处一室，而庭宇芜秽。父友同郡薛勤来候之，谓蕃曰："孺子何不洒埽以待宾客？"蕃曰："大丈夫处世，当埽除天下，安事一室乎？"勤知其有清世志②，甚奇之。

①平舆：汉代县名，今河南平舆县。
②清世：澄清天下。世，当世。

原文

初仕郡，举孝廉，除郎中。遭母忧，弃官行丧。服阕，刺史周景辟别驾从事①。以谏争不合，投传而去②。后公府辟举方正，皆不就。太尉李固表荐，征拜议郎，再迁为乐安太守。时李膺为青州刺史，名有威政，属城闻风，皆自引去，蕃独以清绩留。郡人周璆，高洁之士，前后郡守招命莫肯至，唯蕃能致焉。字而不名，特为置一榻，去则县之。璆字孟玉，临济人，有美名。民有赵宣葬亲而不闭埏隧③，因居其中，行服二十馀年，乡邑称孝，州郡数礼请之。郡内以荐蕃，蕃与相见，问及妻子，而宣五子皆服中所生。蕃大怒曰："圣人制礼，贤者俯就，不肖企及④。且祭不欲数，以其易黩故也⑤。况乃寝宿冢藏，而孕育其中，诳时惑众，诬污鬼神乎？"遂致其罪。大将军梁冀威震天下，时遣书诣蕃，有所请托，不得通。使者诈求谒，蕃怒，笞杀之，坐左转修武令。稍迁，拜尚书。

①别驾：为州刺史佐史，总录众事，也称别驾从事史。

②投：扔。传(zhuàn)：符信。投传，弃官符，辞去官职。

③埏隧：墓道。

④企及：尽力跟上。《礼记》曰："三年之丧，可复父母之恩也。贤者俯而就之，不肖者企而及之。"

⑤黩(dú)：轻慢、亵渎。《礼记》曰："祭不欲数，数则烦，烦则不敬。"

时零陵、桂阳山贼为害，公卿议遣讨之。又诏下州郡，一切皆得举孝廉、茂才。蕃上疏驳之曰："昔高祖创业，万邦息肩，抚养百姓，同之赤子①。今二郡之民，亦陛下赤子也。致令赤子为害，岂非所在贪虐，使其然乎？宜严敕三府，隐核牧守令长，其有在政失和，侵暴百姓者，即便举奏。更选清贤奉公之人，能班宣法令、情在爱惠者，可不劳王师，而群贼弭息矣。又三署郎吏二千馀人②，三府掾属过限未除③，但当择善而授之，简恶而去之④，岂烦一切之诏，以长请属之路乎⑤？"以此忤左右，故出为豫章太守。性方峻，不接宾客，士民亦畏其高。

①同之赤子：《尚书》曰："若保赤子，唯人其康乂(音义)。"

②三署郎吏：汉制光禄勋下有三署，即五官署、左署、右署，各有郎吏，皆无定额。

③过限：超过任职年限。谓三府掾属三年考勤应该拜官的，多已过限未拜。

④简：分别，辨别。

⑤长：助长。

征为尚书令，送者不出郭门。迁大鸿胪。会白马令李云抗疏谏，桓帝怒，当伏重诛。蕃上书救云，坐免归田里。

复征拜议郎。数日，迁光禄勋。时封赏逾制，内宠猥盛，蕃乃上疏谏曰："……高祖之约，非功臣不侯。而闻追录河南尹邓万世父遵之微功，更爵尚书令黄俊先人之绝封。近习以非义授邑，左右以无功传赏，授位不料其任，裂土莫纪其功。至乃一门之内，侯者数人。故纬象失度①，阴阳谬序②，稼用不成，民用不康。臣知封事已行，言之无及，诚欲陛下从是而止。又比年收敛，十伤五六，万人饥寒，不聊生活。而采女数千，食肉衣绮，脂油粉黛，不可赀计③。鄙谚言'盗不过五女门'，以女贫家也。今后宫之女，岂不贫国乎？……陛下宜采求失得，择从忠善。尺一选举④，委尚书、三公，使褒责诛赏，各有所归，岂不幸甚！"帝颇纳其言，为出宫女五百馀人，但赐俊爵关内侯，而万世南乡侯。

①纬象失度:犹言星相出现异常。纬,古称行星为纬。

②谬:错误。言四时气候失调。

③赀(zī):计算。意谓不可量数。

④尺一:诏书。古代诏版,长一尺一寸,故诏书称尺一。此处是说有关选举之事,可委任尚书、三公,不必径自诏下州郡。

延熹六年,车驾幸广成校猎①,蕃上疏谏曰:"臣闻人君有事于苑囿,唯仲秋西郊,顺时讲武,杀禽助祭,以敦孝敬②。如或违此,则为肆纵。……况当今之世,有'三空'之厄哉?田野空、朝廷空、仓库空,是谓'三空'。加兵戎未戢,四方离散,是陛下焦心毁颜,坐以待旦之时也,岂宜扬旗曜武、骋心舆马之观乎?又秋前多雨,民始种麦,今失其劝种之时,而令给驱禽除路之役③,非贤圣恤民之意也。……"书奏,不纳。

①广成:苑名,在今河南汝州市西。

②敦:推崇,重视。

③给(jǐ):供应。

自蕃为光禄勋,与五官中郎将黄琬共典选举,不偏权富,而为势家郎所谮诉,坐免归。顷之,征为尚书仆射,转太中大夫。八年,代杨秉为太尉。……中常侍苏康、管霸等复被任用,遂排陷忠良,共相阿媚。大司农刘佑、廷尉冯绲、河南尹李膺,皆以忤旨为之抵罪。蕃因朝会,固理膺等,请加原宥①,升之爵任。言及反覆②,诚辞恳切。帝不听,因流涕而起。时小黄门晋阳赵津、南阳大猾张泛等,奉事中官,乘势犯法,二郡太守刘瓆、成瑨考案其罪,虽经赦令,而并竟考杀之③。宦官怨恚,有司承旨,遂奏瓆、瑨罪当弃市。又山阳太守翟超,没入中常侍侯览财产,东海相黄浮,诛杀下邳令徐宣,超、浮并坐髡钳,输作左校。蕃与司徒刘矩、司空刘茂共谏请瓆、瑨、超、浮等,帝不悦。有司劾奏之,矩、茂不敢复言。蕃乃独上疏曰:"……今寇贼在外,四支之疾;内政不理,心腹之患。臣寝不能寐,食不能饱,实忧左右日亲,忠言以疏,内患渐积,外难方深。……前梁氏五侯,毒遍海内,天启圣意,收而戮之,天下之议,冀当小平。明鉴未远,覆车如昨,而近习之权,复相扇结。小黄门赵津、大猾张泛等,肆行贪虐,奸媚左右。前太原太守刘瓆、南阳太守成缙,纠而戮之。虽言赦后不当诛杀,原其诚心,在乎去恶。至于陛下,有何惜惜④?……又前

134

山阳太守翟超、东海相黄浮，奉公不桡⑤，疾恶如雠，超没侯览财物，浮诛徐宣之罪，并蒙刑坐，不逢赦恕。览之从横，没财已幸；宣犯衅过，死有馀辜。昔丞相申屠嘉召责邓通⑥，洛阳令董宣折辱公主⑦，而文帝从而请之，光武加以重赏，未闻二臣有专命之诛。而今左右群竖，恶伤党类，妄相交构，致此刑谴。闻臣是言，当复啼诉。陛下深宜割塞近习豫政之源⑧，引纳尚书朝省之事，公卿大官五日壹朝，简练清高⑨，斥黜佞邪。如是，天和于上，地洽于下，休祯符瑞⑩，岂远乎哉？陛下虽厌毒臣言，凡人主有自勉强，敢以死陈。"帝得奏愈怒，竟无所纳。朝廷众庶，莫不怨之。宦官由此疾蕃弥甚，选举奏议，辄以中诏谴却，长吏已下多至抵罪。犹以蕃名臣，不敢加害。……

① 原宥：原谅赦罪。

② 及：相当于"至于"。意思是话说到翻来覆去的份上。

③ 竟考：考问到底，处以死刑，不因有赦令而赦他们。

④ 悁悁(juānjuān)：愤怒之貌。

⑤ 桡(náo)：屈服，弯曲。

⑥ 邓通：汉文帝宠臣。文帝时，太中大夫邓通爱幸，居上旁有怠慢礼。丞相申屠嘉入朝，因见之，为檄召通。通至，嘉曰："通小臣，戏殿上，大不敬，当斩。"通顿首，首尽出血。文帝使使召通，而谢丞相曰"吾弄臣，君释之"也。

⑦ 公主：光武帝姊湖阳公主。湖阳公主苍头白日杀人，匿主家，吏追不得。公主出，宣驻车叩马，以刀画地数主。主言于帝，帝赐宣钱三十万。

⑧ 习：亲信。 豫：同"预"，参与，干预。

⑨ 简练：精选。

⑩ 休：美善，喜庆。 祯：吉祥。

九年，李膺等以党事下狱考实，蕃因上疏极谏曰："臣闻贤明之君，委心辅佐①；亡国之主，讳闻直辞。……伏见前司隶校尉李膺、太仆杜密、太尉掾范滂等，正身无玷，死心社稷。以忠忤旨，横加考案，或禁锢闭隔，或死徙非所。杜塞天下之口，聋盲一世之人，与秦焚书坑儒，何以为异？昔武王克殷，表闾封墓②，今陛下临政，先诛忠贤。遇善何薄？待恶何优？……人君者，摄天地之政，秉四海之维，举动不可以违圣法，进退不可以离道规。谬言出口，则乱及八方，何况黜无罪于狱，杀无辜于市乎？……又青、徐炎旱，五谷损伤，民物流迁，茹菽不足③。而宫女积于房掖，国用尽于罗纨，外戚私门，贪财受赂。所谓'禄去公室，政在大夫'……天之于汉，恨恨无已④，故殷勤示变，以悟陛下。除妖去孽，实在修德。臣位列台司，忧责深重，不敢尸禄惜生，坐观成败。如蒙采录，使身首分裂，异门而出⑤，所不恨也！"帝讳其言切，托以蕃辟召非其人，遂策免之。

① 委心：倾心。　辅佐：辅佐大臣。

② 表闾封墓：《史记》载，武王克殷，命毕公表商容之闾，闳夭封比干之墓。

③ 茹菽：茹，蔬菜的总称；菽，大豆，也是豆类食物的总称。

④ 悢悢(liàngliàng)：眷念。

⑤ 异门而出：《穀梁传·定公十年》："公会齐侯于颊谷……罢会，齐人使优施舞于鲁之幕下。孔子曰：'笑君者，罪当死。'使司马行法焉，首足异门而出。"

　　永康元年①，帝崩。窦后临朝，诏曰："夫民生树君，使司牧之，必须良佐，以固王业。前太尉陈蕃，忠清直亮，其以蕃为太傅，录尚书事②。"时新遭大丧，国嗣未立，诸尚书畏惧权官，托病不朝。蕃以书责之曰："古人立节，事亡如存③。今帝祚未立，政事日蹙④，诸君奈何委荼蓼之苦⑤，息偃在床⑥？于义不足，焉得仁乎？"诸尚书惶怖，皆起视事。

① 永康：桓帝年号。永康元年，公元167年。

② 录：统领。

③ 事亡如存：人主虽亡，法度尚存，当行之与不亡时同。

④ 蹙：急迫，紧迫。

⑤ 委：抛弃不管。　荼：一种苦菜。　蓼：一种草本植物。茎叶辣味，可作调味品。全草可供药用，古人常以蓼喻辛苦。

⑥ 偃息：仰卧休息。意谓诸君奈何一任处境之苦辛，而偷息在家。

　　灵帝即位，窦太后复优诏蕃……封蕃高阳乡侯，食邑三百户。蕃上疏让……章前后十上，竟不受封。初，桓帝欲立所幸田贵人为皇后，蕃以田氏卑微，窦族良家，争之甚固。帝不得已，乃立窦后。及后临朝，故委用于蕃。蕃与后父大将军窦武同心尽力，征用名贤，共参政事，天下之士莫不延颈想望太平。而帝乳母赵娆，旦夕在太后侧，中常侍曹节、王甫等与共交构，谄事太后。太后信之，数出诏命，有所封拜，及其支类，多行贪虐。蕃常疾之，志诛中官，会窦武亦有谋。蕃自以既从人望，而德于太后，必谓其志可申，乃先上疏曰："臣闻言不直而行不正，则为欺乎天而负乎人；危言极意，则群凶侧目，祸不旋踵①。钧此二者，臣宁得祸，不敢欺天也。今京师嚣嚣，道路喧哗②，言侯览、曹节、公乘昕、王甫、郑飒等，与赵夫人诸女尚书并乱天下③，附从者升进，忤逆者中伤。方今一朝群臣，如河中木耳！泛泛东西④，耽禄畏害。陛下前始摄位，顺天行诛，苏康、管霸并伏其辜。是时天地清明，人鬼欢喜。奈何数月，复纵左右？元恶大奸，莫此之甚。今不急诛，必生变乱，倾危社稷，其祸难量。愿出臣章，宣示左右，并令天下诸奸知臣疾之。"太后不纳，朝廷闻者，莫不震恐。

蕃因与窦武谋之，语在武传。及事泄，曹节等矫诏诛武等。蕃时年七十余，闻难作，将官属诸生八十余人，并拔刃突入承明门，攘臂呼曰⑤："大将军忠以卫国，黄门反逆，何云窦氏不道邪？"王甫时出，与蕃相迕⑥，适闻其言，而让蕃曰⑦："先帝新弃天下，山陵未成，窦武何功，兄弟父子一门三侯？又多取掖庭宫人，作乐饮燕，旬月之间，赀财亿计。大臣若此，是为道邪？公为栋梁，枉桡阿党⑧，复焉求贼？"遂令收蕃。蕃拔剑叱甫，甫兵不敢近。乃益人围之数十重，遂执蕃，送黄门北寺狱。黄门从官驺蹋踧蕃曰⑨："死老魅！复能损我曹员数、夺我曹禀假不⑩？"即日害之。徙其家属于比景，宗族门生故吏皆斥免禁锢。蕃友人陈留朱震时为铚令⑪，闻而弃官哭之，收葬蕃尸，匿其子逸于甘陵界中。事觉系狱，合门桎梏。震受考掠，誓死不言，故逸得免。后黄巾贼起，大赦党人，乃追还逸，官至鲁相。震字伯厚，初为州从事，奏济阴太守单匡臧罪，并连匡兄中常侍车骑将军超。桓帝收匡下廷尉以谴超。超诣狱谢。三府谚曰："车如鸡栖马如狗，疾恶如风朱伯厚。"

① 旋踵：掉转脚跟。谓时间极短。

② 喧哗：声音嘈杂而乱。

③ 女尚书：宫内之官。

④ 泛泛：漂浮不定。

⑤ 攘臂：捋起袖子，伸出胳臂。形容其激奋之状。

⑥ 迕：相遇。

⑦ 让：责备。

⑧ 枉桡：枉屈。

⑨ 蹋：踢。 踧：通"蹴"，踏。

⑩ 禀假：额外给予。当时宦官恣横，黄门从官冗滥尤甚。陈蕃自桓帝以来，为尚书令，嫉其冗滥，数次格夺其禀假。

⑪ 铚：汉代县名，在今安徽宿州西南。

论曰：桓灵之世，若陈蕃之徒，咸能树立风声，抗论惛俗。而驱驰崄厄之中①，与刑人腐夫同朝争衡②，终取灭亡之祸者，彼非不能洁情志、违埃雾也③。愍夫世士以离俗为高，而人伦莫相恤也。以遂世为非义，故屡退而不去；以仁心为己任，虽道远而弥厉④。及遭际会，协策窦武，自谓万世一遇也。憘憘乎伊、望之业矣⑤！功虽不终，然其信义足以携持民心。汉世乱而不亡，百余年间，数公之力也。

137

①峮:通"险",险恶,危险。 厄:困窘。

②刑人腐夫:指宦官。 争衡:对抗。

③埃雾:犹尘世。指隐居避世。

④弥:更加。 厉:奋勉。《论语》曰:"仁以为己任,不亦重乎! 死而后已,不亦远乎!"

⑤懔懔:严正,刚烈。 伊:指伊尹。 望:指太公望。

李膺传(节选)

【题解】

本篇出自《后汉书》卷六十七《党锢列传》。李膺(110—169),颍川襄城(今河南襄城)人,东汉大臣。耿直刚正,不惧权贵。官至司隶校尉,结交名士郭泰等,反对宦官专政,被诬陷入狱,因此长期禁锢。灵帝即位,他与陈蕃等谋划诛除宦官,失败被杀。

【原文】

李膺字元礼,颍川襄城人也①。祖父修,安帝时为太尉。父益,赵国相。膺性简亢②,无所交接,唯以同郡荀淑、陈寔为师友。初举孝廉,为司徒胡广所辟,举高第,再迁青州刺史。守令畏威明,多望风弃官。复征,再迁渔阳太守。寻转蜀郡太守,以母老乞不之官。转护乌桓校尉。鲜卑数犯塞,膺常蒙矢石,每破走之,虏甚惮慑。以公事免官,远居纶氏③,教授常千人。南阳樊陵求为门徒,膺谢不受。陵后以阿附宦官,致位太尉,为节者所羞。荀爽尝就谒膺,因为其御④。既远,喜曰:"今日乃得御李君矣。"其见慕如此。

【注释】

①襄城:汉代县名,今河南许昌。

②简:简略,不善应酬。 亢:高亢,不与常人为伍。

③纶氏:汉代县名,在今河南登封市。

④御:操马缰驾车的人。

【原文】

永寿二年,鲜卑寇云中,桓帝闻膺能,乃复征为度辽将军。先是羌虏及疏勒、龟兹,数出攻钞张掖、酒泉、云中诸郡,百姓屡被其害。自膺到边,皆望风惧服,先所掠男女,悉送还塞下①。自是之后,声振远域。延熹二年,征,再迁河南尹。时宛陵大姓羊元群罢北海郡,臧罪狼藉②,郡舍溷轩有奇巧③,乃载之以归。膺表欲按其罪,元群行赂宦竖,膺反坐输作左校④。

原文

初,膺与廷尉冯绲、大司农刘祐等共同心志,纠罚奸幸,绲、祐时亦得罪输作。司隶校尉应奉上疏……乞原膺等①,以备不虞。书奏,乃悉免其刑。

再迁,复拜司隶校尉。时张让弟朔为野王令,贪残无道,至乃杀孕妇。闻膺厉威严,惧罪逃还京师,因匿兄让弟舍,藏于合柱中②。膺知其状,率将吏卒破柱取朔,付洛阳狱。受辞毕③,即杀之。让诉冤于帝,诏膺入殿,御亲临轩,诘以不先请便加诛辟之意④。膺对曰:"昔晋文公执卫成公归于京师,《春秋》是焉⑤。礼云:公族有罪,虽曰宥之,有司执宪不从。昔仲尼为鲁司寇,七日而诛少正卯。今臣到官已积一旬,私惧以稽留为愆,不意获速疾之罪。诚自知衅责,死不旋踵,特乞留五日,克殄元恶⑥,退就鼎镬⑦,始生之愿也。"帝无复言,顾谓让曰:"此汝弟之罪,司隶何愆?"乃遣出之。

原文

自此诸黄门常侍皆鞠躬屏气①,休沐不敢复出宫省②。帝怪问其故,并叩头泣曰:"畏李校尉。"是时朝廷日乱,纲纪颓弛③,膺独持风裁,以声名自高。士有被其容接者,名为登龙门。及遭党事,当考实膺等,案经三府,太尉陈蕃却之,曰:"今所考案,皆海内人誉,忧国忠公之臣。此等犹将十世宥也,岂有罪名不章④,而致收掠者乎?"不肯平署⑤。帝愈怒,遂下膺等于黄门北寺狱。膺等颇引宦官子弟,宦官多惧,请帝以天时宜赦,于是大赦天下。膺免归乡里,居阳城山中。天下士大夫皆高尚其道,而污秽朝廷⑥。

① 鞠躬:谨慎恭敬的样子。 屏(bǐng)气:不敢出气。
② 休沐:休假。
③ 颓阤(zhì):倒塌。
④ 章:通"彰",显,露。罪名不章,指没什么罪过。
⑤ 平署:连署,签名会衔。
⑥ 污秽:以朝廷为污秽(之地)。

　　及陈蕃免太尉,朝野属意于膺①,荀爽恐其名高致祸,欲令屈节以全乱世。……顷之,帝崩。陈蕃为太傅,与大将军窦武共秉朝政,连谋诛诸宦官,故引用天下名士。乃以膺为长乐少府。及陈、窦之败,膺等复废。

　　后张俭事起,收捕钩党②,乡人谓膺曰:"可去矣。"对曰:"事不辞难,罪不逃刑③,臣之节也。吾年已六十,死生有命,去将安之?"乃诣诏狱,考死,妻子徙边,门生故吏及其父兄,并被禁锢。时侍御史蜀郡景毅子顾为膺门徒,而未有录牒④,故不及于谴⑤。毅乃慨然曰:"本谓膺贤,遣子师之,岂可以漏夺名籍,苟安而已!"遂自表免归,时人义之。……膺子瓒,位至东平相。初,曹操微时,瓒异其才,将没,谓子宣等曰:"时将乱矣,天下英雄无过曹操。张孟卓与吾善,袁本初汝外亲,虽尔勿依,必归曹氏。"诸子从之,并免于乱世。

① 属(zhǔ)意:众人归向,一致拥护。
② 钩党:牵连同党。
③ 事不辞难,罪不逃刑:《左传》曰,晋侯之弟杨干乱行于曲梁,魏绛戮其仆。晋侯怒,谓羊舌赤曰:"合诸侯以为荣也。杨干为戮,何辱如之?必杀魏绛,无失也。"对曰:"绛无贰志,事君不避难,有罪不逃刑,其将来辞,何辱命焉。"
④ 录牒:登记姓名的文书。
⑤ 谴:罪过。及谴,受到治罪。

范滂传

　　本篇出自《后汉书》卷六十七《党锢列传》。范滂(137—167),汝南征羌(今河南郾城东南)人,东汉名士。节操清正,闻名于世,屡受举荐,在任参劾贪秽,惩办奸暴,遭到宦官嫉恨,与李膺等被诬入狱,释放。不久又以党人罪名被捕,死于狱中,年仅三十三岁。

范滂字孟博,汝南征羌人也①。少厉清节,为州里所服,举孝廉、光禄四行②。时冀州饥荒,盗贼群起,乃以滂为清诏使③,案察之④。滂登车揽辔,慨然有澄清天下之志。及至州境,守令自知臧污,望风解印绶去。其所举奏⑤,莫不厌塞众议⑥。迁光禄勋主事。时陈蕃为光禄勋,滂执公仪诣蕃⑦,蕃不止之。滂怀恨,投版弃官而去⑧。郭林宗闻而让蕃曰:"若范孟博者,岂宜以公礼格之⑨?今成其去就之名,得无自取不优之议邪⑩!"蕃乃谢焉。

注释

①征羌:汉代县名,在今河南郾城东南。

②光禄四行:光禄举敦厚、质朴、逊让、节俭,此为四行。

③清诏:应为官名,仅见于此。

④案察:考察,核查。

⑤举奏:劾奏。

⑥厌塞:满足。

⑦执公仪:按正规的礼节办事。指按正规的礼节拜谒陈蕃。

⑧版:笏。投版,辞职,辞官。

⑨格:正。

⑩议:或作讥,字形相近,义亦可通。

复为太尉黄琼所辟。后诏三府掾属举谣言①,滂奏刺史、二千石权豪之党二十余人。尚书责滂所劾猥多,疑有私故。滂对曰:"臣之所举,自非叨秽奸暴,深为民害,岂以污简札哉②!间以会日迫促③,故先举所急;其未审者,方更参实。臣闻农夫去草,嘉谷必茂;忠臣除奸,王道以清。若臣言有贰④,甘受显戮。"吏不能诘。

注释

①谣言:指群众褒贬官吏的歌谣。举谣言,收集这些歌谣,提出对官吏的批评。

②污:玷污。 简札:文书。

③会日:指三公会议的日子。

④贰:错误。

原文

滂睹时方艰，知意不行，因投劾去。太守宗资先闻其名，请署功曹，委任政事。滂在职，严整疾恶，其有行违孝悌，不轨仁义者，皆扫迹斥逐①，不与共朝。显荐异节②，抽拔幽陋③。滂外甥西平李颂，公族子孙，而为乡曲所弃④，中常侍唐衡以颂请资。资用为吏，滂以非其人，寝而不召，资迁怒⑤，捶书佐朱零⑥。零仰曰："范滂清裁，犹以利刃齿腐朽，今日宁受笞死，而滂不可违。"资乃止。郡中中人以下莫不归怨⑦。乃指滂之所用，以为"范党"。

注释

①扫迹：扫除足迹，不让停留，赶走。

②显荐：公开荐举。 异：特殊，突出。 节：品节，节操。显荐异节，是公开荐举有品德的人。

③抽拔幽陋：提拔隐居卑微之人。

④乡曲：穷乡之地。为乡曲所弃，是说同乡都不理他，其人可知。

⑤迁怒：怒于甲者，移于乙。这里指宗资不敢怪罪范滂，怪在朱零身上，故谓之迁怒。

⑥捶：用棍棒或拳等击打。 书佐：主办文书的属吏。

⑦中人：在德才、家产等方面居于中等的人。《汉书·古今人表》有言曰："可与为善，是谓中人。"

原文

后牢修诬言钩党①，滂坐系黄门北寺狱。狱吏谓曰："凡坐系皆祭皋陶。"滂曰："皋陶贤者，古之直臣，知滂无罪，将理之于帝；如其有罪，祭之何益！"众人由此亦止。狱吏将加掠考，滂以同囚多婴病，乃请先就格②。遂与同郡袁忠争受楚毒③。桓帝使中常侍王甫以次辩诘，滂等皆三木囊头④，暴于阶下。馀人在前，或对或否。滂、忠于后越次而进。王甫诘曰："君为人臣，不惟忠国⑤，而共造部党，自相褒举，评论朝廷，虚构无端，诸所谋结，并欲何为？皆以情对，不得隐饰！"滂对曰："臣闻仲尼之言，'见善如不及，见恶如探汤'⑥，欲使善善同其清，恶恶同其污，谓王政之所愿闻，不悟更以为党。"甫曰："卿更相拔举⑦，迭为唇齿，有不合者，见则排斥，其意如何？"滂乃慷慨仰天曰："古之循善，自求多福；今之循善，身陷大戮，身死之日，愿埋滂于首阳山侧⑧，上不负皇天，下不愧夷、齐⑨！"甫愍然为之改容，乃得并解桎梏⑩。

注释

①牢修诬言钩党：牢修捏造罪名，陷害范滂。

②就格：就刑。

③楚毒：苦刑。

④三木：项及手、足皆有刑具。 囊头：以物蒙其头。

⑤不惟：不思，不想。《左传》有"婴所不惟忠于君"之语。

⑥探汤：比喻警惕畏惧。

⑦更相拔举：互相荐举提拔。

⑧首阳山：有数处，这里应当是指伯夷、叔齐采薇饿死之处。

⑨夷、齐：伯夷、叔齐。

⑩桎梏：手足上的刑具。郑玄注《周礼》曰："木在足曰桎，在手曰梏。"

滂后事释南归。始发京师，汝南、南阳士大夫迎之者数千两①。同囚乡人殷陶、黄穆亦免俱归，并卫侍于滂②，应对宾客。滂顾谓陶等曰："今子相随，是重吾祸也。"遂遁还乡里。

①两：同"辆"。指车有数千辆。

②卫：护卫。　侍：侍奉。

初，滂等系狱，尚书霍谞理之①。及得免，到京师，往候谞而不为谢。或有让滂者，对曰："昔叔向婴罪，祁奚救之，未闻羊舌有谢恩之辞，祁老有自伐之色②。"竟无所言。

①理：申辩。《党锢传序》："尚书霍谞、城门校尉窦武并表为请，帝意稍解，乃皆归田里，禁锢终身。"

②伐：夸耀。《左传》：晋讨栾盈之党，杀叔向之弟羊舌虎，并囚叔向。于是，祁奚闻之，见范宣子曰："夫谋而鲜过，惠训不倦者，叔向有焉。社稷之固也，犹将十代宥之，今一不免其身，不亦惑乎？"宣子说而免之。祁奚不见叔向而归，叔向亦不告免焉而朝。

建宁二年①，遂大诛党人。诏下，急捕滂等。督邮吴导至县，抱诏书，闭传舍，伏床而泣。滂闻之曰："必为我也！"即自诣狱。县令郭揖大惊，出解印绶，引与俱亡，曰："天下大矣，子何为在此？"滂曰："滂死则祸塞，何敢以罪累君，又令老母流离乎！"其母就与之诀。滂白母曰："仲博孝敬②，足以供养，滂从龙舒君归黄泉③，存亡各得其所。惟大人割不可忍之恩，勿增感戚。"母曰："汝今得与李、杜齐名④，死亦何恨！既有令名，复求寿考，可兼得乎？"滂跪受教，再拜而辞。顾谓其子曰："吾欲使汝为恶，则恶不可为。使汝为善，则我不为恶。"行路闻之，莫不流涕，时年三十三。

①建宁：灵帝年号。建宁二年，公元169年。
②仲博：范滂弟。
③龙舒君：滂父范显，曾为龙舒侯相。
④李、杜：在东汉便有两说。一曰李固、杜乔；一曰李膺、杜密，这里应指后者。

论曰：李膺振拔污险之中，蕴义生风，以鼓动流俗①，激素行以耻威权，立廉尚以振贵势，使天下之士，奋迅感染，波荡而从之，幽深牢、破室族而不顾。至于子伏其死，而母欢其义，壮矣哉！子曰②："道之将废也与？命也！"

①鼓动：激励。《周易》曰："鼓以动之。"
②子曰：以下出自《论语·宪问》。

张俭传

本篇出自《后汉书》卷六十七《党锢列传》。张俭(115—198)，山阳高平(今山东邹城西南)人，东汉名士。延熹八年(165)，聘为山阳东部督邮，揭发宦官侯览罪行，被诬陷为党人下令追捕，他长期亡命在外，所到之处，人们冒死掩护。后征为卫尉，一年后死。

张俭字元节，山阳高平人①，赵王张耳之后也②。父成，江夏太守。俭初举茂才，以刺史非其人，谢病不起。延熹八年，太守翟超请为东部督邮③。时中常侍侯览家在防东④，残暴百姓，所为不轨。俭举劾览及其母罪恶，请诛之。览遏绝章表，并不得通，由是结仇。乡人朱并，素性佞邪，为俭所弃，并怀怨恚⑤。遂上书告俭与同郡二十四人为党，于是刊章讨捕⑥。俭得亡命，困迫遁走，望门投止，莫不重其名行，破家相容。后流转东莱，止李笃家。外黄令毛钦操兵到门⑦，笃引钦谓曰："张俭知名天下，而亡非其罪。纵俭可得，宁忍执之乎？"钦因起抚笃曰："蘧伯玉耻独为君子⑧，足下如何自专仁义⑨？"笃曰："笃虽好义，明廷今日载其半矣⑩。"钦叹息而去。笃因缘送俭出塞，以故得免。其所经历，伏重诛者以十数，宗亲并皆殄灭，郡县为之残破。

①高平:汉代县名,今山东邹城西南。

②张耳:汉初功臣之一,封为赵王。

③督邮:即督尤,督其尤者。郡守官属,分东、南、西、北、中五部,掌监属县。

④防东:今山东金乡县。

⑤怨恚(huì):怨恨。

⑥刊:刊削。意谓不欲宣露朱并名,故削除之,而直捕俭等。

⑦外黄:汉代县名,在今河南杞县东。

⑧蘧伯玉:春秋时卫大夫。

⑨专:独占。言下表示自己也不愿做坏人,不让李笃独为君子。

⑩明廷:明府。言钦不执俭,得义之半也。

原文

中平元年,党事解,乃还乡里。大将军、三公并辟,又举敦朴,公车特征,起家拜少府,皆不就。献帝初,百姓饥荒,而俭资计差温①,乃倾竭财产,与邑里共之,赖其存者以百数。建安初,征为卫尉,不得已而起。俭见曹氏世德已萌,乃阖门悬车②,不豫政事③。岁馀,卒于许下④,年八十四。

①差(chā):勉强,略微。指略有所余。家资比较多。

②悬车:把车子挂起来表示不再出外。古代以悬车为退隐的代词。

③豫:参与,干预。

④许:在今河南许昌市。

原文

论曰:昔魏齐违死①,虞卿解印,季布逃亡②,朱家甘罪。而张俭见怒时王,颠沛假命,天下闻其风者,莫不怜其壮志,而争为之主。至乃捐城委爵,破族屠身,盖数十百所③,岂不贤哉!然俭以区区一掌,而欲独埋江河④,终婴疾甚之乱⑤,多见其不知量也⑥!

①违死:逃避处死。《史记》:魏齐,魏之诸公子也。虞卿,赵相也。范雎入秦,为昭王相,昭王乃遗赵王书曰:"魏齐,范雎之仇也,急持其头来。"赵王乃围齐,齐急亡,见虞卿。卿度赵王不可说,乃解其印,与齐往信陵君所。信陵君初闻之疑,后乃出迎。齐闻信陵君初疑,遂自刭。赵王持其头遗秦。

②季布:楚人。为项羽将,数窘汉王。羽败,汉购求布千金,敢舍匿,罪三族。布匿濮阳周氏,髡钳布,之鲁朱家所卖之。朱家心知是季布也,买置田舍。乃往洛阳,见汝阴侯灌婴,说之曰:"季布何罪?臣各为主用,职尔。"汝阴侯言于高帝,帝乃赦之。拜郎中,后为河东守。

③所：表示概数，上下。

④堙：填塞、堵塞。

⑤婴：招致，遭受。《论语》曰："人而不仁，疾之以甚，乱也。"

⑥多见其不知量：《论语》曰："人虽欲自绝，其何伤于日、月乎？多见其不知量也。"

皇甫嵩传(节选)

本篇出自《后汉书》卷七十一《皇甫嵩朱俊列传》。皇甫嵩(？—195)，安定朝那(今宁夏固原东南)人，东汉名将。灵帝时，征为议郎，升任北地太守。中平元年(184)，改任左中郎将，与右中郎将朱俊发兵镇压黄巾起义，因立战功领冀州牧，官至太尉。

【原文】

皇甫嵩字义真，安定朝那人①，度辽将军规之兄子也。父节，雁门太守。嵩少有文武志介②，好诗书，习弓马。初举孝廉、茂才，太尉陈蕃、大将军窦武连辟，并不到。灵帝公车征为议郎，迁北地太守。

【注释】

①朝那：汉代县名，在今宁夏固原市。

②志介：志气品节。介，耿直。

【原文】

初，钜鹿张角自称"大贤良师"，奉事黄老道，畜养弟子，跪拜首过①，符水咒说以疗病。病者颇愈，百姓信向之。角因遣弟子八人，使于四方，以善道教化天下，转相诳惑。十馀年间，众徒数十万，连结郡国，自青、徐、幽、冀、荆、扬、兖、豫八州之人，莫不毕应。遂置三十六方。方犹将军号也。大方万馀人，小方六七千，各立渠帅。讹言"苍天已死，黄天当立，岁在甲子，天下大吉"。以白土书京城寺门及州郡官府②，皆作"甲子"字。中平元年，大方马元义等先收荆、扬数万人，期会发于邺③。元义数往来京师，以中常侍封谞、徐奉等为内应，约以三月五日，内外俱起。未及作乱，而张角弟子济南唐周上书告之，于是车裂元义于洛阳④。灵帝以周章下三公、司隶，使钩盾令周斌将三府掾属⑤，案验宫省直卫及百姓有事角道者⑥，诛杀千馀人。推考冀州，逐捕角等。

【注释】

①首过：自陈所犯过失，以求去疾。《古今小说》卷十三曰："由是百姓有小疾病，便以为神明谴责，自

来首过。"

②寺门：京城诸官寺舍之门。寺，指高级官署。

③期会：约定日期。　发：举事，起事。

④车裂：古代酷刑，俗称五马分尸。周代已有，唐代时基本废除。

⑤钩盾令：属少府，秩六百石，以宦者为之。周斌当是宦者。

⑥案验：查问核实。　宫省直卫：值班保卫宫禁的官兵。

　　角等知事已露，晨夜驰敕诸方，一时俱起。皆著黄巾为摽帜①，时人谓之"黄巾"，亦名为"蛾贼"②。杀人以祠天，角称"天公将军"，角弟宝称"地公将军"，宝弟梁称"人公将军"。所在燔烧官府，劫略聚邑，州郡失据，长吏多逃亡。旬日之间，天下响应，京师震动。

①摽：通"标"。"摽帜"，标记。

②蛾：同"蚁"，喻其众多。

　　诏敕州郡修理攻守，简练器械，自函谷、大谷、广城、伊阙、轘辕①、旋门、孟津、小平津诸关，并置都尉。召群臣会议。嵩以为宜解党禁，益出中藏钱、西园厩马②，以班军士。帝从之。于是发天下精兵③，博选将帅，以嵩为左中郎将，持节，与右中郎将朱俊，共发五校、三河骑士及募精勇，合四万馀人。嵩、俊各统一军，共讨颍川黄巾。俊前与贼波才战④，战败。嵩因进保长社⑤。波才引大众围城，嵩兵少，军中皆恐。乃召军吏谓曰："兵有奇变⑥，不在众寡。今贼依草结营，易为风火。若因夜纵烧，必大惊乱。吾出兵击之，四面俱合，田单之功可成也⑦。"其夕，遂大风，嵩乃约敕军士，皆束苣乘城⑧，使锐士间出围外，纵火大呼，城上举燎应之。嵩因鼓而奔其陈，贼惊乱奔走。会帝遣骑都尉曹操将兵适至，嵩、操与朱俊合兵更战，大破之，斩首数万级。封嵩都乡侯。嵩、俊乘胜进讨汝南、陈国黄巾，追波才于阳翟，击彭脱西华⑨，并破之。馀贼降散，三郡悉平⑩。又进击东郡黄巾卜已于仓亭⑪，生禽卜已，斩首七千馀级。

①轘(huán)辕(yuán)：古关名。在今河南洛阳偃师区东轘辕山上。

②中藏钱：汉时禁钱。

③发：征召、征调。

④波才：黄巾军将领。

⑤长社：汉代县名，在今河南长葛市西。

⑥奇变:《孙子兵法》曰:"凡战者以正合以奇胜者也。故善出奇,无穷如天地,无竭如江海。战势不过奇正。奇正之变,不可胜也。"

⑦田单:战国时,为齐将,守即墨城。燕师攻城,田单以火牛阵败燕师。

⑧束苣:用苇秆扎成火炬。　乘城:上城。

⑨西华:在今河南西华县。

⑩三郡:指颍川、汝南、陈国三郡。

⑪仓亭:在今河南范县。

时北中郎将卢植及东中郎将董卓讨张角,并无功而还,乃诏嵩进兵讨之。嵩与角弟梁战于广宗。梁众精勇,嵩不能克。明日,乃闭营休士,以观其变。知贼意稍懈,乃潜夜勒兵,鸡鸣驰赴其陈,战至晡时①,大破之。斩梁,获首三万级,赴河死者五万许人,焚烧车重三万馀两。悉虏其妇子,系获甚众。角先已病死,乃剖棺戮尸,传首京师。嵩复与钜鹿太守冯翊郭典攻角弟宝于下曲阳②,又斩之。首获十馀万人,筑京观于城南③。即拜嵩为左车骑将军,领冀州牧,封槐里侯,食槐里、美阳两县④,合八千户。以黄巾既平,故改年为中平。嵩奏请冀州一年田租,以赡饥民,帝从之。百姓歌曰:"天下大乱兮市为墟,母不保子兮妻失夫,赖得皇甫兮复安居。"嵩温恤士卒⑤,甚得众情。每军行顿止,须营幔修立,然后就舍帐;军士皆食,己乃尝饭。吏有因事受赂者,嵩更以钱物赐之,吏怀惭,或至自杀。

①晡(bū)时:指申时,即午后三时至五时。

②下曲阳:汉代县名,在今河北晋州。

③京观:积尸封土于其上,谓之"京观"。

④槐里:汉代县名,今陕西兴平市。　美阳:汉代县名,今陕西武功县。

⑤温恤:体恤、爱护士卒。

嵩既破黄巾,威震天下,而朝政日乱,海内虚困。故信都令汉阳阎忠干说嵩曰①:"……昔韩信不忍一餐之遇,而弃三分之业,利剑已揣其喉②,方发悔毒之叹者,机失而谋乖也。今主上势弱于刘、项,将军权重于淮阴,指㧑足以振风云③,叱咤可以兴雷电④。……移宝器于将兴⑤,推亡汉于已坠,实神机之至会,风发之良时也。……且今竖宦群居,同恶如市⑥,上命不行,权归近习⑦。昏主之下,难以久居,不赏之功,谗人侧目,如不早图,后悔无及!"嵩惧曰:"非常之谋,不施于有常之势;创图大功,岂庸才所致?黄巾细孽,敌非秦、项;新结易散,难以济业。且人未忘主,天不佑逆。若虚造不冀之功,以速朝夕之祸,孰与委忠本朝,守其臣节?虽云多谗,不过放废，'犹有令名，死且不朽⑧'。反常之论，所不敢闻。"忠知计不用，因亡去⑨。

①干说：冒昧进言。

②揣(zhuī)：捶击。武涉说韩信背汉，信曰："汉王解衣衣我，推食食我，背之不祥。"又蒯通说信，令信背汉。信以"汉王遇我甚厚，岂可背之哉？"谢蒯通。后被诬告谋反，为吕后所执，叹曰："吾不用蒯通之计，为女子所诈，岂非天哉！"

③指挒：指挥。挒，同"挥"。

④叱咤(chìzhà)：怒声。

⑤宝器：神器，即帝位。

⑥同恶如市：《左传·昭公十三年》："同恶相求，如市贾焉！"

⑦近习：君主亲幸的小人。

⑧令名：壮大名。虽然可能遭到奸谗之害，但至多也不过被免官，这样尚能保有忠臣之名，即使是死也是可以不朽的。"犹有令名，死且不朽"，见《左传·闵公元年》。

⑨亡：逃亡。《英雄记》曰："梁州贼王国等起兵，劫忠为主，统三十六部，号'车骑将军'。忠感慨发病死。"

原文

会边章、韩遂作乱陇右，明年春，诏嵩回镇长安，以卫园陵。章等遂复入寇三辅，使嵩因讨之。初，嵩讨张角，路由邺，见中常侍赵忠舍宅逾制，乃奏没入之。又中常侍张让私求钱五千万，嵩不与。二人由此为憾①，奏嵩连战无功，所费者多。其秋征还，收左车骑将军印绶，削户六千，更封都乡侯二千户。

五年，梁州贼王国围陈仓，复拜嵩为左将军，督前将军董卓，各率二万人拒之。卓欲速进赴陈仓，嵩不听。……王国围陈仓，自冬迄春八十馀日，城坚守固，竟不能拔，贼众疲敝，果自解去。嵩进兵击之。卓曰："不可，兵法：穷寇勿迫，归众勿追。今我追国，是迫归众、追穷寇也。困兽犹斗，蜂虿有毒②，况大众乎？"嵩曰："不然，前吾不击，避其锐也；今而击之，待其衰也。所击疲师，非归众也；国众且走，莫有斗志，以整击乱，非穷寇也。"遂独进击之，使卓为后拒③。连战，大破之，斩首万馀级，国走而死。卓大惭恨，由是忌嵩。明年，卓拜为并州牧，诏使以兵委嵩，卓不从。……于是上书以闻。帝让卓④。卓又增怨于嵩。及后秉政，初平元年，乃征嵩为城门校尉，因欲杀之。……有司承旨，奏嵩下吏，将遂诛之。嵩子坚寿与卓素善，自长安亡走洛阳，归投于卓。卓方置酒欢会，坚寿直前质让，责以大义，叩头流涕。坐者感动，皆离席请之。卓乃起，牵与共坐，使免嵩囚。复拜嵩议郎，迁御史中丞。及卓还长安，公卿百官迎谒道次。卓风令御史中丞已下皆拜以屈嵩。既而抵手言曰⑤："义真，服未乎⑥？"嵩笑而谢之，卓乃解释⑦。及卓被诛，以嵩为征西将军，又迁车骑将军。其年秋，拜太尉。冬，以流星策免⑧。复拜光禄大夫，迁太常。寻李催作乱，嵩亦病卒，赠骠骑将军印绶，拜家一人为郎。

中国家庭基本藏书

① 憾:怨恨。

② 虿(chài):蝎类小虫,尾有毒刺。指小虫也能害人。

③ 拒:通"矩",方形。指军队排列的方阵。后拒,犹后队。

④ 让:责备。

⑤ 抵(zhǐ):拍、击意。抵手,击掌。表示见面高兴的神情。

⑥ 服未乎:服不服?

⑦ 解释:和解。《献帝春秋》曰:"初卓为前将军,嵩为左将军,俱征边章、韩遂,争雄。及嵩拜车下,卓曰:'可以服未?'嵩曰:'安知明公乃至于是?'卓曰:'鸿鹄固有远志,但燕雀自不知耳。'嵩曰:'昔与明公俱为鸿鹄,但明公今日变为凤凰耳。'"

⑧ 策免:皇帝下令免官。汉代常因天文变异和自然灾害策免三公官。

嵩为人爱慎尽勤,前后上表陈谏有补益者五百馀事,皆手书毁草,不宣于外;又折节下士①,门无留客②,时人皆称而附之。坚寿亦显名,后为侍中,辞不拜,病卒。

① 折节:降低身份。

② 留客:意谓不使客人久留等候。

董卓传(节选)

本篇出自《后汉书》卷七十二《董卓列传》。董卓(?—192),陇西临洮(今甘肃岷县)人。少时游于羌中,结交豪帅,在羌胡中很有威信。中平元年(184),任东中郎将,进攻黄巾军,失败抵罪。昭宁元年(189),率兵入洛阳,废少帝,立献帝,位居相,独专朝政。袁绍号召关东州郡起兵讨卓,他焚烧宫室,挟献帝迁长安,自任太师,纵情淫乐,滥杀无辜。终因倒行逆施,天怒人怨,被杀后弃尸街头。

董卓字仲颖,陇西临洮人也。性粗猛有谋①。少尝游羌中,尽与豪帅相结②。后归耕于野,诸豪帅有来从之者,卓为杀耕牛,与共宴乐,豪帅感其意,归,相敛得杂畜千馀头以遗之③,由是以健侠知名。为州兵马掾,常徼守塞下④。卓膂力过人,双带两鞬⑤,左右驰射,为羌胡所畏。桓帝末,以六郡良家子为羽林郎⑥,从中郎将来奂为军司马⑦，共击汉阳叛羌⑧，破之，拜郎中，赐缣九千匹⑨。卓曰："为者则己，有者则士⑩。"乃悉分与吏兵，无所留。稍迁西域戊己校尉⑪，坐事免。后为并州刺史，河东太守……

及帝崩①，大将军何进、司隶校尉袁绍谋诛阉官，而太后不许，乃私呼卓将兵入朝，以胁太后。卓得召，即时就道。并上书曰："中常侍张让等窃幸承宠，浊乱海内。臣闻扬汤止沸，莫若去薪；溃痈虽痛，胜于内食②。昔赵鞅兴晋阳之甲③，以逐君侧之恶人。今臣辄鸣钟鼓如洛阳④，请收让等，以清奸秽。"卓未至而何进败，虎贲中郎将袁术乃烧南宫，欲讨宦官，而中常侍段珪等劫少帝及陈留王夜走小平津⑤。卓远见火起，引兵急进，未明，到城西，闻少帝在北芒⑥，因往奉迎。帝见卓将兵卒至，恐怖涕泣。卓与言，不能辞对；与陈留王语，遂及祸乱之事。卓以王为贤，且为董太后所养，卓自以与太后同族，有废立意。

初，卓之入也，步骑不过三千，自嫌兵少，恐不为远近所服，率四五日辄夜潜出军近营⑦，明旦乃大陈旌鼓而还，以为西兵复至，洛中无知者。寻而何进及弟苗先所领部曲皆归于卓⑧。卓又使吕布杀执金吾丁原而并其众，卓兵士大盛。乃讽朝廷策免司空刘弘而自代之⑨。因集议废立。百僚大会，卓乃奋首而言曰："大者天地，其次君臣，所以为政。皇帝暗弱，不可以奉宗庙，为天下主。今欲依伊尹、霍光故事⑩，更立陈留王，何如？"公卿以下莫敢对。卓又抗言曰⑪："昔霍光定策，延年案剑⑫。有敢沮大议⑬，皆以军法从之。"坐者震动。尚书卢植独曰："昔太甲既立不明，昌邑罪过千馀，故有废立之事。今上富于春秋⑭，行无失德，非前事之比也。"卓大怒，罢坐。明日复集群僚于崇德前殿，遂胁太后策废少帝。曰："皇帝在丧，无人子之心，威仪不类人君，今废为弘农王。"乃立陈留王，是为献帝。又议太后蹙迫永乐太后⑮，至令忧死，逆妇姑之礼⑯，无孝顺之节，迁于永安宫，遂以弑崩。……寻进卓为相国，入朝不趋，剑履上殿。封母为池阳君，置令丞。

是时洛中贵戚室第相望，金帛财产，家家殷积。卓纵放兵士，突其庐舍，淫略妇女，剽虏资物，谓之"搜牢"。人情崩恐，不保朝夕。及何后葬，开文陵⑰，卓悉取藏中珍物。又奸乱公主，妻略宫人，虐刑滥罚，睚眦必死⑱，群僚内外莫能自固。卓尝遣军至阳城⑲，时人会于社下⑳，悉令就斩之，驾其车重，载其妇女，以头系车辕，歌呼而还。又坏五铢钱，更铸小钱，悉取洛阳及长安铜人、钟虡、飞廉、铜马之属㉑，以充铸焉。故货贱物贵，谷石数万。又钱无轮郭文章㉒，不便人用。时人以为秦始皇见长人于临洮，乃铸铜人。卓，临洮人也，而今毁之。虽成毁不同，凶暴相类焉。

卓素闻天下同疾阉官诛杀忠良㉓，及其在事，虽行无道，而犹忍性矫情㉔，擢用群士。乃任吏部尚书汉阳周珌、侍中汝南伍琼、尚书郑公业、长史何颙等，以处士荀爽为司空；其染党锢者陈纪、韩融之徒㉕，皆为列卿。幽滞之士㉖，多所显拔，以尚书韩馥为冀州刺史，侍中刘岱为兖州刺史，陈留孔伷为豫州刺史，颍川张咨为南阳太守。卓所亲爱，并不处显职，但将校而已。

初平元年，馥等到官，与袁绍之徒十馀人，各兴义兵，同盟讨卓，而伍琼、周珌阴为内主㉗。初，灵帝末，黄巾馀党郭太等复起河西白波谷，转寇太原，遂破河东，百姓流转三辅，号为"白波贼"，众十馀万。卓遣中郎将牛辅击之，不能却。及闻东方兵起，惧，乃鸩杀弘农王，欲徙都长安。会公卿议，太尉黄琬、司徒杨彪廷争不能得，而伍琼、周珌又固谏之。卓因大怒曰："卓初入朝，二子劝用善士，故相从；而诸君到官，举兵相图。此二君卖卓㉘，卓何用相负㉙！"遂斩琼、珌。而彪、琬恐惧，诣卓谢曰㉚："小人恋旧，非欲沮国事也，请以不及为罪。"卓既杀琼、珌，旋亦悔之，故表彪、琬为光禄大夫。于是迁天子西都。

注释

① 帝：汉灵帝刘宏，光熹元年(189)病死。

② 食：通"蚀"，侵蚀，腐蚀。这里是说，割破毒疮排脓虽然疼痛，但要胜过不割毒疮，任其向里侵蚀。

③ 赵鞅：春秋时晋国执政大臣，即赵简子，又称赵孟。晋定公十五年(前497)，荀寅、士吉射起兵叛乱，赵鞅从晋阳发兵讨伐，荀寅、士吉射逃走。见于《公羊传·定公十三年》。

④ 如：前往。

⑤ 小平津：古代渡口。又名河阳津。在今河南孟津东北。

⑥ 北芒：一作北邙，即邙山，在今河南洛阳东北。汉代王侯公卿死后多葬此处。

⑦ 率：副词，大抵，大约。

⑧ 部曲：军队。部、曲都是古代军队编制单位。大将军营五部，部下有曲。

⑨讽:暗示;委婉地表示。

⑩伊尹:商汤王辅佐大臣。历仕汤、外丙、中壬三朝。中壬死,太甲即位,不能理政,被他放逐,后又迎回。霍光:字子孟,河东平阳(今山西临汾西南)人,骠骑将军霍去病弟。汉武帝死,昭帝即位,他以大司马大将军辅政。昭帝死,迎立昌邑王刘贺,刘贺荒淫作乐,他建议太后废刘贺,迎立宣帝。

⑪抗言:高声说。

⑫案剑:用手抓住剑把。案,通"按"。《汉书·霍光传》:"(霍)光曰:'昌邑王行昏乱,恐危社稷,如何?'群臣皆惊愕失色,莫敢发言,但唯唯而已。田延年前,离席,按剑曰:'先帝属将军以幼孤,寄将军以天下,以将忠贤,能安刘氏也……今日之议,不得旋踵。群臣后应者,臣请剑斩之。'"

⑬沮(jǔ):阻止。

⑭富于春秋:年轻。春秋,年岁。

⑮太后:汉灵帝何皇后。 蹙(cù)迫:困迫。

⑯妇姑:儿媳与婆婆。姑,古代称丈夫的母亲。

⑰文陵:汉灵帝陵。

⑱睚眦(yázì):瞪眼。这里是说,有人对他瞪眼,一定报复。

⑲阳城:汉代县名,在今河南登封东南。

⑳社:土神庙。

㉑钟虡(jù):悬钟的架子,用铜铸成。 飞廉:古代所称神兽,头似雀,身似鹿,尾似蛇。在洛阳上西门外。铜马:也在洛阳上西门外。

㉒轮郭:轮廓。郭,通"廓"。 文章:花纹。

㉓疾:痛恨。

㉔忍性:克制本性。 矫情:掩饰真情。

㉕染:牵连。

㉖幽滞:失意不得仕进;有才能却受压抑。

㉗内主:做内应的人。

㉘卖:欺骗。

㉙负:辜负。

㉚诣(yì):到。 谢:谢罪;道歉。

原文

　　初,长安遭赤眉之乱,宫室营寺焚灭无馀①,是时唯有高庙、京兆府舍②,遂便时幸焉③。后移未央宫。于是尽徙洛阳人数百万口于长安,步骑驱蹙④,更相蹈藉④,饥饿寇掠,积尸盈路。卓自顿留毕圭苑中,悉烧宫庙官府居家,二百里内无复孑遗。又使吕布发诸帝陵,及公卿以下冢墓,收其珍宝。

　　时长沙太守孙坚亦率豫州诸郡兵讨卓。卓先遣将徐荣、李蒙四出虏掠。荣遇坚于梁⑤,与战,破坚,生禽颍川太守李旻,亨之⑥。卓所得义兵士卒,皆以布缠裹,倒立于地,热膏灌杀之。时河内太守王匡屯兵河阳津,将以图卓。卓遣疑兵挑战,而潜使锐卒从小平津过津北,破之,死者略尽。明年,孙坚收合散卒,进屯梁县之阳人……卓谓长史刘艾曰:"关东诸将数败矣,无能为也。唯孙坚小戆⑦,诸将军

153

宜慎之。"乃使东中郎将董越屯黾池⑧，中郎将段煨屯华阴⑨，中郎将牛辅屯安邑⑩，其馀中郎将、校尉布在诸县，以御山东⑪。

卓讽朝廷使光禄勋宣璠持节拜卓，卓遂僭拟车服⑫，乘金华青盖⑬，爪画两幡⑭，时人号"竿摩车"，言其服饰近天子也。以弟旻为左将军，封鄠侯，兄子璜为侍中、中军校尉，皆典兵事。于是宗族内外，并居列位。其子孙虽在髫龀⑮，男皆封侯，女为邑君。

数与百官置酒宴会，淫乐纵恣。乃结垒于长安城东以自居。又筑坞于郿⑯，高厚七丈，号曰"万岁坞"。积谷为三十年储。自云："事成，雄据天下；不成，守此足以毕老。"尝至郿行坞，公卿以下祖道于横门外⑰。卓施帐幔饮设，诱降北地反者数百人⑱，于坐中杀之。先断其舌，次斩手足，次凿其眼目，以镬煮之；未及得死，偃转杯案间⑲，会者战慄，亡失匕箸⑲，而卓饮食自若。诸将有言语蹉跌⑳，便戮于前。又稍诛关中旧族，陷以叛逆㉑。

时太史望气㉒，言当有大臣戮死者。卓乃使人诬卫尉张温与袁术交通，遂笞温于市，杀之，以塞天变……温字伯慎，少有名誉，累登公卿，亦阴与司徒王允共谋诛卓，事未及发而见害。越骑校尉汝南伍孚忿卓凶毒，志手刃之，乃朝服怀佩刀以见卓。孚语毕辞去，卓起送至阁㉓，以手抚其背，孚因出刀刺之，不中，卓自奋得免，急呼左右执杀之，而大诟曰："虏欲反耶！"孚大言曰："恨不得磔裂奸贼于都市㉔，以谢天地！"言未毕而毙。

时王允与吕布及仆射士孙瑞谋诛卓。有人书"吕"字于布上，负而行于市，歌曰："布乎！"有告卓者，卓不悟。三年四月，帝疾新愈，大会未央殿。卓朝服升车，既而马惊堕泥，还入更衣。其少妻止之，卓不从，遂行。乃陈兵夹道，自垒及宫，左步右骑，屯卫周匝，令吕布等捍卫前后。王允乃与士孙瑞密表其事，使瑞自书诏以授布，令骑都尉李肃与布同心勇士十馀人，伪着卫士服于北掖门内以待卓㉕。卓将至，马惊不行，怪惧欲还。吕布劝令进，遂入门。肃以戟刺之，卓衷甲不入㉖，伤臂堕车，顾大呼曰："吕布何在？"布曰："有诏讨贼臣。"卓大骂曰："庸狗敢如是邪！"布应声持矛刺卓，趣兵斩之㉗。主簿田仪及卓仓头前赴其尸，布又杀之。驰赍赦书，以令宫陛内外。士卒皆称万岁，百姓歌舞于道。长安中士女卖其珠玉衣装市酒肉相庆者，填满街肆。使皇甫嵩攻卓弟旻于郿坞，杀其母妻男女，尽灭其族。乃尸卓于市。天时始热，卓素充肥，脂流于地。守尸吏然火置卓脐中㉘，光明达曙，如是积日。诸袁门生又聚董氏之尸，焚灰扬之于路。坞中珍藏有金二三万斤，银八九万斤，锦绮缯縠纨素奇玩，积如丘山。……

① 营: 军营。 寺: 官舍。三公官舍称府, 九卿官舍称寺, 寺也泛指官舍。

② 高庙: 汉高祖刘邦祠堂。 京兆: 汉代京城长安的行政长官, 又称京兆尹。

③ 便时: 吉日良辰, 便于出外。

④ 蹢藉(jí): 践踏。

⑤ 梁: 汉代县名, 在今河南汝州。

⑥ 亨: 通"烹"。

⑦ 戆(gàng): 鲁莽。

⑧ 黾池: 汉代县名, 今属河南省。

⑨ 华阴: 汉代县名, 故城在今陕西华阴东南。

⑩ 安邑: 汉代县名, 在今山西运城。

⑪ 山东: 战国秦汉时指崤山以东或华山以东。

⑫ 僭(jiàn): 拟: 超越本分, 特指冒用皇帝名号器物服饰。

⑬ 金华: 用金子制作的花, 车盖饰物。

⑭ 爪画: 车辐彩绘。爪, 通"蚤", 车辐连接车辋的榫头。 两轓(fān): 车两侧的遮板。

⑮ 髫龀(tiáochèn): 幼年。髫, 小孩儿头上扎起的下垂的短发; 龀, 小孩儿换牙。

⑯ 坞(wù): 小型城堡。 郿: 地名, 在今陕西眉县。

⑰ 祖道: 古代在出行前祭祀路神, 后来也指摆酒送行。

⑱ 北地: 汉代郡名, 在今甘肃东、南部和宁夏南部一带。

⑲ 匕箸: 羹匙和筷子。

⑳ 蹉(cuō)跌: 失误, 不当。

㉑ 陷: 诬陷, 中伤。

㉒ 望气: 古代迷信, 观察云气预测吉凶。

㉓ 闱: 门旁小门。

㉔ 磔(zhé): 分裂肢体。

㉕ 掖门: 宫中旁门。

㉖ 衷甲: 内穿衣甲。

㉗ 趣(cù): 急忙。

㉘ 然: 古体"燃"字, 点燃。

卫飒传

　　本篇出自《后汉书》卷七十六《循吏列传》。卫飒(? —51 ?), 河南修武(今河南获嘉)人。王莽末年, 任州郡吏。建武十五年(39), 升为桂阳太守, 凿山修路, 减省劳役, 设官铸铁, 增加岁入, 十年间郡内清平。征调回朝, 拟任少府, 因病回乡, 死于家中。

【原文】

卫飒字子产，河内修武人也①。家贫好学问，随师无粮，常佣以自给。王莽时仕郡历州宰。建武二年，辟大司徒邓禹府，举能案剧②，除侍御史、襄城令，政有名迹。迁桂阳太守，郡与交州接境，颇染其俗，不知礼则③。飒下车修庠序之教④，设婚姻之礼，期年间邦俗从化⑤。

【注释】

①修武：汉代县名。在今河南获嘉县。

②举能案剧：邓禹举荐他能处理繁难的政事。剧，繁重。

③礼则：礼法、礼制。

④庠序：古代地方所设的学校，后泛指学校。《孟子·滕文公上》曰："夏曰校，殷曰序，周曰庠，学则三代共之，皆所以明人伦也。"

⑤期(jī)年间：一年之内。

【原文】

先是含洭、浈阳、曲江三县①，越之故地。武帝平之，内属桂阳。民居深山，滨溪谷，习其风土，不出田租。去郡远者，或且千里，吏事往来，辄发民乘船②，名曰传役。每一吏出，徭及数家，百姓苦之。飒乃凿山通道五百馀里，列亭传、置邮驿，于是役省劳息，奸吏杜绝。流民稍还，渐成聚邑，使输租赋③，同之平民。又耒阳县出铁石，佗郡民庶，常依因聚会，私为冶铸，遂招来亡命，多致奸盗。飒乃上起铁官④，罢斥私铸，岁所增入，五百馀万。飒理恤民事，居官如家，其所施政，莫不合于物宜。视事十年，郡内清理⑤。

【注释】

①含洭：今广东英德市西。 浈阳：今广东英德市东。

②乘：驾。征发民丁来驾船。

③输：献纳，交纳。

④上起铁官：上书请设置铁官。

⑤清理：彻底治理。

【原文】

二十五年征还①，光武欲以为少府，会飒被疾，不能拜起，敕以桂阳太守归家，须后诏书②。居二岁，载病诣阙，自陈困笃。乃收印绶，赐钱十万。后卒于家。南阳茨充代飒为桂阳③，亦善其政。教民种植桑、柘、麻、纻之属，劝令养蚕、织屦，民得利益焉④。

王景传

本篇出自《后汉书》卷七十六《循吏列传》。王景(?—84),乐浪訥(rǎn)邯(在今朝鲜境内)人。东汉明帝时,与将作谒王吴修浚仪渠,解除水患。永平十二年(69),又派二人修汴渠,一年渠成,迁侍御史。后任庐江太守,教民修湖垦田,使用犁耕,人民丰足,死于任所。

王景字仲通,乐浪訥邯人也。八世祖仲,本琅邪不其人,好道术,明天文。诸吕作乱,齐哀王襄谋发兵①,而数问于仲。及济北王兴居反,欲委兵师仲②。仲惧祸及,乃浮海东奔乐浪山中③,因而家焉。父闳为郡三老。更始败,土人王调杀郡守刘宪,自称大将军、乐浪太守。建武六年,光武遣太守王遵将兵击之。至辽东,闳与郡决曹史扬邑等共杀调迎遵,皆封为列侯,闳独让爵。帝奇而征之,道病卒。

①齐哀王襄:襄及下文兴居,高祖孙,齐悼惠王肥之子。

②委:交给。想把兵师交给王仲,响应七国之叛。

③浮海:渡海而走。

景少学《易》,遂广窥众书,又好天文、术数之事,沈深多伎艺①。辟司空伏恭府。时有荐景能理水者,显宗诏与将作谒者王吴共修作浚仪渠②。吴用景堨流法③,水乃不复为害。初,平帝时,河汴决坏,未及得修。建武十年,阳武令张汜上言:"河决积久,日月侵毁,济渠所漂数十许县④。修理之费,其功不难,宜改修堤防,以安百姓。"书奏,光武即为发卒。方营河功,而浚仪令乐俊复上言:"昔元光之间⑤,人庶炽盛，缘堤垦殖。而瓠子河决，尚二十馀年，不即拥塞⑥。今居家稀少，田地饶广，虽未修理，其患犹可。且新被兵革，方兴役力，劳怨既多，民不堪命。宜须平静⑦，更议其事。"光武得此，遂止。后汴渠东侵，日月弥广，而水门故处，皆在河中。兖、豫百姓怨叹，以为县官恒兴佗役⑧，不先民急。永平十二年，议修汴渠，乃引见景，问以理水形便。景陈其利害，应对敏给⑨，帝善之。又以尝修浚仪，功业有成，乃赐景《山海经》《河渠书》《禹贡图》，及钱帛衣物。夏，遂发卒数十万，遣景与王吴修渠筑堤，自荥阳东至千乘海口千馀里。景乃商度地势，凿山阜，破砥绩⑩，直截沟涧，防遏冲要，疏决壅积，十里立一水门，令更相洄注⑪，无复溃漏之患。景虽简省役费，然犹以百亿计⑫。明年夏，渠成。帝亲自巡行，诏滨河郡国，置河堤员吏⑬，如西京旧制。景由是知名。王吴及诸从事掾史，皆增秩一等。景三迁为侍御史。十五年，从驾东巡狩至无盐，帝美其功绩，拜河堤谒者，赐车马缣钱。建初七年，迁徐州刺史。先是，杜陵杜笃奏上《论都赋》，欲令车驾迁还长安，著老闻者皆动怀土之心，莫不眷然仁立西望。景以宫庙已立，恐人情疑惑，会时有神雀诸瑞，乃作《金人论》颂洛邑之美，天人之符，文有可采。

①沈深：思虑深远，作风沉着。　伎艺：技能，才艺。

②浚仪渠：在今河南开封市。

③堨：同"堰"。挡水的堤坝。

④济渠：济水，出河南济源市西北，东流经温县入河；度河东南入郑州，又东入滑、曹、郓、济、齐、青等州入海。

⑤元光：武帝年号（前134—前129）。

⑥拥塞：堵塞。武帝元光中，河决于瓠子，东南注巨野，通于淮、泗，元封二年塞之。

⑦须：等待。

⑧佗：同"他"，别的，其他的。

⑨敏给：敏捷。

⑩砥绩：原有治河工程。《禹贡》："原隰底绩。"底绩是致功。这里"破底绩"是打破过去禹河致功之处，加以改修。

⑪洄：逆水而流。《尔雅》曰："逆流而上曰洄。"郭璞注云，旋流。

⑫亿：古代十万为亿。

⑬河堤员吏：管理河堤官员。《十三州志》曰："成帝时河堤大坏，泛滥青、徐、兖、豫四州略遍，乃以校尉王延代领河堤谒者，秩千石，或名其官为护都水使者。中兴，以三府掾属为之。"

原文

明年，迁庐江太守。先是百姓不知牛耕，致地力有馀，而食常不足。郡界有楚相孙叔敖所起芍陂稻田①，景乃驱率吏民，修起芜废②，教用犁耕。由是垦辟倍多，境内丰给。遂铭石刻誓，令民知常禁。又训令蚕织，为作法制，皆著于乡亭，庐江传其文辞。卒于官。

①芍(què)陂：蓄水陂池名，在今安徽寿县安丰塘以东。

②芜废：荒废，指久已废弃的陂池。

初，景以为六经所载，皆有卜筮，作事举止，质于蓍龟①。而众书错糅，吉凶相反。乃参纪众家数术文书、冢宅禁习②、堪舆③、日相之属④，适于事用者，集为《大衍玄基》云。

①蓍(shī)龟：古人以蓍草与龟甲占卜吉凶，因以指占卜。

②冢宅禁习：葬送造宅之法。

③堪舆：风水，指相宅、相墓之法。

④日相：日辰、王相之法。举事选用吉日良辰，避开禁忌时辰(迷信)。

王涣传

本篇出自《后汉书》卷七十六《循吏列传》。王涣(？—105)，广汉郪县(今四川三台县南)人。任温县令时，当地奸猾横行，欺压百姓，他设计铲除，秩序平静。后为洛阳令，申理积案，揭发奸凶，京师称赞。死后百姓为他立祠祭祀。

王涣字稚子，广汉郪人也①。父顺，安定太守。涣少好侠，尚气力，数通剽轻少年②。晚而改节，敦儒学③，习《尚书》，读律令，略举大义。为太守陈宠功曹，当职割断，不避豪右。宠风声大行④，入为大司农。和帝问曰："在郡何以为理？"宠顿首谢曰："臣任功曹王涣，以简贤选能；主簿镡显，拾遗补阙，臣奉宣诏书而已。"帝大悦。涣由此显名。

①郪：西汉置县，在今四川三台县南。

②剽：劫夺。

③敦：推崇，重视。

④风声：声誉，名声。

州举茂才，除温令。县多奸猾①，积为人患，涣以方略讨击，悉诛之。境内清夷②，商人露宿于道。其有放牛者，辄云以属稚子，终无侵犯。在温三年，迁兖州刺史，绳正部郡③，风威大行。后坐考妖言不实论。岁余，征拜侍御史。

永元十五年，从驾南巡，还为洛阳令。以平正居身，得宽猛之宜。其冤嫌久讼，历政所不断④，法理所难平者，莫不曲尽情诈⑤，压塞群疑⑥，又能以谲数发摘奸伏⑦，京师称叹，以为涣有神算⑧。元兴元年，病卒。百姓市道莫不咨嗟。男女老壮，皆相与赋敛，致奠醊以千数⑨。涣丧西归，道经弘农，民庶皆设槃案于路⑩。吏问其故，咸言平常持米到洛，为卒司所钞⑪，恒亡其半；自王君在事，不见侵枉，故来报恩。其政化怀物如此！民思其德，为立祠安阳亭西，每食辄弦歌而荐之⑫。

①奸猾：奸诈狡猾的人。
②清夷：清平。
③绳正：纠正，整治。
④历政：历届官吏。
⑤曲尽：全都弄清。 情诈：真伪。
⑥压塞：解除。 群疑：大家的疑惑。
⑦谲：诈。数，术也。 发摘：揭露，揭发。 奸伏：隐秘的坏人坏事。又能用巧妙的办法，揭发隐藏的恶人。
⑧神算：智算如神。
⑨醊（zhuì）：洒酒于地，表示祭奠。
⑩槃：盘。 案：碗。
⑪钞：掠。
⑫荐：进献，献祭。

永初二年，邓太后诏曰："夫忠良之吏，国家所以为理也，求之甚勤，得之至寡。故孔子曰：'才难，不其然乎？'昔大司农朱邑、右扶风尹翁归①，政迹茂异，令名显闻，孝宣皇帝嘉叹愍惜，而以黄金百斤策赐其子。故洛阳令王涣，秉清修之节，蹈羔羊之义②，尽心奉公，务在惠民；功业未遂，不幸早世。百姓追思，为之立祠，自非忠爱之至，孰能若斯者乎！今以涣子石为郎中，以劝劳勤。"延熹中，桓帝事黄老道，悉毁诸房祀；唯特诏密县存故太傅卓茂庙，洛阳留王涣祠焉。

镡显后亦知名，安帝时为豫州刺史。时天下饥荒，竞为盗贼，州界收捕且万馀人。显愍其困穷，自陷刑辟，辄擅赦之。因自劾奏，有诏勿理。后位至长乐卫尉。

自涣卒后，连诏三公特选洛阳令，皆不称职。永和中，以剧令勃海任峻补之。

峻擢用文武吏，皆尽其能，纠剔奸盗，不得旋踵③。一岁断狱，不过数十，威风猛于涣，而文理不及之。峻字叔高，终于太山太守。

①朱邑：字仲卿，庐江舒人。为北海太守，以理行第一，入为大司农。性公正，不可交以私，天子器之，朝廷敬焉。神爵元年卒，宣帝下诏赐其子黄金百斤，奉其祭祀。　尹翁归：字子况，河东平阳人。拜东海太守，以高第入守右扶风。元康四年卒。宣帝制诏："御史右扶风翁归，廉平向正，早夭不遂，朕甚怜之。其赐翁归子黄金百斤，以奉其祭祀。"

②羔羊：《诗经》篇名，诗人赞美贤大夫有洁白之性、屈柔之行，进退有度。王涣也是走这个道路的。

③旋踵：片刻。言不许片刻延迟。

董宣传

本篇出自《后汉书》卷七十七《酷吏列传》。董宣，陈留圉县人。任北海相时，五官掾公孙丹之子擅杀行人，他被处死刑，遇赦。后为洛阳令，湖阳公主家苍头杀人，他乘公主乘车出外，击杀苍头，惹怒公主。光武帝逼他叩头谢罪，他不低头，称"强项令"。死时七十四岁，家中仅有大麦数斛、破车一辆。

董宣字少平，陈留圉人也①。初为司徒侯霸所辟，举高第，累迁北海相。到官，以大姓公孙丹为五官掾②。丹新造居宅，而卜工以为当有死者③，丹乃令其子杀道行人，置尸舍内，以塞其咎。宣知，即收丹父子杀之。丹宗族亲党三十余人，操兵诣府，称冤叫号。宣以丹前附王莽，虑交通海贼④，乃悉收系剧狱⑤，使门下书佐水丘岑尽杀之⑥。青州以其多滥，奏宣考岑，宣坐征诣廷尉。在狱晨夜讽诵，无忧色。及当出刑，官属具馔送之，宣乃厉色曰："董宣生平未曾食人之食，况死乎！"升车而去⑦。时同刑九人，次应及宣。光武驰使驺骑特原宣刑⑧，且令还狱。遣使者诘宣多杀无辜，宣具以状对，言水丘岑受臣旨意，罪不由之，愿杀臣活岑。使者以闻，有诏左转宣怀令，令青州勿案岑罪。岑官至司隶校尉。

①圉：汉代县名，故城在今河南杞县南。

②五官掾：郡中武官。汉时朝廷有五官中郎将，郡有五官掾。

③卜工：以占卜为业的人。

④交通：交往，勾结。

⑤剧狱：剧县之狱。

中国家庭基本藏书

⑥水丘:复姓,名岑。

⑦升车:登车。

⑧驺骑:侍从骑士。

后江夏有剧贼夏喜等寇乱郡境。以宣为江夏太守。到界,移书曰:"朝廷以太守能禽奸贼,故辱斯任。今勒兵界首,檄到,幸思自安之宜。"喜等闻,惧,即时降散。外戚阴氏为郡都尉,宣轻慢之,坐免。

后特征为洛阳令。时,湖阳公主苍头白日杀人①,因匿主家,吏不能得。及主出行,而以奴骖乘。宣于夏门亭候之,乃驻车叩马,以刀画地,大言数主之失,叱奴下车,因格杀之。主即还宫诉帝,帝大怒,召宣,欲棰杀之②。宣叩头曰:"愿乞一言而死。"帝曰:"欲何言?"宣曰:"陛下圣德中兴,而纵奴杀良人,将何以理天下乎?臣不须棰,请得自杀。"即以头击楹③,流血被面。帝令小黄门持之,使宣叩头谢主,宣不从。强使顿之,宣两手据地,终不肯俯。主曰:"文叔为白衣时④,臧亡匿死,吏不敢至门。今为天子,威不能行一令乎?"帝笑曰:"天子不与白衣同。"因敕强项令出⑤。赐钱三十万,宣悉以班诸吏⑥。由是搏击豪强,莫不震栗,京师号为"卧虎",歌之曰:"枹鼓不鸣董少平⑦。"

①湖阳公主:光武姊。

②棰:用棍子打。

③楹:厅堂前柱,泛指柱子。

④白衣:平民。

⑤强项令:指董宣不肯向公主低头。《谢承书》曰:"敕令诣太官赐食。宣受诏出,饭尽,覆杯食机上。太官以状闻。上问宣,宣对曰:'臣食不敢遗馀,如奉职不敢遗力。'"

⑥班:发给。

⑦枹(fú):指鼓槌。古代击鼓报警,枹鼓不鸣,形容太平无事。

在县五年,年七十四,卒于官。诏遣使者临视,唯见布被覆尸,妻子对哭,有大麦数斛,敝车一乘。帝伤之曰:"董宣廉洁,死乃知之!"以宣尝为二千石,赐艾绶①,葬以大夫礼。拜子并为郎中,后官至齐相。

①艾绶:二千石以上所佩之印绶,银印绿绶。

162

黄昌传

本篇出自《后汉书》卷七十七《酷吏列传》。黄昌,会稽馀姚(今浙江馀姚)人。任蜀郡太守时,申理冤案,缉捕奸盗,无有遗漏。官至太中大夫。

黄昌字圣真,会稽馀姚人也①。本出孤微,居近学官,数见诸生修庠序之礼,因好之,遂就经学。又晓习文法②,仕郡为决曹③。刺史行部见昌,甚奇之,辟从事。后拜宛令,政尚严猛,好发奸伏。人有盗其车盖者,昌初无所言,后乃密遣亲客至门下贼曹家④,掩取得之。悉收其家,一时杀戮。大姓战惧,皆称神明。

注释

①馀姚:汉代县名,今浙江馀姚市。
②文法:法律条文。
③决曹:主罪法事。
④门下:属下。 贼曹:太守署中官属,主管水火、盗贼。

朝廷举能,迁蜀郡太守。先太守李根,年老多悖政①,百姓侵冤②。及昌到,吏人讼者七百馀人,悉为断理,莫不得所。密捕盗帅一人,胁使条诸县强暴之人姓名居处③,乃分遣掩讨,无有遗脱。宿恶大奸④,皆奔走它境。

注释

①悖:乱。
②侵冤:百姓受侵害、遭冤屈。
③条:检举、揭发。
④宿恶:多年作恶的坏人。

原文

初,昌为州书佐,其妇归宁于家①,遇贼被获,遂流转入蜀,为人妻。其子犯事,乃诣昌自讼。昌疑母不类蜀人,因问所由。对曰:"妾本会稽馀姚戴次公女,州书佐黄昌妻也。妾尝归家,为贼所略,遂至于此。"昌惊,呼前谓曰:"何以识黄昌邪?"对曰:"昌左足心有黑子,常自言当为二千石②。"昌乃出足示之,因相持悲泣,还为夫妇。

视事四年,征,再迁陈相。县人彭氏,旧豪纵③,造起大舍,高楼临道。昌每出行县,彭氏妇人辄升楼而观。昌不喜,遂敕收付狱,案杀之。又迁为河内太守,又再迁颍川太守。永和五年,征拜将作大匠。汉安元年,进补大司农,左转太中大夫,卒于官。

① 归宁:妇女回娘家探望父母。
② 二千石:汉代郡守俸禄,也指郡守。相书有言,谓足心有黑子者二千石。
③ 豪纵:骄横跋扈,不服管束。

阳球传

本篇出自《后汉书》卷七十七《酷吏列传》。阳球(?—179),渔阳泉州(今天津武清东南)人。曾任严原相、尚书令。光和二年(179),迁司隶校尉,收捕宦官王甫等,毒刑拷问,车裂以后,暴尸城门,京师震惊。宦官曹节畏惧,诬告阳球,阳球被处死。

阳球字方正,渔阳泉州人也①,家世大姓冠盖②。球能击剑,习弓马。性严厉,好申韩之学。郡吏有辱其母者,球结少年数十人,杀吏,灭其家,由是知名。初举孝廉,补尚书侍郎,闲达故事③,其章奏处议④,常为台阁所崇信。出为高唐令,以严苛过理,郡守收举⑤。会赦见原。辟司徒刘宠府,举高第。九江山贼起,连月不解。三府上球有理奸才,拜九江太守。球到,设方略,凶贼殄破,收郡中奸吏尽杀之。迁平原相,出教曰:"相前莅高唐,志埽奸鄙,遂为贵郡所见枉举。昔桓公释管仲射钩之雠,高祖赦季布逃亡之罪,虽以不德,敢忘前义。况君臣分定⑥,而可怀宿昔哉?今一蠲往怨⑦,期诸来效。若受教之后⑧,而不改奸状者,不得复有所容矣!"郡中咸畏服焉。

① 泉州:汉代县名,故城在今天津武清区东南。
② 冠盖:着冠服、车上有伞。指阳球家世豪族,而且世代官僚。
③ 闲达:熟练,熟习。闲,通"娴"。故事:旧例,掌故。
④ 处:断。
⑤ 收举:收系举劾。因他出人意料的严苛,被郡太守办罪。

⑥君臣:君指阳球自己,臣指他的下属。汉时,太守为一郡之长,对下属是君臣关系,所以说"君臣分定"。

⑦一蠲往愆:一概抛弃前嫌。高唐县属平原郡,阳球任高唐令时,被郡太守收系。

⑧教:长官的命令。

原文

　　时天下大旱,司空张颢条奏长吏苛酷贪污者,皆罢免之。球坐严苦,征诣廷尉,当免官。灵帝以球九江时有功,拜议郎。迁将作大匠,坐事论。顷之,拜尚书令。奏罢鸿都文学,曰:"伏承有诏敕中尚方为鸿都文学乐松、江览等三十二人,图象立赞,以劝学者。臣闻传曰:'君举必书。书而不法,后嗣何观①?'案松、览等②,皆出于微蔑③,斗筲小人④,依凭世戚,附托权豪,俯眉承睫⑤,徼进明时⑥。或献赋一篇,或鸟篆盈简⑦,而位升郎中,形图丹青,亦有笔不点牍⑧,辞不辩心⑨,假手请字⑩,妖伪百品,莫不被蒙殊恩,蝉蜕滓浊⑪。是以有识掩口⑫,天下嗟叹。臣闻图象之设,以昭劝戒⑬,欲令人君动鉴得失,未闻竖子小人诈作文颂,而可妄窃天官,垂象图素者也⑭。今太学、东观,足以宣明圣化,愿罢鸿都之选,以消天下之谤。"书奏不省。

注释

　　①书而不法,后嗣何观:曹刿谏鲁庄公之辞。语见《左传·庄公二十三年》。意思是说:君主的一切举动都要写上史册,假使写上的事不足为法,那就不能示后了。

　　②案:考察。

　　③微蔑:微小。

　　④斗筲:竹制的盛器。喻其微贱。

　　⑤俯眉:犹言低头。承望外戚权贵的眉目颜色以求升官。

　　⑥徼进:谋求进身。

　　⑦鸟篆:秦汉有八体书(字),其中有鸟书一种,字像鸟形。

　　⑧笔不点牍:不会写字。

　　⑨辞不辩心:即言词不能达意。

　　⑩假手:请别人代写。

　　⑪蝉蜕滓浊:庸碌小人获得高官显爵,如蝉蜕壳于污泥之中。

　　⑫掩口:指掩口而笑。

　　⑬昭:示。

　　⑭素:洁白的生绢,古代用以写字画图。

原文

　　时中常侍王甫、曹节等奸虐弄权,扇动外内。球尝拊髀发愤曰①:"若阳球作司隶,此曹子安得容乎?"光和二年,迁为司隶校尉。王甫休沐里舍,球诣阙谢恩,奏收甫及中常侍淳于登、袁赦、封易,中黄门刘毅,小黄门庞训、朱禹、齐盛等,及子弟为守令者,奸猾纵恣,罪合灭族。太尉段颎,谄附佞幸,宜并诛戮。于是悉收甫、颍等送洛阳狱,及甫子永乐少府萌、沛相吉。球自临考甫等。五毒备极②。萌谓球曰:"父子既当伏诛,少以楚毒假借老父。"球曰:"若罪恶无状③,死不灭责,用欲求假借邪?"萌乃骂曰:"尔前奉事吾父于如奴,奴敢反汝主乎?今日困吾,行自及也!"球使以土室萌口,棰朴交至④,父子悉死杖下。颍亦自杀。乃僵磔甫尸于夏城门⑤,大署榜曰"贼臣王甫"。尽没入财产,妻子皆徙比景。

①拊髀(bì):拍击大腿。髀,指大腿。

②五毒:五种酷刑。

③若:你们。是说你们的罪恶,大到无可形容。

④朴:打人的棍棒。 交:齐,同。

⑤僵磔(zhé):指车裂尸体。磔,车裂之刑。

球既诛甫,复欲以次表曹节等①,乃敕中都官从事曰:"且先去大猾,当次案豪右。"权门闻之,莫不屏气。诸奢饰之物,皆各缄縢②。不敢陈设。京师畏震。

①表:上表弹劾。

②缄縢:捆扎东西的绳子、带子,用为动词,捆扎、封存起来。

时顺帝虞贵人葬,百官会丧还,曹节见磔甫尸道次,慨然拭泪曰①:"我曹自可相食,何宜使犬舐其汁乎?"语诸常侍,今且俱入,勿过里舍也。节直入省,白帝曰:"阳球故酷暴吏,前三府奏当免官,以九江微功,复见擢用。怨过之人,好为妄作,不宜使在司隶,以骋毒虐。"帝乃徙球为卫尉。时球出谒陵,节敕尚书令召拜,不得稽留尺一②。球被召急,因求见帝,叩头曰:"臣无清高之行,横蒙鹰犬之任,前虽纠诛王甫、段颍,盖简落狐狸,未足宣示天下。愿假臣一月,必令豺狼鸱枭,各服其辜。"叩头流血。殿上呵叱曰:"卫尉扞诏邪③?"至于再三,乃受拜。其冬,司徒刘郃与球议收案张让、曹节,节等知之,共诬白郃等。语已见《陈球传》。遂收球送洛阳狱,诛死,妻子徙边。

①拭(wěn):擦拭。

②尺一:指诏书。限令传递诏书的人不得稍有停留。

③扞(hàn):触犯,违反。

宦者列传序

 题解

本篇选自《后汉书》卷七十八《宦者列传》。文中回顾了东汉以来宦官专政所造成的严重危害,总结了深刻的历史教训,意义深远,发人深省。西汉时,宫中近侍称为宦者,不尽使用阉者,也用士人。只有个别宦者受到皇帝宠幸,极少干预政事。东汉之初,宦者全用阉人。他们利用接近皇帝、善于逢迎、取得欢心的特殊地位,不仅赏赐无数,生活奢侈,而且操纵朝政,培植党羽,迫害忠良,祸乱天下,搞得政治腐败,民怨沸腾。忠君爱国之士奋起铲除宦官,往往失败,反而招致杀身灭族之祸,令人感慨叹息!究其根源,还在独裁皇帝身上。本篇标题为编者所加。

原文

《易》曰:"天垂象①,圣人则之②。"宦者四星,在皇位之侧③,故周礼置官,亦备其数。阍者守中门之禁④,寺人掌女宫之戒⑤,又云:"王之正内五人⑥。"《月令》:"仲冬命阉尹审门闾、谨房室⑦。"《诗》之《小雅》,亦有《巷伯》刺谗之篇⑧。然宦人之在王朝者,其来旧矣⑨。将以其体非全气⑩,情志专良,通关中人⑪,易以役养乎⑫?然而后世因之,才任稍广。其能者则勃貂、管苏有功于楚、晋⑬,景监、缪贤著庸于秦、赵⑭。及其敝也,则竖刀乱齐⑮,伊戾祸宋⑯。汉兴,仍袭秦制,置中常侍官,然亦引用士人以参其选。皆银珰左貂⑰,给事殿省。及高后称制,乃以张卿为大谒者⑱,出入卧内,受宣诏命。文帝时,有赵谈、北宫伯子,颇见亲幸。至于孝武,亦爱李延年。帝数宴后庭,或潜游离馆,故请奏机事,多以宦人主之。至元帝之世,史游为黄门令⑲,勤心纳忠,有所补益。其后弘恭、石显以佞险自进,卒有萧、周之祸⑳,损秽帝德焉。

 注释

①垂:显示。天上有征象,圣人就效法它。

②则:以为准则,效法。《易·系辞上》曰:"河出图,洛出书,圣人则之。"

③皇位:帝座。天上有四颗宦者星,在帝座之旁。

④阍者:守门人。 中门:宫门。

⑤寺人:宫内侍者。

⑥正内:路寝,即王的卧室。《周礼》:寺人"王之正内五人"。

⑦阉尹:亦作奄尹。仲冬时候命令主领宦者的官,谨戒门闾、房室的出入开闭。郑玄注《月令》云:"奄尹,主领奄竖之宦者也。"

⑧巷伯:宫内小臣。 刺谗:刺谏周幽王过失。

⑨旧:长久。

⑩全气：完整的素质。

⑪通关：联系，接触。

⑫役养：役使。宦者因为身体有缺陷，所以就情志专一，无他欲念，既能和宫内人接触，又便于使唤吗？

⑬勃貂：即寺人披。《左传》曰：吕、郤畏逼，将焚公宫，杀晋文公。寺人披见公，以难告，遂杀吕、郤。管苏：《新序》曰："楚恭王有疾，告诸大夫曰：'管苏犯我以义，违我以礼，与处不安，不见不思，然而有得焉，吾死之后，爵之于朝。'"

⑭景监：《史记》曰，商君入秦，因孝公宠臣景监以求见。 缪贤：《史记》又曰，蔺相如为赵宦者令缪贤舍人，赵求人使报秦者，未得，缪贤曰："臣舍人蔺相如可使也。" 著庸：谓荐鞅及相如也。

⑮竖刀：《左传》曰，齐桓公卒，易牙人，与寺人刀因内宠以杀群吏而立公子无亏，孝公奔宋。

⑯伊戾：《左传》曰，楚客聘于晋。过宋，太子知之，请野享之，公使往。寺人伊戾请从之。至则坎用牲，加书征之，而骋告公曰："太子将为乱。"公使视之，则信有焉。太子死，公徐闻其无罪，乃烹伊戾。

⑰银珰：时武官侍中、中常侍的冠饰。

⑱张卿：汉吕后执政时近侍张释卿，封大谒者。

⑲黄门：禁门称黄闼，宦官掌管，因称官黄门。

⑳萧、周：萧望之和周堪，因建议罢中常侍官，得罪石显而遭害，望之自杀，堪被禁锢不再进用。

【原文】

中兴之初，宦官悉用阉人①，不复杂调它士。至永平中，始置员数，中常侍四人，小黄门十人。和帝即祚幼弱②，而窦宪兄弟专总权威，内外臣僚，莫由亲接，所与居者，唯阉宦而已。故郑众得专谋禁中，终除大憝③。遂享分土之封，超登宫卿之位④，于是中官始盛焉⑤。

【注释】

①宦官：指中常侍、黄门侍郎、黄门等宫内官。秦汉本杂用士人，不全用阉人。

②即祚：即帝位。

③大憝(duì)：大恶，指窦宪。

④宫卿：大长秋。

⑤中官：宦官，太监。

【原文】

自明帝以后，迄乎延平①，委用渐大，而其员稍增。中常侍至有十人，小黄门二十人，改以金珰右貂，兼领卿署之职。邓后以女主临政②，而万机殷远，朝臣国议，无由参断帷幄，称制下令，不出房闱之间③，不得不委用刑人，寄之国命。手握王爵，口含天宪④，非复掖廷、永巷之职⑤，闺牖房闼之任也。其后孙程定立顺之功⑥，曹腾参建桓之策⑦，续以五侯合谋，梁冀受钺⑧，迹因公正，恩固主心，故中外服从，上下屏气⑨。或称伊、霍之勋⑩，无谢于往载；或谓良、平之画⑪，复兴于当今。虽时有忠公⑫，而竟见排斥。举动回山海，呼吸变霜露，阿旨曲求，则光宠三族⑬，直情忤意，则参夷五宗⑭，汉之纲纪大乱矣。

① 延平:东汉殇帝年号。延平元年,公元106年。

② 邓后:东汉和帝皇后,和帝死,她以太后听政。

③ 闱:宫中小门。

④ 手握王爵,口含天宪:意谓国家大权都掌握在宦官的手中、口中。

⑤ 掖廷:宫中帝舍,妃子、宫女住所。　永巷:宫中的长巷,犯罪宫女被幽禁的地方。汉时改为掖廷狱。

⑥ 立顺:指拥立顺帝。

⑦ 建桓:指拥立桓帝。

⑧ 钺:兵器,似斧而大,圆刃,有长柄。　受钺:天子任命将帅,授以斧钺。

⑨ 屏气:谓不敢有所非议。

⑩ 伊、霍:指伊尹、霍光。

⑪ 良、平:指张良、陈平。　画:谋划,计策。

⑫ 忠公:指皇甫嵩、蔡雍等。

⑬ 三族:父族、母族、妻族称"三族"。

⑭ 参夷:并灭。　五宗:五服内的亲人称五宗。

若夫高冠长剑,纡朱怀金者①,布满宫闱;苴茅分虎②,南面臣人者,盖以十数。府署第馆,棋列于都鄙③;子弟支附④,过半于州国;南金、和宝、冰纨、雾縠之积⑤,盈仞珍臧,嫱媛、侍儿、歌童、舞女之玩,充备绮室;狗马饰雕文,土木被缇绣⑥。皆剥割萌黎⑦,竟恣奢欲。构害明贤,专树党类。其有更相援引,希附权强者,皆腐身、熏子⑧,以自衒达⑨。同敝相济⑩,故其徒有繁,败国蠹政之事,不可单书⑪。所以海内嗟毒,志士穷栖,寇剧缘间⑫,摇乱区夏⑬。虽忠良怀愤,时或奋发,而言出祸从,旋见孥戮。因复大考钩党⑭,转相诬染,凡称善士,莫不离被灾毒。窦武、何进位崇戚近,乘九服之嚣怨⑮,协群英之势力,而以疑留不断,至于殄败,斯亦运之极乎!虽袁绍龚行⑯,芟夷无馀⑰,然以暴易乱,亦何云及!自曹腾说梁冀,竟立昏弱⑱,魏武因之,遂迁龟鼎⑲。所谓"君以此始,必以此终⑳",信乎其然矣!

① 纡:系结,垂挂。　朱:朱绂,系官印或佩玉用的丝带。　金:金印。

② 苴茅:分封诸侯。原注,封诸侯各以其方色土,苴以白茅,而分铜虎符也。　分虎:分虎符,指拜郡太守。

③ 棋列:如棋之布列。

④ 支附:宗族及依附者。

⑤ 南金:荆、扬的贡金。　和宝:和氏之宝。　縠(hú):绉纱一类的丝织品。

⑥ 缇:橘红色的丝织物。

⑦ 萌黎:百姓。萌,同"氓"。

⑧ 腐身:自刑做阉人。　熏子:刑儿子做阉人。熏,古者腐刑必熏合之。

⑨衒达:古时士人不待征聘而自荐求进。

⑩同敝:同恶。

⑪单:同"殚",穷尽。

⑫寇剧缘间:寇盗剧贼乘隙而起。缘,因;间,隙。

⑬区夏:即华夏。

⑭钩党:指抓起党锢之狱。

⑮九服:古时京都以外地区按距离京都的远近,划分为九等地区,称九服。九服也泛指全国各地。

⑯龚行:恭行天罚。龚,通"恭"。

⑰芟夷:削除,铲除。芟(shān),除去。

⑱昏弱:指桓帝。东汉从桓帝起统治日衰,诸葛亮文曾有言"太息痛恨于桓灵"。

⑲龟鼎:国之守器,喻帝位。"迁龟鼎",就是说改朝换代。鼎是三代时的九鼎。商、周改朝换代,都把前朝的九鼎搬到自己的新都,叫作"定鼎",建新都于何地则用龟卜。

⑳所谓……:语见《左传·襄公二十三年》。

蔡伦传

本篇出自《后汉书》卷七十八《宦者列传》。蔡伦(？—121),桂阳(今湖南郴州)人。初为小黄门,和帝时转中常侍,加尚方令,监造宫廷器物。首创用树皮、麻头、破布、渔网等造纸,称"蔡侯纸",推广应用。安帝亲政,因曾诬陷安帝祖母,被迫自杀。

蔡伦字敬仲,桂阳人也。以永平末始给事宫掖①,建初中②,为小黄门。及和帝即位,转中常侍,豫参帷幄③。伦有才学,尽心敦慎④,数犯严颜⑤,匡弼得失⑥。每至休沐,辄闭门绝宾,暴体田野。后加位尚方令⑦。

①宫掖:皇宫,宫廷。

②建初:汉章帝年号(76—83)。

③帷幄:本指宫室内悬挂的帐幕。豫参帷幄,犹言参与政事。

④敦慎:敦,诚实厚道;慎,谨慎小心。

⑤严颜:龙颜,指皇帝。

⑥匡弼:纠正。　得失:偏重于失。

⑦尚方令:掌管供应制造帝王所用器物。

永元九年①，监作祕剑及诸器械，莫不精工坚密②，为后世法③。自古书契多编以竹简④，其用缣帛者谓之为纸⑤。缣贵而简重，并不便于人。伦乃造意，用树肤、麻头及敝布、鱼网以为纸，元兴元年奏上之⑥，帝善其能，自是莫不从用焉，故天下咸称"蔡侯纸"。

①永元：汉和帝年号(89—104)。

②精工：工艺精致。　坚密：坚固致密。

③法：楷模，标准。

④书契：文字，这里指写字。

⑤缣(jiān)帛：绢帛。

⑥元兴：汉和帝年号。元兴元年，公元105年。

元初元年①，邓太后以伦久宿卫，封为龙亭侯，邑三百户。后为长乐太仆。四年，帝以经传之文多不正定，乃选通儒谒者刘珍及博士良史诣东观②，各雠校家法③，令伦监典其事④。

①元初：汉安帝年号(114—119)。

②良史：人名，姓良名史。

③雠校：校勘。　家法：各家经师的学说。

④监典：监督掌管。命令蔡伦监管雠校之事。

伦初受窦后讽旨①，诬陷安帝祖母宋贵人。及太后崩，安帝始亲万机，敕使自致廷尉②。伦耻受辱，乃沐浴整衣冠，饮药而死，国除。

①讽旨：暗示的旨意。

②廷尉：秦汉九卿之一，掌管刑狱。这里是说，命令蔡伦自己前去受审。

单超传

题解

　　本篇出自《后汉书》卷七十八《宦者列传》。单超、徐璜、具瑷为中常侍，左悺、唐衡为小黄门史。延熹二年(159)，桓帝依靠五名宦者，铲除把持朝政的大将军梁冀，五人同日封侯，从此宦官当权，政治混乱。延熹八年(165)，司隶校尉韩演奏劾左悺兄弟罪恶，迫使二人自杀，从此五侯势力削弱。

原文

　　单超，河南人；徐璜，下邳良城人；具瑷，魏郡元城人；左悺，河南平阴人；唐衡，颍川郾人也。桓帝初，超、璜、瑷为中常侍，悺、衡为小黄门史。初，梁冀两妹为顺、桓二帝皇后，冀代父商为大将军，再世权戚，威振天下。冀自诛太尉李固、杜乔等，骄横益甚。皇后乘势忌恣，多所鸩毒①，上下钳口，莫有言者。帝逼畏久，恒怀不平，恐言泄，不敢谋之。

　　延熹二年，皇后崩，帝因如厕，独呼衡问："左右与外舍不相得者皆谁乎②？"衡对曰："单超、左悺前诣河南尹不疑③，礼敬小简，不疑收其兄弟送洛阳狱，二人诣门谢，乃得解。徐璜、具瑷常私忿疾外舍放横，口不敢道。"于是帝呼超、悺入室，谓曰："梁将军兄弟专固国朝④，迫胁外内，公卿以下，从其风旨。今欲诛之，于常侍意何如？"超等对曰："诚国奸贼，当诛日久。臣等弱劣，未知圣意何如耳？"帝曰："审然者⑤，常侍密图之。"对曰："图之不难，但恐陛下复中狐疑⑥。"帝曰："奸臣胁国，当伏其罪，何疑乎？"于是更召璜、瑷等五人，遂定其议。帝啮超臂出血为盟⑦。于是诏收冀及宗亲党与，悉诛之。悺、衡迁中常侍。封超，新丰侯，二万户，璜，武原侯，瑷，东武阳侯，各万五千户，赐钱各千五百万；悺，上蔡侯，衡，汝阳侯，各万三千户，赐钱各千三百万。五人同日封，故世谓之"五侯"。又封小黄门刘普、赵忠等八人为乡侯。自是权归宦官，朝廷日乱矣！

注释

　　①鸩毒：毒害，谋害。

　　②外舍：指外戚，即皇后家族。

　　③不疑：汉桓帝时大将军梁冀弟。

　　④专固国朝：牢牢掌握国家大权。

　　⑤审然：的确如此。

　　⑥复中狐疑：又中途犹豫不决。

　　⑦啮(niè)：咬。

原文

超病，帝遣使者就拜车骑将军。明年薨，赐东园秘器、棺中玉具，赠侯、将军印绶，使者理丧。及葬，发五营骑士、将军、侍御史护丧，将作大匠起冢茔。其后四侯转横，天下为之语曰："左回天，具独坐，徐卧虎，唐两堕①。"皆竞起弟宅②，楼观壮丽，穷极伎巧。金银罽毦③，施于犬马。多取良人美女，以为姬妾，皆珍饰华侈，拟则宫人④。其仆从皆乘牛车而从列骑。又养其疏属，或乞嗣异姓，或买苍头为子，并以传国袭封⑤。兄弟姻戚，皆宰州临郡，辜较百姓⑥，与盗贼无异。超弟安为河东太守，弟子匡为济阴太守，璜弟盛为河内太守，悝弟敏为陈留太守，瑗兄恭为沛相，皆为所在蠹害⑦。璜兄子宣为下邳令，暴虐尤甚。先是求故汝南太守下邳李皓女，不能得。及到县，遂将吏卒至皓家，载其女归，戏射杀之，埋著寺内⑧。时下邳县属东海，汝南黄浮为东海相，有告言宣者，浮乃收宣家属，无少长悉考之。掾史以下固谏争，浮曰："徐宣国贼，今日杀之，明日坐死，足以瞑目矣！"即案宣罪弃市⑨，暴其尸以示百姓，郡中震栗。璜于是诉怨于帝，帝大怒，浮坐髡钳⑩，输作右校⑪。五侯宗族宾客虐遍天下，民不堪命，起为寇贼。

注释

①回天：权力能回天。　独坐：骄贵无偶。　卧虎：凶残如虎。　两堕：把持两端、任意而为。
②弟：通"第"。
③罽(jì)：用毛织成的毡子。　毦(ěr)：以羽毛为饰物，这是当时高贵的东西，故和金银并列。
④则：典则，即制度。拟则宫人，是按宫中的装束规格。
⑤袭：继承，沿袭。
⑥辜较：剥削侵夺。
⑦蠹害：危害。蠹，蛀虫。
⑧埋著：埋置。　寺：官署。
⑨案：宣判。　弃市：指在闹市行刑，并陈尸街头示众。
⑩髡钳：是刑徒中最重的，削发(髡)并以铁具束颈(钳)，罚劳作五年。
⑪输作右校：押送将作大匠属下的右校去劳作。

原文

七年，衡卒，亦赠车骑将军，如超故事。璜卒，赗赠钱布①，赐冢茔地。

明年，司隶校尉韩演因奏悝罪恶，及其兄太仆南乡侯称请托州郡，聚敛为奸，宾客放纵，侵犯吏民。颎、称皆自杀。演又奏瑗兄沛相恭臧罪②，征诣廷尉。瑗诣狱谢，上还东武侯印绶，诏贬为都乡侯，卒于家。超及璜、衡袭封者，并降为乡侯，租入岁皆三百万，子弟分封者，悉夺爵土。刘普等贬为关内侯。

注释

①赗：送给办丧事人家的布帛、钱财等，也指送财物帮人办丧事。　钱布：金钱货币。
②臧罪：犯有窝赃罪。

张让传

题解

本篇出自《后汉书》卷七十八《宦者列传》。灵帝时,张让、赵忠等中常侍十二人位至封侯,父子兄弟分布州郡,贪婪凶暴,残害百姓。中平元年(184),黄巾起义爆发,郎中张钧上书要求惩治十常侍,安抚百姓,不被采纳。张钧反遭诬陷,冤死狱中。次年,南宫遭火灾,张让、赵忠等劝说灵帝征税大建宫室,宦官乘机勒索。灵帝死,袁绍起兵捕宦官,尽处死刑。

原文

张让者,颍川人①;赵忠者,安平人也②。少皆给事省中③,桓帝时为小黄门。忠以与诛梁冀功封都乡侯④。延熹八年,黜为关内侯,食本县租千斛。灵帝时,让、忠并迁中常侍、封列侯,与曹节、王甫等相为表里⑤。

注释

①颍川:汉代郡名,今河南禹州。
②安平:汉代县名,今河北保定市。
③省中:宫中有六省,因称省中,供职省中,即在宫廷中做事。
④与:参与。
⑤表里:指互为依托。

原文

节死后,忠领大长秋。让有监奴典任家事,交通货赂,威形喧赫。扶风人孟佗,资产饶赡①,与奴朋结,倾竭馈问②,无所遗爱③。奴咸德之。问佗曰:"君何所欲?力能办也。"曰:"吾望汝曹为我一拜耳。"时宾客求谒让者,车恒数百千两,佗时诣让,后至,不得进。监奴乃率诸苍头,迎拜于路,遂共舆车入门。宾客咸惊,谓佗善于让,皆争以珍玩赂之。佗分以遗让,让大喜,遂以佗为凉州刺史④。是时,让、忠及夏恽、郭胜、孙璋、毕岚、栗嵩、段珪、高望、张恭、韩悝、宋典十二人,皆为中常侍,封侯贵宠,父兄子弟布列州郡,所在贪残,为人蠹害。黄巾既作,盗贼糜沸。郎中中山张钧上书曰:"窃惟张角所以能兴兵作乱,万人所以乐附之者,其源皆由十常侍多放父兄、子弟、婚亲、宾客,典据州郡,辜榷财利⑤,侵掠百姓。百姓之冤,无所告诉,故谋议不轨,聚为盗贼。宜斩十常侍,悬头南郊⑥,以谢百姓,又遣使者布告天下,可不须师旅,而大寇自消。"天子以钧章示让等,皆免冠徒跣⑦,顿首乞自致洛阳诏狱,并出家财以助军费。有诏皆冠履视事如故。帝怒钧曰:"此真狂子也!十常侍固当有一人善者不?"钧复重上,犹如前章,辄寝不报。诏使廷尉、侍御史考为张角道者，御史承让等旨，遂诬奏钧学黄巾道，收掠死狱中。而让等实多与张角交通，后中常侍封谞、徐奉事独发觉，坐诛。帝因怒诘让等曰："汝曹常言党人欲为不轨，皆令禁锢，或有伏诛。今党人更为国用，汝曹反与张角通，为可斩未？"皆叩头云："故中常侍王甫、侯览所为。"帝乃止。

① 饶赡：丰足，富裕。
② 馈问：馈赠。
③ 遗：留存。任何自己所爱的东西都不保留。
④ 以佗为凉州刺史：《三辅决录注》：佗字伯郎，以蒲陶(葡萄)酒一斗遗让，让即拜佗为凉州刺史。
⑤ 辜榷(què)：榷，独木之桥谓之榷，引为专利、专卖。 辜：财利。意谓祸害百姓，独取财利。
⑥ 县：同"悬"。
⑦ 徒跣：光脚。

明年，南宫灾。让、忠等说帝令敛天下田亩税十钱，以修宫室，发太原、河东、狄道诸郡材木及文石①。每州郡部送至京师，黄门常侍辄令谴呵不中者②，因强折贱买，十分雇一③；因复货之于宦官，复不为即受④，材木遂至腐积，宫室连年不成。刺史、太守，复增私调⑤，百姓呼嗟。凡诏所征求，皆令西园驺密约敕⑥，号曰"中使"，恐动州郡，多受赇赂⑦。刺史、二千石及茂才、孝廉迁除，皆责助军、修宫钱，大郡至二三千万，馀各有差。当之官者，皆先至西园谐价⑧，然后得去。有钱不毕者，或至自杀。其守清者，乞不之官，皆迫遣之。时钜鹿太守河内司马直新除，以有清名，减责三百万。直被诏，怅然曰："为民父母，而反割剥百姓，以称时求，吾不忍也！"辞疾，不听。行至孟津，上书极陈当世之失，古今祸败之戒，即吞药自杀。书奏，帝为暂绝修宫钱。

① 文石：言奇石，彩石。文，同"纹"。
② 谴呵：责骂。责骂那些运来不合用的木石的人。
③ 雇：给价，付给酬金。从而强迫折价，十成只估值一成。
④ 受：收购。卖与宦官，而宦官又复故意刁难不即时收购。
⑤ 私调：私自增加征调，纳入私囊。
⑥ 驺(zōu)：侍从骑士。西园驺是灵帝狗马之好所在的西园的驺卒。
⑦ 赇(qiú)赂：贿赂。
⑧ 谐价：议价。

又造万金堂于西园，引司农金钱、缯帛，仞积其中①。又还河间买田宅、起第观②。帝本侯家,宿贫③,每叹桓帝不能作家居④,故聚为私藏,复臧寄小黄门常侍钱各数千万。常云:"张常侍是我公,赵常侍是我母。"宦官得志,无所惮畏,并起第宅,拟则宫室。帝常登永安候台⑤,宦官恐其望见居处,乃使中大人尚但谏曰⑥:"天子不当登高,登高则百姓虚散⑦。"自是不敢复升台榭。明年,遂使钩盾令宋典缮修南宫玉堂。又使掖庭令毕岚铸铜人四列于仓龙、玄武阙⑧。又铸四钟,皆受二千斛,县于玉堂及云台殿前。又铸天禄蝦蟆,吐水于平门外桥东,转水入宫。又作翻车渴乌⑨,施于桥西,用洒南北郊路,以省百姓洒道之费。又铸四出文钱,钱皆四道⑩。识者窃言侈虐已甚,刑象兆见⑪,此钱成,必四道而去。及京师大乱,钱果流布四海。复以忠为车骑将军,百馀日罢。

① 仞:充,满。

② 河间:灵帝袭封河间解渎亭侯,河间为其家乡,故云还。

③ 宿:一向,素来。

④ 家居:指家业。

⑤ 永安:宫名。 候台:指测望星辰的高台。

⑥ 中大人:宫中耆宿,老年宫女。

⑦ 虚散:离散。《春秋潜潭巴》曰:"天子无高台榭,高台榭,则下畔之。"尚但以此诳帝。

⑧ 仓龙:苍龙,东阙。 玄武:北阙。

⑨ 翻车:引水的车,即龙骨水车。 渴乌:吸水上行的曲筒。

⑩ 四道:《献帝春秋》云,有四道连于边轮。

⑪ 刑象:天将要加罚于人时(指天下将大乱时)所见的象征。

六年,帝崩,中军校尉袁绍说大将军何进,令诛中官以悦天下。谋泄,让、忠等因进入省①,遂共杀进。而绍勒兵斩忠,捕宦官,无少长,悉斩之。让等数十人劫质天子走河上②。追急,让等悲哭,辞曰:"臣等殄灭,天下乱矣,惟陛下自爱!"皆投河而死。

① 因:乘着。

② 质:以……为人质。

许慎传

本篇出自《后汉书》卷七十九下《儒林列传下》。许慎(30—120),汝南召陵(今河南郾城东)人。东汉经学家、文字学家。所著《说文解字》,通过分析字形结构推求文字本义,是我国第一部文字学专著,至今仍有很高的学术地位。

许慎字叔重,汝南召陵人也①。性淳笃②,少博学经籍,马融常推敬之。时人为之语曰:"五经无双许叔重。"为郡功曹,举孝廉。再迁,除汶长③。卒于家。初,慎以五经传说,臧否不同④,于是撰为《五经异义》⑤。又作《说文解字》十四篇⑥。皆传于世。

①召陵:汉代县名,今河南郾城。
②淳笃:淳,朴实厚道;笃,忠实坚定。
③再迁:第二次升迁。按建光元年,慎子许冲文表,慎先由孝廉任太尉南阁祭酒,后迁汶县(今安徽灵璧县)长。
④臧否:即是非、得失。
⑤《五经异义》:共十卷,综述各家经说中一些新的论点,亡于宋代。
⑥《说文解字》:共收秦小篆九千三百五十三字,分为五百四十部,综合了古代有关字形、字音、字义的解释,为我国最古的较完备的字典,对古文字学的贡献很大。

独行列传序

本篇出自《后汉书》卷八十一《独行列传》。三代以后,曾有很多在某一方面有突出成就的人,虽然不够全面,有所偏向,但是也有值得怀念的地方,为了不让他们的事迹脱漏,范晔汇集起来,写成《独行列传》。本篇标题为编者所加。

孔子曰:"与其不得中庸,必也狂狷乎!"又云:"狂者进取,狷者有所不为也。"①此盖失于周全之道,而取诸偏至之端者也。然则有所不为,亦将有所必为者矣;既云进取,亦将有所不取者矣。如此性尚分流,为否异适矣②。中世偏行一介之夫③,能成名立方者④,盖亦众也:或志刚金石,而克扞于强御;或意严冬霜,

中国家庭基本藏书

而甘心于小谅⑤；亦有结朋协好，幽明共心⑥；蹈义陵险⑦，死生等节。虽事非通圆，良其风轨有足怀者⑧。而情迹殊杂，难为条品⑨，片辞特趣⑩，不足区别，措之则事或有遗⑪，载之则贯序无统。以其名体虽殊，而操行俱绝，故总为独行篇焉。庶备诸阙文，纪志漏脱云尔。

注释

①中庸：不偏不倚。　狂狷：急于进取和拘谨保守。《论语·子路篇》作"不得中行而与之，必也狂狷乎！狂者进取，狷者有所不为"，中行与中庸义同。原意是：不能与言行合乎中庸的人相交，也一定要与有远大志向和狷介的人相交。志向远大的人一意向前，狷介的人不肯做坏事。

②适：趋向。人之好尚不同，或为或否，各有所适。

③中世：古称夏、商、周三代以后为中世。

④方：道。

⑤谅：诚信、信实。

⑥幽明：死生。

⑦蹈：实践、遵循。　陵：身历、身临。

⑧风规：风格。　有足怀者：有可以令怀念之处。

⑨条品：这里是说情节很复杂，难以分类品评。

⑩特：一个，一种。　趣：旨趣，旨意。

⑪措：放弃。　遗：丢掉，遗失。

逸民列传序

本篇出自《后汉书》卷八十三《逸民列传》。自古以来，推崇淡泊名利的山林之士。东汉之初，光武访求隐士，优礼相待。章帝也曾征召在野贤士。后来奸邪当道，处士鄙弃世俗，怀抱孤愤，隐居不仕，虽然有失偏激，但他们品节高尚，也应加以记载。本篇标题为编者所加。

《易》称："遁之时义大矣哉①！"又曰："不事王侯②，高尚其事。"是以尧称则天③，不屈颍阳之高④；武尽美矣⑤，终全孤竹之洁⑥。自兹以降，风流弥繁，长往之轨未殊，而感致之数匪一：或隐居以求其志；或回避以全其道；或静己以镇其躁；或去危以图其安；或垢俗以动其概；或疵物以激其清⑦。然观其甘心畎亩之中，憔悴江海之上⑧，岂必亲鱼鸟，乐林草哉？亦云性分所至而已。故蒙耻之宾，屡黜不去其国⑨；蹈海之节，千乘莫移其情⑩。适使矫易去就，则不能相为矣⑪。彼虽硁硁有类沽名者⑫，然而蝉蜕嚣埃之中⑬，自致寰区之外⑭，异夫饰智巧以逐浮利者乎！苟

178

卿有言曰，"志意修则骄富贵，道义重则轻王公"也。

汉室中微，王莽篡位，士之蕴藉义愤甚矣[15]。是时裂冠毁冕相携持而去之者[16]，盖不可胜数。扬雄曰："鸿飞冥冥，弋者何篡焉[17]？"言其违患之远也。光武侧席幽人[18]，求之若不及。旌帛蒲车之所征贲[19]，相望于岩中矣。若薛方、逢萌聘而不肯至；严光、周党、王霸至而不能屈。群方咸遂，志士怀仁，斯固所谓"举逸民，天下归心"者乎[20]！肃宗亦礼郑均而征高凤，以成其节。自后帝德稍衰，邪孽当朝，处子耿介[21]，羞与卿相等列，至乃抗愤而不顾，多失其中行焉。盖录其绝尘不反，同夫作者[22]，列之此篇。

①遁：隐居不仕。引文见《易·遁卦》。

②事：侍奉。引文见《易·遁卦》。

③则天：(尧的道德)效法上天。《论语·泰伯篇》："巍巍乎唯天为大，唯尧则之。"

④颖阳：颖水之北。相传尧时有巢父、许由隐居颖阳，尧想把天子位让给他们，他们都不受。

⑤武：是周武王的乐歌，此处代指武王。

⑥孤竹：指孤竹君的儿子伯夷、叔齐。

⑦疵物：鄙视富贵。

⑧畎亩：田地。《庄子》："舜以天下让北人无择。无择曰：'异哉，后之为人也！居于畎亩之中而游尧之门，不若是而已。'"又曰："就薮泽，处闲旷，此江海之士，避世之人，闲暇者之所好也。"

⑨黜：罢官。春秋时，鲁人柳下惠曾做士师，三次被罢免，仍居鲁国，不到别国去做官。

⑩千乘：大国。指战国时齐人鲁仲连。秦围赵，魏派新垣衍游说赵国，请尊秦君为帝，以退秦军。鲁仲连正在赵国，斥责新垣衍说：如果秦君为帝，我将跳东海而死。魏赵联军击退秦军，赵王赐仲连封土，他不肯受，逃隐海上。见《史记·鲁仲连传》。

⑪相为：人各有所尚，不能改其志。孔子曰："天下有道，丘不与易也。"柳下惠之留，鲁仲连之去，是不能互易的。

⑫硁硁(kēngkēng)：浅薄固执。《论语·子路篇》曰："言必信，行必果，硁硁然，小人哉。"

⑬蝉蜕：蝉脱去壳，比喻脱离污秽。　嚣埃：犹言尘埃。

⑭寰区：义为世界。

⑮蕴藉：蓄积。

⑯冠、冕：官员礼帽，毁裂表示弃官不做。

⑰篡：取。言鸿飞很高，弋人无法射取。

⑱侧席：不正坐，以待贤良。　幽人：隐士。

⑲征：征聘，征贲二字连用，聘请之义。《易·贲卦六五》"贲于丘园，束帛戋戋"，即以束帛招聘丘园之士。贲作施饰讲。

⑳归心：衷心归附。语出《论语·尧曰篇》。

㉑处子：即处士、隐士。

㉒作者：见机而作的人。《论语·宪问篇》："子曰：'贤者辟(同避)世，其次辟地，其次辟邑，其次辟言。'子曰：'作者七人矣！'"七人指：长沮、桀溺、丈人、石门、荷蒉、仪封人、楚狂接舆，这些人都是有所为而隐居不仕的。

严光传

题解

　　本篇出自《后汉书》卷八十三《逸民列传》。严光，会稽馀姚(今浙江馀姚)人，少年时与刘秀一同游学。刘秀称帝，他改变姓名隐藏起来。刘秀派人寻访，授以谏议大夫，他拒不接受，隐居富春山下，终年八十岁。

原文

　　严光字子陵，一名遵，会稽馀姚人也①。少有高名，与光武同游学。及光武即位，乃变名姓，隐身不见。帝思其贤，乃令以物色访之②。后齐国上言，有一男子披羊裘钓泽中。帝疑其光，乃备安车玄纁③，遣使聘之。三反而后至。舍于北军，给床褥，太官朝夕进膳。

　　司徒侯霸与光素旧，遣使奉书④。使人因谓光曰："公闻先生至，区区欲即诣造，迫于典司，是以不获⑤。愿因日暮，自屈语言⑥。"光不答，乃投札与之⑦，口授曰："君房足下，位至鼎足，甚善。怀仁辅义天下悦，阿谀顺旨要领绝⑧。"霸得书，封奏之。帝笑曰："狂奴故态也！"车驾即日幸其馆。光卧不起，帝即其卧所，抚光腹曰："咄咄子陵⑨！不可相助为理邪？"光又眠不应。良久，乃张目熟视曰："昔唐尧著德，巢父洗耳。士故有志，何至相迫乎？"帝曰："子陵，我竟不能下汝邪？"于是升舆叹息而去。复引光入，论道旧故，相对累日。帝从容问光曰："朕何如昔时？"对曰："陛下差增于往⑩。"因共偃卧，光以足加帝腹上。明日，太史奏客星犯御坐甚急。帝笑曰："朕故人严子陵共卧耳。"除为谏议大夫，不屈⑪。乃耕于富春山⑫。后人名其钓处为严陵濑焉。建武十七年复特征，不至。年八十，终于家。帝伤惜之，诏下郡县赐钱百万，谷千斛。

　　①馀姚：今浙江馀姚市。

　　②物色：容貌、形状。

　　③玄纁：黑中带红。玄是黑色；纁是浅红色。一种经多次染成的颜色复杂的衣料。古代帝王常用于征召处士。

　　④遣使：派属官。皇甫谧《高士传》曰："霸使西曹属侯子道奉书，光不起。于床上箕踞抱膝发书读讫，问子道曰：'君房素痴，今为三公，宁小差否？'子道曰：'位已鼎足，不痴也。'光曰：'遣卿来何言？'子道传霸言。光曰：'卿言不痴，是非痴语也？天子征我三乃来。人主尚不见，当人臣乎？'子道求报。光曰：'我手不能书。'乃口授之。使者嫌少，可更足。光曰：'买菜乎？求益也？'"

　　⑤不获：不能。因有职守，不能亲来拜访。

　　⑥语言：谈话。希望你在日暮闲暇时，委屈一点，来这里淡淡。

⑦札：古代写字用的小而薄的木片。

⑧要：同"腰"。　领：即颈。要领绝，意谓身首分家。一味阿谀奉承皇帝就应该斩首。

⑨咄咄：感叹声，表示叹息。

⑩差：稍微，略微。比过去稍稍肥一点。

⑪屈：俯就，屈身接受征召。

⑫富春山：在浙江桐庐县西，一名严陵山，山下有严陵濑，传为严子陵垂钓处。

梁鸿传

本篇出自《后汉书》卷八十三《逸民列传》。梁鸿，扶风平陵(今陕西咸阳市)人。家境贫苦，曾在上林苑放猪。娶妻孟光，同入霸陵山中隐居。过洛阳作《五噫之歌》，讽刺当世。章帝下令寻找。夫妻逃往吴地，为人佣作至死。夫妻相敬如宾，传为佳话。

梁鸿字伯鸾，扶风平陵人也①。父让，王莽时为城门校尉，封修远伯②，使奉少昊后③，寓于北地而卒。鸿时尚幼，以遭乱世，因卷席而葬。后受业太学，家贫而尚节介，博览无不通，而不为章句。学毕，乃牧豕于上林苑中。曾误遗火延及它舍，鸿乃寻访烧者，问所去失④，悉以豕偿之。其主犹以为少。鸿曰："无它财，愿以身居作⑤。"主人许之。因为执勤，不懈朝夕。邻家耆老见鸿非恒人⑥，乃共责让主人，而称鸿长者。于是始敬异焉，悉还其豕。鸿不受而去，归乡里。

①平陵：汉代县名，今陕西咸阳市。

②修远：汉代县名，今甘肃兰州市。

③少昊：西方上帝。王莽使梁让祭祀西方上帝少昊。

④去失：犹言损失。

⑤居作：当佣人。作，劳作。

⑥恒：通常，平常。非恒人，谓鸿非平常之人。

势家慕其高节，多欲女之①，鸿并绝不娶。同县孟氏有女，状肥丑而黑，力举石臼，择对不嫁，至年三十。父母问其故，女曰："欲得贤如梁伯鸾者。"鸿闻而娉之。女求作布衣、麻屦、织作筐、缉绩之具。及嫁，始以装饰入门。七日而鸿不答②。妻乃跪床下请曰："窃闻夫子高义，简斥数妇③，妾亦偃蹇数夫矣④。今而见择⑤，敢不请罪。"鸿曰："吾欲裘褐之人⑥，可与俱隐深山者尔。今乃衣绮缟、傅粉墨，岂鸿所愿哉？"妻曰："以观夫子之志耳。妾自有隐居之服。"乃更为椎髻，著布衣，操作而前。鸿大喜曰："此真梁鸿妻也，能奉我矣！"字之曰德曜，[名]孟光⑦。

注释

① 女之：把女儿嫁给他。

② 不答：不与说话、应答。

③ 简斥：挑剔不要。

④ 偃蹇：高傲的样子。孟光择夫，挑选数人都不合意。

⑤ 择：舍弃。

⑥ 裘褐之人：意谓贫贱之人。褐，粗陋的衣服。

⑦ 字：给她起个表字。古时女子未嫁时有名无字，嫁后才有字。鸿妻原名孟光，梁鸿替她取字德曜。

原文

居有顷，妻曰："常闻夫子欲隐居避患，今何为默默？无乃欲低头就之乎？"鸿曰："诺。"乃共入霸陵山中①，以耕织为业，咏诗书、弹琴以自娱。仰慕前世高士，而为四皓以来二十四人作颂。因东出关，过京师，作五噫之歌曰②："陟彼北芒兮③，噫！顾览帝京兮，噫！宫室崔嵬兮，噫！人之劬劳兮，噫！辽辽未央兮，噫！"肃宗闻而非之，求鸿不得。乃易姓运期，名耀，字侯光，与妻子居齐、鲁之间。

注释

① 霸陵山：在今陕西西安长安区东，有汉文帝墓。

② 五噫之歌：歌词大意是：看看死去的贵族，看看活着的帝王，皇帝的宫室那么高大，辛勤的人民那么劳苦，遥远的未来却无穷无尽。

③ 北芒：山名，在今河南洛阳北，自东汉建武后，王侯公卿多葬此处。

原文

有顷，又去适吴①。将行，作诗曰："逝旧邦兮遐征，将遥集兮东南。心惙怛兮伤悴②，志菲菲兮升降③。欲乘策兮纵迈④，疾吾俗兮作谗。竞举枉兮错直⑤，咸先佞兮唲哑⑥。(聊)固靡惭兮独建，冀异州兮尚贤⑦。聊逍摇兮遨嬉⑧，缵仲尼兮周流⑨。倪云睹兮我悦，遂舍车兮即浮⑩。过季札兮延陵⑪，求鲁连兮海隅⑫。虽不察兮光貌，幸神灵兮与休⑬。惟季春兮华阜，麦含含兮方秀。哀茂时兮逾迈⑭，愍芳香兮日臭⑮。悼吾心兮不获，长委结兮焉究⑯！口嚣嚣兮余讪⑰，嗟恻恻兮谁留⑱？

注释

①适：前去。

②惙(chuò)：忧愁。　怛(dá)：悲伤。

③菲菲:高下不定。

④乘策:加鞭。 纵迈:尽量远跑。

⑤错:同"措",弃置。举枉错诸直,则民不服。语出《论语·为政篇》。

⑥啴啴(yányán):形容谗言捷急。

⑦建:立。意谓自己不愧于特立独行,希望异地有尚贤之风。

⑧遨嬉:犹言遨戏,游玩。

⑨缵:继承。 周流:犹言周游。

⑩浮:乘船。还有可能见到我所喜悦的所在吧!陆地找不着,便舍车而登船吧!

⑪季札:春秋时人,吴王寿梦的少子。封于延陵(今江苏武进),号称延陵季子。

⑫鲁连:战国齐国高士鲁仲连。

⑬休:美善。我虽不识季子和鲁连的神采、形貌,却希冀神灵与他们同美。

⑭茂:盛。

⑮臭:败。

⑯委结:怀恨。 焉究:怎样终结?

⑰讪:讪谤。

⑱惬惬(kuāngkuāng):恐惧。众口讪谤我,终日惶惶,何处可以容身!

遂至吴,依大家皋伯通,居庑下,为人赁舂。每归,妻为具食,不敢于鸿前仰视,举案齐眉①。伯通察而异之曰:"彼佣能使其妻敬之如此,非凡人也。"乃方舍之于家。鸿潜闭著书十馀篇。疾且困,告主人曰:"昔延陵季子葬子于嬴、博之间②,不归乡里,慎勿令我子持丧归去。"及卒,伯通等为求葬地于吴要离冢旁③。咸曰:"要离烈士,而伯鸾清高,可令相近。"葬毕,妻子归扶风。

①案:古时盛食物的托盘。

②嬴:在今山东莱芜境。 博:在今山东泰安境。吴季子适齐,其长子死,葬于嬴博之间,见《礼记·檀弓篇》。

③要离:春秋时人。替吴公子光刺死吴王僚子庆忌,后亦自杀,当时人称为义士。见《吴越春秋·阖闾内传》。其墓在今江苏苏州市。梁鸿墓在其北。

初,鸿友人京兆高恢①,少好老子,隐于华阴山中。及鸿东游,思恢,作诗曰:"鸟嘤嘤兮友之期②,念高子兮仆怀思,想念恢兮爰集兹。"二人遂不复相见。恢亦高抗,终身不仕。

①恢:字伯通,东汉隐士。

②友之期:期望见到朋友。《毛诗》曰:"伐木丁丁,鸟鸣嘤嘤。出自幽谷,迁于乔木。嘤其鸣矣,求其友声。"

韩康传

中国家庭基本藏书 史著选集卷

题解

本篇出自《后汉书》卷八十三《逸民列传》。韩康,京兆霸陵(今陕西西安长安区)人。三十馀年,采药名山,卖于长安市上,言不二价。桓帝时派使者征聘,中途逃去。

原文

韩康字伯休,一名恬休,京兆霸陵人①。家世著姓②。常采药名山,卖于长安市,口不二价,三十馀年。时有女子从康买药,康守价不移。女子怒曰:"公是韩伯休那③?乃不二价乎?"康叹曰:"我本欲避名,今小女子皆知有我,何用药为④?"乃遁入霸陵山中。

博士公车连征不至。桓帝乃备玄𬄡之礼,以安车聘之。使者奉诏造康,康不得已,乃许诺。辞安车,自乘柴车,冒晨先使者发。至亭,亭长以韩征君当过⑤,方发人、牛修道桥。及康柴车幅巾,以为田叟也,使夺其牛。康即释驾与之。有顷,使者至,夺牛翁乃征君也。使者欲奏杀亭长。康曰:"此自老子与之⑥,亭长何罪?"乃止。康因中道逃遁,以寿终。

注释

① 霸陵:汉代县名,今陕西西安长安区。
② 著姓:望族。
③ 那(nuó):助词,表示反诘。
④ 为:用于句末,表示反诘。
⑤ 征君:对不接受朝廷征聘之士的敬称。
⑥ 老子:自称之词,和"老夫"相同。

曹世叔妻(班昭)传(节选)

题解

本篇出自《后汉书》卷八十四《列女传》。曹世叔妻班昭,一名班姬,字惠班,史学家班彪女,早年守寡。精通文史,奉诏为《汉书》补作八表及《天文志》。又作《女诫》。常入宫中教导后妃,称"曹大家(姑)"。

扶风曹世叔妻者，同郡班彪之女也。名昭，字惠班，一名姬，博学高才。世叔早卒，有节行法度[1]。兄固，著《汉书》，其八表及《天文志》未及竟而卒，和帝诏昭就东观藏书阁踵而成之[2]。帝数召入宫，令皇后诸贵人师事焉，号曰大家[3]。每有贡献异物，辄诏大家作赋颂。及邓太后临朝，与闻政事。以出入之勤，特封子成关内侯[4]，官至齐相。时《汉书》始出，多未能通者，同郡马融伏于阁下，从昭受读，后又诏融兄续继昭成之[5]。

①法度：行为准则，规矩。
②臧：同"藏"。 踵：续作。
③家(gū)：通"姑"。
④成：班昭子。
⑤续：马融兄马续。

永初中，太后兄大将军邓骘以母忧上书乞身[1]。太后不欲许，以问昭。昭因上疏曰："伏惟皇太后陛下，躬盛德之美[2]，隆唐虞之政[3]，辟四门而开四聪[4]，采狂夫之瞽言，纳刍荛之谋虑[5]。妾昭得以愚朽，身当盛明，敢不披露肝胆，以效万一。妾闻谦让之风，德莫大焉。故典坟述美[6]，神祇降福[7]。昔夷、齐去国，天下服其廉高；太伯违邠，孔子称为三让[8]，所以光昭令德，扬名于后者也。《论语》曰：'能以礼让为国，于从政乎何有！'由是言之，推让之诚，其致远矣。今四舅深执忠孝，引身自退，而以方垂未静[9]，拒而不许；如后有毫毛加于今日[10]，诚恐推让之名，不可再得。缘见逮及，故敢昧死竭其愚情。自知言不足采，以示虫蚁之赤心。"太后从而许之，于是骘等各还里第焉。

①乞身：请求辞官回乡。
②躬：本身具有。
③隆：兴盛，使兴盛。
④辟：打开。打开四方之门，听纳四方意见。
⑤刍荛：樵夫。泛指愚鲁之人。《诗》曰："先人有言，询于刍荛。"
⑥典坟：三坟五典，相传为三皇五帝之书。这里泛指古史。《易》曰："鬼神害盈而福谦。"
⑦神祇(qí)：众神。祇，地神。
⑧三让：《论语·太伯篇》："太伯其可谓至德也已矣！三以天下让，民无得而称焉。"
⑨方垂：边境。
⑩毫毛：微小的过失。意谓以纤微之过，失掉推让之美。

185

原文

作《女诫》七篇①，有助内训②……

注释

①《女诫》七篇：一卑弱，二夫妇，三敬慎，四妇行，五专心，六曲从，七和叔妹。
②内训：对妇女的训导。

 原文

马融善之，令妻女习焉。昭女妹曹丰生①，亦有才惠②，为书以难之，辞有可观。昭年七十馀卒，皇太后素服举哀，使者监护丧事。所著赋、颂、铭、诔、问、注、哀辞、书论、上疏、遗令，凡十六篇。子妇丁氏为撰集之，又作《大家赞》焉。

 注释

①女妹：丈夫的妹妹。
②惠：通"慧"。

乐羊子妻传

 题解

本篇出自《后汉书》卷八十四《列女传》。河南乐羊子妻，坚守道义，品节高尚。丈夫拾到一块金子，她说这玷污了品行，丈夫便扔掉了。丈夫出外求学，一年后想家返回，她以织布为比喻，勉励丈夫学成回来。强盗企图凌辱她，她拔刀自刎，以死恪守封建的贞操观念。

 原文

河南乐羊子之妻者，不知何氏之女也。羊子尝行路，得遗金一饼，还以与妻。妻曰："妾闻志士不饮盗泉之水①，廉者不受嗟来之食②，况拾遗求利以污其行乎！"羊子大惭，乃捐金于野，而远寻师学。一年来归，妻跪问其故。羊子曰："久行怀思③，无它异也。"妻乃引刀趋机而言曰："此织生自蚕茧，成于机杼，一丝而累，以至于寸，累寸不已，遂成丈匹。今若断斯织也，则捐失成功，稽废时月④。夫子积学，当日知其所亡⑤，以就懿德⑥。若中道而归，何异断斯织乎？"羊子感其言，复还终业，遂七年不反。

注释

①盗泉：在今山东泗水县。《论语》载孔子不饮盗泉之水，曰："水名盗泉，仲尼不漱。"
②嗟来之食：《礼记·檀弓》下："齐大饥，黔敖为食于路以待饿者而食之。有饿者，蒙袂、辑屦，贸贸然来。黔

敖左奉食、右执饮曰：'嗟！来食！' 扬其目而视之曰：'予唯不食嗟来之食,以至于斯也!' 从而谢焉。终不食而死。"

③怀思：想念。

④稽废：停止,荒废,耽误。

⑤亡：同"无"。"日知其所亡,月无忘其所能",见《论语·子张篇》。

⑥懿：美。

　　妻常躬勤养姑①,又远馈羊子②。尝有它舍鸡谬入园中,姑盗杀而食之,妻对鸡不餐而泣。姑怪问其故,妻曰："自伤居贫,使食有它肉。"姑竟弃之。后盗欲有犯妻者,乃先劫其姑。妻闻,操刀而出。盗人曰："释汝刀,从我者可全,不从我者,则杀汝姑。"妻仰天而叹,举刀刎颈而死,盗亦不杀其姑。太守闻之,即捕杀贼盗,而赐妻缣帛,以礼葬之,号曰"贞义"。

①姑：古代称婆婆。

②馈：供应食物。

皇甫规妻传

　　本篇出自《后汉书》卷八十四《列女传》。后汉中郎将皇甫规妻,年轻美貌,善作草书,会写公文。丈夫死后,董卓强行聘娶,不屈而死。

　　安定皇甫规妻者①,不知何氏女也②。规初丧室家,后更娶之。妻善属文,能草书,时为规答书记,众人怪其工。及规卒时,妻年犹盛而容色美。后董卓为相国,承其名,娉以轩辎百乘③,马二十四,奴婢钱帛充路。妻乃轻服诣卓门④,跪自陈请,辞甚酸怆。卓使傅奴侍者悉拔刀围之,而谓曰："孤之威教,欲令四海风靡,何有不行于一妇人乎？"妻知不免,乃立骂卓曰："君羌胡之种,毒害天下,犹未足邪？妾之先人,清德奕世⑤。皇甫氏文武上才,为汉忠臣,君亲非其趣使走吏乎⑥？敢欲行非礼于尔君夫人邪！"卓乃引车庭中,以其头县轭⑦,鞭扑交下⑧。妻谓持杖者曰："何不重乎？速尽为惠。"遂死车下。后人图画,号曰"礼宗"云。

①皇甫规：桓帝、灵帝时名将,以镇压羌人有功,官至度辽将军、护羌校尉。事见《后汉书》本传。

②何氏女：张怀瓘《书断》："扶风马夫人,大司农皇甫规之妻也。"

③辎:古代四周有帷幕的车子。　辎:一种有帷盖可载重的车子。

④轻服:便衣。

⑤奕世:也作弈世。累世,一代接一代。

⑥趣使走吏:供人驱使的走卒。董卓本为皇甫规部下。

⑦轭:驾车时套在牲口脖子上的曲木。《周礼·考工记》曰:"轭长六尺。"

⑧鞭扑:古代用作刑具的鞭子和棍棒。

董祀妻(蔡琰)传

【题解】

本篇出自《后汉书》卷八十四《列女传》。蔡琰,字文姬,陈留圉县(今河南杞县南)人。文学家、书法家蔡邕之女,学识广博,擅长诗文,通晓音乐。早年丧夫,返归母家。兴平年间,被匈奴掳去,与左贤王生二子。十二年后被曹操赎回,改嫁董祀。作《悲愤诗》二首,抒写流落异域的悲惨经历,至今流传。

【原文】

陈留董祀妻者,同郡蔡邕之女也①,名琰,字文姬。博学有才辩,又妙于音律②。适河东卫仲道③,夫亡无子,归宁于家。兴平中,天下丧乱,文姬为胡骑所获,没于南匈奴左贤王。在胡中十二年,生二子。曹操素与邕善,痛其无嗣,乃遣使者以金璧赎之,而重嫁于祀。

【注释】

①蔡邕:字伯喈。建宁中拜郎中,奏定六经文字,并写刊为石经。因反对宦官,受钳髡、徙朔方。赦还,董卓当政时,为侍中、中郎将,封高阳乡侯。董卓被诛后,牵连死于狱中。见《后汉书》本传。

②音律:音乐。刘昭《幼童传》曰:"邕夜鼓琴,弦绝。琰曰:'第二弦。'邕曰:'偶得之耳。'故断一弦问之,琰曰:'第四弦。'并不差谬。"

③适:女于出嫁称适。

【原文】

祀为屯田都尉,犯法当死,文姬诣曹操请之。时公卿名士及远方使驿坐者满堂。操谓宾客曰:"蔡伯喈女在外,今为诸君见之。"及文姬进,蓬首徒行①,叩头请罪,音辞清辩,旨甚酸哀。众皆为改容。操曰:"诚实相矜,然文状已去,奈何?"文姬曰:"明公厩马万匹,虎士成林,何惜疾足一骑,而不济垂死之命乎?"操感其言,乃追原祀罪。时且寒,赐以头巾履袜。

操因问曰:"闻夫人家先多坟籍②,犹能忆识之不?"文姬曰:"昔亡父赐书四千许卷，流离涂炭，罔有存者。今所诵忆，裁四百馀篇耳。"操曰："今当使十吏就夫人写之。"文姬曰："妾闻男女之别，礼不亲授③，乞给纸笔，真草唯命④。"于是缮书送之⑤，文无遗误。

①徒行：光脚走路。
②坟：古代典籍称坟。
③亲授：男女之间，不得亲手递东西。《礼记》："男女不亲授。"
④真草：真书(正楷)和草书。
⑤缮：誊写。

后感伤乱离，追怀悲愤，作诗二章。其辞曰：

汉季失权柄，董卓乱天常。志欲图篡弑，先害诸贤良。逼迫迁旧邦，拥主以自强。海内兴义师，欲共讨不祥。卓众来东下，金甲耀日光。平土人脆弱，来兵皆胡羌。猎野围城邑，所向悉破亡。斩截无孑遗，尸骸相掌拒①。马边悬男头，马后载妇女。长驱西入关，迥路险且阻。还顾邈冥冥，肝脾为烂腐。所略有万计，不得令屯聚。或有骨肉俱，欲言不敢语。失意机微间，辄言毙降虏②。要当以亭刃③，我曹不活汝④。岂复惜性命，不堪其詈骂。或便加棰杖，毒痛参并下。旦则号泣行，夜则悲吟坐。欲死不能得，欲生无一可。彼苍者何辜？乃遭此厄祸！边荒与华异，人俗少义理。处所多霜雪，胡风春夏起。翩翩吹我衣，肃肃入我耳。感时念父母，哀叹无穷已。有客从外来，闻之常欢喜。迎问其消息，辄复非乡里。邂逅徼时愿，骨肉来迎己；己得自解免，当复弃儿子！天属缀人心⑤，念别无会期。存亡永乖隔，不忍与之辞。儿前抱我颈，问母欲何之？"人言母当去，岂复有还时。阿母常仁恻，今何更不慈？我尚未成人，奈何不顾思！"见此崩五内，恍惚生狂痴，号泣手抚摩，当发复回疑。兼有同时辈，相送告离别，慕我独得归，哀叫声摧裂。马为立踟蹰，车为不转辙。观者皆歔欷，行路亦呜咽。去去割情恋，遄征日遐迈⑥。悠悠三千里，何时复交会。念我出腹子，匈臆为摧败。既至家人尽，又复无中外⑦。城郭为山林，庭宇生荆艾。白骨不知谁，从横莫覆盖。出门无人声，豺狼号且吠。茕茕对孤景⑧，怛咤糜肝肺⑨。登高远眺望，魂神忽飞逝。奄若寿命尽，旁人相宽大。为复强视息，虽生何聊赖！托命于新人⑩，竭心自勖厉⑪。流离成鄙贱，常恐复捐废。人生几何时？怀忧终年岁！

①掌：同"撑"。
②降虏：俘虏。

③亭刃：当是"倳(zì)刃"之误，用刀刺杀。

④活汝：让你们活。

⑤天属：骨肉亲属。

⑥遄：迅速，快速。

⑦中外：中表亲戚。

⑧茕茕(qióngqióng)：孤独。　景：同"影"。

⑨怛：伤痛。　咤：痛惜。　糜：烂。意谓悲伤到肺肝都腐烂了。

⑩新人：指董祀。

⑪勖(xù)厉：勉励。

 原文

其二章曰：

嗟薄祐兮遭世患，宗族殄兮门户单。身执略兮入西关，历险阻兮之羌蛮。山谷眇兮路曼曼，眷东顾兮但悲叹。冥当寝兮不能安①，饥当食兮不能餐，常流涕兮眦不干②。薄志节兮念死难，虽苟活兮无形颜。惟彼方兮远阳精，阴气凝兮雪夏零。沙漠壅兮尘冥冥，有草木兮春不荣。人似禽兮食臭腥，言兜离兮状窈停③。岁聿暮兮时迈征④，夜悠长兮禁门扃。不能寐兮起屏营⑤，登胡殿兮临广庭。玄云合兮翳月星⑥，北风厉兮肃泠泠⑦。胡笳动兮边马鸣，孤雁归兮声嘤嘤。乐人兴兮弹琴筝，音相和兮悲且清。心吐思兮匈愤盈⑧，欲舒气兮恐彼惊，含哀咽兮涕沾颈。家既迎兮当归宁，临长路兮捐所生⑨。儿呼母兮号失声，我掩耳兮不忍听。追持我兮走茕茕，顿复起兮毁颜形。还顾之兮破人情，心怛绝兮死复生！

 注释

①冥：天黑，夜里。

②眦：眼角。

③兜离：胡语的声调。　窈停：疑指胡人深目多须的状貌。

④聿：助词，无义。

⑤屏(bīng)营：惶恐。

⑥翳：遮蔽，隐藏。

⑦泠泠：清凉、冷清。

⑧匈：同"胸"。胸中气积胀闷。

⑨捐：抛弃。

◎ 附 录

《后汉书》所记大事记

公元17年(新天凤四年)

阶级矛盾加剧,从这年起,农民起义爆发。琅琊(今山东诸城东南)吕母杀守令起义。荆州饥民推王匡为首领,于绿林山起义。

公元18年(新天凤五年)

琅琊樊崇聚众起义,与逄安、徐宣等汇合,达数万人,转战青、徐一带。东海习子都起义,袭击徐、兖一带。

公元21年(新地皇二年)

南郡(今湖北江陵)秦丰聚众万人起义,平原(今山东平原南)女子迟昭平聚众数千人起义。绿林军王匡等击败官军,攻克竟陵(今湖北钟祥),转击云杜(今湖北京山西北)、安陆(今湖北安陆),声势更大。

公元22年(新地皇三年)

四月,王莽派兵马十馀万进攻樊崇。樊崇为求识别,以朱色涂眉毛,因此号“赤眉”。绿林军遇瘟疫,死者将近半数,于是分开两支:一支进入南郡,号下江兵;一支进入南阳,号新市兵。

冬,汉朝宗室刘缤、刘秀兄弟率领春陵(今湖北枣阳东)子弟七八千人起兵,号称汉军。后与新市兵王匡、平林兵新牧、下江兵王常等联合作战,气势很盛。

公元23年(新地皇四年　汉更始元年)

二月,新市、平林、下江将帅共立刘秀族兄刘玄为皇帝,更元更始。

更始皇帝畏忌刘缤、刘秀威势,杀死刘缤,刘秀不敢服丧,封破虏大将军。

七月,成纪(今甘肃秦安北)人隗嚣起兵,称大将军,攻战陇西等郡。

茂陵(今陕西兴平东北)人公孙述起兵成都,称辅汉将军。

九月,汉军攻入长安,王莽死于渐台(在未央宫中)。

更始皇帝刘玄定都洛阳,以刘秀为司隶校尉。不久,又命刘秀行大司马事,镇抚河北诸郡。

公元24年(汉更始二年)

二月,更始皇帝刘玄迁都长安。

五月,刘秀攻破邯郸,杀死王郎。征调幽州十郡兵马击败铜马、大肜、高湖、重连、铁胫、大枪、尤来、上江、青犊、五校、五幡、五楼、富平、获索等农民军。

公孙述自立为蜀王,定都成都。

公元25年(汉更始三年　汉建武元年)

四月,公孙述于成都称帝,建元龙兴。

六月,刘秀即皇帝位于鄗(今河北柏乡)南,改鄗为高邑,建元建武。赤眉立刘盆子为皇帝。

十月,光武帝入洛阳,定为都城。

更始帝投降赤眉,封长沙王。

十二月,赤眉杀更始帝。隗嚣占据天水,匈奴立卢芳为汉皇帝。称西州上将军。

公元27年(汉建武三年)

闰正月,冯异大破赤眉于崤底,刘盆子被迫投降。

公元29年(汉建武五年)

六月,秦丰投降。

十月,张步斩苏茂投降,齐地平定。

十二月,西州大将军隗嚣派儿子隗恂入侍朝廷。

公元30年(汉建武六年)

正月,马成攻下舒县(今安徽舒城),李宪被部下杀死,江淮平定。

二月,吴汉攻斩董宪、庞萌,山东平定。

五月,隗嚣发兵造反,占据陇坻。至十二月,称臣于公孙述。

公元32年(汉建武八年)

闰四月,光武帝率军征讨隗嚣,隗嚣偕妻子逃奔西城。

颍川、河东大乱,八月,光武帝驰归剿灭。

十一月,汉兵包围隗嚣,公孙述派兵援救隗嚣,汉兵退回长安。天水、陇西再次归附隗嚣。次年正月,隗嚣病死,其子隗纯嗣立。

公元35年(汉建武十一年)

七月,光武帝亲征公孙述,驻军长安。

十月,马成、马援击破先零羌,收降羌人徙往天水、陇西、扶风。

公元36年(汉建武十二年)

正月,吴汉击破公孙述兵。九月,进逼成都。十一月,公孙述重伤而死,部将投降,蜀地平定。

公元37年(汉建武十三年)

二月,卢芳自五原逃入匈奴。

公元40年(汉建武十六年)

二月,交趾(五岭以南)女子征侧、征贰姐妹起兵,称王,攻占六十五城。

十二月,卢芳自匈奴归降,封代王。

公元42年(汉建武十八年)

三月,伏波将军马援击破征侧。次年平定岭南。

五月,卢芳再次逃入匈奴,十馀年后病死。

公元46年(汉建武二十二年)

匈奴连年旱蝗,人畜饥疫,派遣使者请求和亲,光武帝派中郎将李茂回访作答。匈奴为乌桓击破,徙往漠北。

公元48年(汉建武二十四年)

十月,匈奴奠鞬日逐王自立为单于,为南匈奴,派使者称臣。从此匈奴分为南北。

公元57年(汉建武中元二年)

正月,倭奴国王派使者纳贡朝贺,光武帝赐予"汉委奴国王"金印一枚。

二月,光武帝死,年六十二岁。太子刘庄即位,即汉明帝。

公元60年(汉永平三年)

汉明帝思念中兴功臣,命人于南宫台画二十八将,即邓禹、马成、吴汉、王梁、贾复、陈俊、耿弇、杜茂、寇恂、傅俊、岑彭、坚镡、冯异、王霸、朱祜、任光、祭遵、李忠、景丹、万脩、盖延、邳彤、铫期、刘植、耿纯、臧宫、马武、刘隆;后又增加四人,即王常、李通、窦融、卓茂。马援之女为明帝皇后,因此没有列入。

公元64年(汉永平七年)

汉明帝派郎中蔡愔等出使天竺(今印度)求佛,带回佛经及沙门。

公元66年(汉永平九年)

汉明帝崇尚儒学,太子、王侯以及大臣子弟、功臣子孙都学经书,又为外戚樊氏(光武母家)、郭氏、阴氏(光武后家)、马氏(明帝后家)等立学校于南宫。

公元70年(汉永平十三年)

上年四月,派王景、王吴修筑汴渠,至此年四月渠成,河、汴分流,自平帝以来六十年之河患平息。

公元73年(汉永平十六年)

二月,派祭彤等四道出击北匈奴,窦固击破呼衍王于天山,设置宜禾都尉。窦固派假司马班超率三十六人,平定鄯善、于阗等国。西域与汉断绝六十五载,至此又相交往。

公元79年(汉建初四年)

十一月,汉章帝召集诸儒在白虎观(在洛阳北宫)讨论五经同异,命班固将讨论结果编成《白虎议奏》(即《白虎通义》)。

公元80年(汉建初五年)

班超上书建议经营西域获准,首先攻破疏勒,又与乌孙联合进图龟兹。

公元84年(汉元和元年)

汉章帝下令公卿大臣讨论贡举法,大鸿胪韦彪建议州郡选举应重才行,不可全以门第,尚书选官不应多用郎官,得到采纳。

公元88年(汉章和二年)

二月,汉章帝死,太子刘肇即位,即汉和帝,年仅十岁,窦太后临朝。

十月,窦宪、耿秉等率北军五校、黎阳、雍营、边郡骑士及羌、胡兵出塞,讨伐北匈奴。次年,大破北匈奴于稽落山(今内蒙古白云鄂博一带),命中护军班固刻石于燕然山纪功而还。

公元91年(汉永元三年)

窦宪派耿夔、任尚出居延塞,大破北匈奴于金微山(今俄罗斯西伯利亚境内),北单于逃走,不知去向。

十二月,龟兹、姑墨、湿宿等国归降,又置西域都护、骑都尉、戊己校尉,以班超为都护,驻节龟兹。

公元92年(汉永元四年)

六月,窦氏家族盘踞朝廷,阴谋篡权,汉和帝察觉,与宦官郑众定计,逼迫窦宪自杀,铲除窦氏党羽,班固因受牵连,死于狱中。郑众封大长秋,参议政事,宦官从此开始当权。

公元94年(汉永元六年)

七月,都护班超大破焉耆、尉犁,西域五十馀国皆纳质内附。

公元102年(汉永元十四年)

九月,班超妹班昭上书请求召回其兄,获准,班超回洛阳月馀病死。

公元105年(汉元兴元年)

十二月,汉和帝死,少子刘隆出生方百馀日,立为太子,即皇帝位,即汉殇帝,邓太后临朝。

公元106年(汉延平元年)

六月,邓太后下令减省宫廷用度,以往岁费二万万,从此仅用数千万,郡国贡献一律减半。

八月,汉殇帝死,邓太后定策迎清河王子刘祜继位,即汉安帝。邓太后仍然临朝。

公元108年(汉永初二年)

十一月,先零羌豪滇零称天子于北地(今甘肃中宁),纠结羌人各种攻掠三辅,东入赵、魏,南入益州。梁懂率军击退。

公元110年(汉永初四年)

二月,命令谒者刘珍等校定东观(洛阳宫中殿名)五经、诸子、传记、百家艺术。

公元121年(汉建光元年)

许慎作《说文解字》十四篇,从和帝永元十二年(100)创稿,到安帝建光元年(121)九月写定,历时二十二年。

公元124年(汉延光三年)

正月,西域长史班勇发鄯善、龟兹、姑墨、温宿兵万馀人击破北匈奴伊蠡王于车师前王庭,于是又通西域。

公元132年(汉永建七年)

七月,张衡继作浑天仪观测天象之后,又造地动仪,为当时世界上第一台地震测量仪器。

十一月,下令实行限年察举,郡国举荐孝廉,限年四十以上,有茂才异行者不拘年齿。

公元142年(汉汉安元年)

八月,朝廷派杜乔、张纲等八人巡行州郡,举荐贤才,罢黜奸凶,杜乔等奉命出发,张纲将车轮埋于洛阳都亭,说:"豺狼当道,安问狐狸!"上书弹劾大将军梁冀及其弟河南尹梁不疑,京师震动。

公元144年(汉建康元年)

八月,汉顺帝死,太子刘炳继位,即汉冲帝,梁太后临朝。

十一月,徐凤、马勉起义,筑营于当涂山(今安徽怀远东南),徐凤称无上将军,马勉称皇帝。

公元145年(汉永嘉元年)

正月,汉冲帝死,梁太后与大将军梁冀定策立渤海王子刘缵为帝,即汉质帝,年仅八岁,梁太后仍然临朝。

公元146年(汉本初元年)

闰六月,汉质帝在朝会时称梁冀为跋扈将军,梁冀怀恨,使人毒死皇帝,迎蠡吾侯刘志即位,即汉桓帝,梁太后仍然临朝。

公元153年(汉永兴元年)

七月,郡国三十二水患蝗灾,百姓流亡,冀州尤为严重。朱穆作为冀州刺史,县官闻讯,四十馀人解印绶而去。朱穆触忤宦官,召回京师治罪,太学生刘陶等数千人上书为他申辩,下令赦免。

公元159年(汉延熹二年)

八月,大将军梁冀秉政十九年,横暴专权,杀人最多。汉桓帝密召宦官单超、徐璜、具瑗、左悺、唐衡等五人议定诛灭梁冀家族,梁冀与妻孙寿自杀,捕斩梁氏、孙氏家族。宦官单超等五人同日封侯,从此宦官势力日益猖獗。

公元163年(汉延熹六年)

十二月,太尉杨秉上奏斥罢贪残州牧、郡守,青州刺史羊亮等五十馀人,或处死或免官,天下肃然。

公元166年(汉延熹九年)

河内(今河南武陟)术士张成教子杀人,被司隶校尉李膺捕斩。宦官憎恨李膺,指使张成弟子牢修上书诬陷李膺聚集党人,讪谤朝廷,于是下令收捕李膺,搜捕党人,牵连太仆杜密及陈寔、范滂等二百馀人。太尉陈蕃免官。次年又令党人退归田里,禁锢终身。

公元168年(汉建宁元年)

九月,汉灵帝即位初,太傅陈蕃、大将军窦武、尚书令尹勋等定策诛除宦官,上书窦太后,事情泄露。宦官曹节劫持窦太后,假造诏书杀陈蕃、窦武、尹勋等大臣。

公元169年(汉建宁二年)

十月,李膺、窦武、陈蕃等二百馀人虽遭禁锢,名声更为传扬,天下士人奉为楷模,引起宦官嫉恨,于是大兴"钩党"(相牵引为党人)之狱,杜密、李膺等一百馀人被杀,天下名士受牵连者很多。

公元172年(汉熹平元年)

七月,有人书朱雀阙云"天下大乱,公卿皆尸禄",斥责宦官曹节、王甫幽禁太后,公卿贪图俸禄,不敢秉公直言,因此下令司隶校尉刘猛追捕。刘猛追捕不力,免官,段颎奉命追捕,拘系太学诸生一千馀人。

公元175年(汉熹平四年)

三月,召集诸儒订正五经文字,指令议郎蔡邕用古文、篆书、隶书三体书写,刻石立于太学门外,称为熹平石经。

公元178年(汉光和元年)

二月,设立鸿都门学,诸生皆由州郡、三公举荐征聘,有的出任刺史、太守,入为尚书、侍中,待遇优于太学。

初开西邸卖官,自公卿至令长,标价高低有别,交钱即可买到,卖官钱贮存在西园(宫中官署)库中。

公元184年(汉中平元年)

二月,巨鹿张角创太平道,十馀年间,徒众达数十万,天下分三十六方,同时起义,头着黄巾,因称黄巾起义。

三月，以河南尹何进为大将军，屯兵洛阳都亭，镇守京师；派北中郎将卢植、左中郎将皇甫嵩、右中郎将朱俊分道出击，镇压黄巾军。

五月，皇甫嵩于长社(今河南长葛西)击败黄巾军波才。

八月，黄巾军首领张角病死。

十月，皇甫嵩与黄巾军张梁战于广宗，张梁被杀。皇甫嵩又攻下曲阳(今河北晋州西)，黄巾军张宝战死。朱俊攻破宛城，黄巾军孙夏被杀，于是徒众溃散。

公元185年(汉中平二年)

二月，张角起义后，各地农民纷纷响应，其中博陵(今河北蠡县南)张牛角、常山(今河北元氏西)褚飞燕势力最大。张牛角战死，褚飞燕代为元帅，兵众百万，不久投降，封平难中郎将。

汉灵帝造万金堂于西园，贮存公私钱帛，又在河间(故封地，今河北献县东)买田造宅。

公元189年(汉永汉元年)

四月，汉灵帝死，皇子刘辩继位，即汉少帝，太后临朝。

八月，中常侍张让、段珪等杀害大将军何进；司隶校尉袁绍收捕宦官，处死二千余人。张让、段珪等劫持少帝逃往小平津(今河南巩义西北)，尚书卢植率兵追赶，处斩张让等。

九月，董卓废少帝为弘农王，立陈留王刘协，即汉献帝。

公元190年(汉初平元年)

正月，关东州郡起兵讨伐董卓，共推袁绍为盟主。

二月，董卓胁迫献帝西迁长安，临行时劫掠富家，焚毁宫室，驱赶百姓一百万人随同迁徙。次年四月到达长安。

公元192年(汉初平三年)

四月，司徒王允与司隶校尉黄琬密谋，以中郎将吕布为内应，乘董卓入朝时将其斩杀，暴尸街市，百姓欢呼。

六月，董卓部将李傕、郭汜等攻陷长安，杀害王允、黄琬等。

公元194年(汉兴平元年)

扬州刺史刘繇与袁术部将孙策战于曲阿(今江苏丹阳)，刘繇溃败，孙策占据江东，自领会稽太守。

公元196年(汉建安元年)

七月，杨奉、韩暹奉献帝东还洛阳，当时宫室残破，遍地荆棘，几乎无处存身。

九月，曹操采纳荀彧、董昭计策，奉献帝迁至许，从此曹氏独掌大权，皇帝空有名号。

公元198年(汉建安三年)

十二月,曹操围困吕布于下邳(今江苏宿迁西北),引水灌城,吕布出降,被杀。

公元200年(汉建安五年)

九月,袁绍驻军阳武(今河南原阳东南),曹操出兵交战,不能获胜,于是坚壁固守。在官渡(今河南中牟东北)烧毁袁绍粮车数千辆。

十月,袁绍运粮,部将淳于琼屯兵故市、乌巢(今河南延津东南)防御袭击,曹操率兵放火,乘机进攻,袁绍与八百骑兵渡河逃走,辎重丧失净尽。

公元207年(汉建安十二年)

十一月,诸葛亮隐居邓县隆中(今湖北襄阳西),时称"卧龙先生"。刘备在荆州访求贤才,三次亲往隆中,终于相见,诸葛亮提出著名的隆中对策。

公元208年(汉建安十三年)

九月,曹操进兵荆州,兵至新野,刘琮以荆州投降。刘备与部将退至夏口。曹操占据江陵。

十月,曹操率大军沿江东下,刘备派诸葛亮往见孙权于柴桑(今江西九江西南),共商联兵抗曹大计。孙、刘联军与曹军战于赤壁(今湖北赤壁西北)长江南岸。都督周瑜用黄盖计策,火烧曹军战船,延及岸上,曹军伤亡惨重。曹操退还。从此开始形成曹、刘、孙鼎立局势。

《后汉书》重要研究著作

南朝梁·刘昭《后汉书注》

大部散失,现在只馀八志注

唐·李贤《后汉书注》

1934年《汉学堂丛书》刊本,中华书局1965年排印本

宋·刘攽《东汉书刊误》

中华书局据《宸翰楼丛书》重印

宋·吴仁杰《两汉刊误补遗》十卷

武英殿木活字本

明·郝敬《后汉书琐琐》六卷

明万历崇祯间郝洪范刊本《山草堂集外编》

清·惠栋《后汉书补注》二十四卷

清王先谦《后汉书集解》据此增补而成

清·王先谦《后汉书集解》一百二十卷

1923 年长沙刊本

清·沈家本《后汉书琐言》三卷
台湾新文丰出版公司 1999 年版《丛书集成》三编

清·侯康《后汉书补注续》一卷
广雅书局光绪二十六年(1900)刻本

清·李慈铭《后汉书札记》七卷
北平图书馆 1931 年版《越缦堂读史札记》

清·史珥《后汉书剿说》四卷
乾隆二十五年(1760)清风堂刊本《四史剿说》

清·钱大昭《后汉书辨疑》十一卷
广雅书局光绪二十六年(1900)刻本

清·何若瑶《后汉书注考证》一卷
广雅书局光绪二十六年(1900)刻本

清·周寿昌《后汉书注补正》八卷
广雅书局光绪二十六年(1900)刻本

清·练恕《后汉书注刊误》
道光十八年(1838)刊本《多识录》

清·赵涛《后汉书札记》一卷
东莱赵氏永厚堂民国二十四年(1935)排印本《东莱赵氏楹书丛刊》

清·陈景云《两汉订误》四卷
民国二十五年(1936)排印本《丙子丛刊》

清·沈钦韩《后汉书疏证》
浙江书局光绪二十六年(1900)刊本

清·沈铭彝《后汉书注又补》
爱敬堂道光十七年(1837)刊本

清·张熷《读史举正》八卷
文澜书局光绪二十五年(1899)石印本

清·钱大昕《二十二史考异》一百卷
商务印书馆 1937 年版《史学丛书》

清·赵翼《二十二史札记》三十六卷
广雅书局光绪二十六年(1900)刻本
中华书局 1963 年出版

清·王鸣盛《十七史商榷》上下册

商务印书馆1937年出版

张森楷《后汉书校勘记》

稿本藏于南京图书馆

李裕民《后汉书人名索引》

中华书局1979年出版

王树民《二十二史札记校证》

中华书局1984年出版

李澄宇《读后汉书蠡述》三卷

1933年排印本《未晚楼全集·读春秋国语四史蠡述》

《后汉书》名言警句

△反水不收，后悔无及。（第009页）

△时不可留，众不可逆。（第009页）

△人情得足，苦于放纵，快须臾之欲，忘慎罚之义。（第011页）

△天地之性人为贵。（第020页）

——以上《光武帝纪》

△唯名与器，圣人所重。今以所重加非其人，望其毗益万分，兴化致理，譬犹缘木求鱼，升山采珠。（第037页）（《刘玄传》）

△鱼不可脱于渊，神龙失势，即还与蚯蚓同。（第051页）（《隗嚣传》）

△明镜所以照形，往事所以知今。（第056页）

△仁不遗亲，义不忘劳。（第061页）

——以上《冯异传》

△上智不处危以侥幸，中智能因危以为功，下愚安于危以自亡。危亡之至，在人所由，不可不察。（第064页）（《吴汉传》）

△刑罚不能加无罪，邪枉不能胜正人。（第070页）

△国之废兴，在于政事；政事得失，由乎辅佐。辅佐贤明，则俊士充朝，而理合世务；辅佐不明，则论失时宜，而举多过事。（第071页）

△盖善政者，视俗而施教，察失而立防，威德更兴，文武迭用，然后政调于时，而躁人可定。（第071页）

△凡人情忽于见事，而贵于异闻。（第072页）

——以上《桓谭传》

△显誉成于僚友,德行立于己志。(第086页)(《郑玄传》)

△(司马)迁文直而事核,(班)固文赡而事详。(第092页)(《班固传》)

△功有难图,不可豫见;事有易断,较然不疑。(第095页)

△夫言行君子之枢机,赏罚理国之纲纪。(第095页)

——以上《袁安传》

△作有利于时,制有便于物者,可为也。事有乖于数,法有玩于时者,可改也。(第102页)

△故物有不求,未有无物之岁也;士有不用,未有少士之世也。(第104页)

△夫任一人则政专,任数人则相倚。政专则和谐,相倚则违戾。和谐则太平之所兴也,违戾则荒乱之所起也。(第106页)

△人实难得,何重之嫌? (第107页)

——以上《仲长统传》

△志不求易,事不避难,臣之职也。不遇槃根错节,何以别利器乎? (第111页)

△法禁者,俗之堤防;刑罚者,人之衔辔。(第113页)

——以上《虞诩传》

△亲履艰难者知下情,备经险易者达物伪。(第117页)(《张衡传》)

△贤明之君,委心辅佐;亡国之主,讳闻直辞。(第135页)

△以逐世为非义,故屡退而不去;以仁心为己任,虽道远而弥厉。(第137页)

——以上《陈蕃传》

△事不辞难,罪不逃刑。(第140页)(《李膺传》)

△农夫去草,嘉谷必茂;忠臣除奸,王道以清。(第141页)(《范滂传》)

△兵有奇变,不在众寡。(第147页)(《皇甫嵩传》)

图书在版编目（CIP）数据

后汉书 /（南朝宋）范晔著；李立，刘伯雨注析 . —2 版 .
—太原：三晋出版社，2008. 10（2024. 5 重印）
（中国家庭基本藏书·史著选集卷）
ISBN 978 - 7 - 5457 - 0017 - 6 - 01

Ⅰ . 后… Ⅱ .①范…②李…③刘… Ⅲ .①中国—中代史
—东汉时代—纪传体②后汉书—注释 Ⅳ . I234.204.2

中国版本图书馆 CIP 数据核字（2008）第 157717 号

后汉书

著　　者:（南朝宋）范　晔		**注析者**:李　立　刘伯雨	
责任编辑:朱慧峰		**审订者**:杨　淮	
封面设计:敬人工作室		**版式设计**:敬人工作室	
责任校对:朱慧峰		**责任印制**:李佳音	

出版发行:山西出版集团·三晋出版社
地　　址:太原市建设南路 21 号
电　　话:（0351）4956036（咨询）　　4922268（邮购）
传　　真:（0351）4922102
网　　址:www.sxskcb.com
邮　　编:030012

印刷装订:山西新华印业有限公司
（本书如有破损、缺页、装订错误，请与本社联系调换）

开　　本:787mm × 960mm　　1/16
字　　数:220 千字
印　　张:13.5
版　　次:2008 年 10 月第 2 版
印　　次:2024 年 5 月第 2 次印刷
书　　号:ISBN 978 - 7 - 5457 - 0017 - 6 - 01
定　　价:52.00 元